DER WEIHNACHTSMANNMORD

Die gebürtige Hamburgerin Anja Marschall lebt mit ihrer Familie im Westen Schleswig-Holsteins, wo sie als Journalistin und Autorin arbeitet. Sie veröffentlicht seit vielen Jahren Romane und Krimis. Im Emons Verlag erscheint ihre erfolgreiche historische Krimireihe um ihren Kommissar Hauke Sötje. Marschall initiierte den ersten Krimipreis für Schleswig-Holstein und ist Herausgeberin mehrerer Anthologien.

Carolyn Srugies, Jahrgang 1962, ist verheiratet und hat zwei erwachsene Kinder. Die gebürtige Hamburgerin arbeitete viele Jahre im Exportmanagement einer großen norddeutschen Firma. Sie schreibt seit mehreren Jahren Kurzgeschichten, von denen »Das verschwundene Erbe des Hieronymus Wieck« Platz drei beim letzten Commerzbibliothek-Wettbewerb der Handelskammer Hamburg belegte. 2022 erschien mit dem Titel »Tod am Wockersee« ihr erster Kriminalroman. Seit vielen Jahren ist Carolyn Srugies Teilnehmerin der Schreibwerkstätten und Workshops von Regula Venske und Sandra Dünschede. Außerdem ist sie Mitglied und Jurysekretärin der »Mörderische Schwestern e. V.« und der Halstenbeker Textwerkstatt »Wir schreiben«.

ANJA MARSCHALL
CAROLYN SRUGIES

DER WEIHNACHTSMANN MORD

EIN WEIHNACHTSKRIMI

emons:

Bibliografische Information der Deutschen Nationalbibliothek
Die Deutsche Nationalbibliothek verzeichnet diese Publikation in der Deutschen Nationalbibliografie; detaillierte bibliografische Daten sind im Internet über http://dnb.d-nb.de abrufbar.

MIX
Papier | Fördert gute Waldnutzung
FSC® C083411
FSC
www.fsc.org

Umschlaggestaltung: Nina Schäfer, unter Verwendung eines Motivs von shutterstock.com/Daria Voskoboeva
Gestaltung Innenteil: DÜDE Satz und Grafik, Odenthal
Lektorat: Marit Obsen
Druck und Bindung: CPI – Clausen & Bosse, Leck
Printed in Germany 2024
ISBN 978-3-7408-1210-2
Ein Weihnachtskrimi
Originalausgabe

Dieser Roman wurde vermittelt durch die Literaturagentur Lesen & Hören, Berlin.

Ich liebe Weihnachten.
Es ist die lukrativste Zeit des Jahres.

Eduard »Eddi« Hempel, Aushilfsweihnachtsmann
im Traditionskaufhaus Härtling

1

Die Geschäftsführerin des Kaufhauses Härtling blickte aus dem Fenster im ersten Stock hinunter auf die Straße. Mit verschränkten Armen stand sie da, wartete. Schneeflocken tanzten vor der Scheibe. Noch wenige Tage, dann würde alles vorbei sein.

Neun Uhr neunundfünfzig. Verdammt, wo blieb der Kerl?

Im Juweliergeschäft Mehmel gegenüber wurde die Innenbeleuchtung eingeschaltet. Das Glitzern der Schmuckstücke in der Auslage war im künstlichen Licht bis hier oben zu sehen.

Endlich entdeckte sie den Mann, dessentwegen sie seit siebzehn Minuten am Fenster stand, im weihnachtlichen Gewirr der Passanten. Er hielt geradewegs auf die Ladentür des Juweliers zu. Im Eingang drehte er sich kurz um und schaute zu ihr hinauf.

Ihr Puls ging schneller, Schweiß trat zwischen ihre Schulterblätter. Von nun an blieben ihnen vier Minuten. Sie sah auf ihre Armbanduhr. In dem Moment klingelte das Telefon.

Sie zuckte zusammen. »Nicht jetzt«, zischte sie in Richtung des Apparats, ohne den Blick von dem Mann zu nehmen.

Er stieß die Tür auf und verschwand im Laden. Sie versuchte zu erkennen, was in den Geschäftsräumen vor sich ging, während das Bimmeln des Telefons nicht enden wollte. Da hielt ein Müllwagen direkt vor dem Schaufenster des Juweliers und versperrte ihr die Sicht.

»Mist.«

Das anhaltende Klingeln machte sie wütend. Sie fuhr herum, trat an ihren Schreibtisch und sah auf das Display.

»Verdammt. Was will der denn?«

Sie hob den Hörer ab und zauberte ein falsches Lächeln auf ihr Gesicht. »Guten Morgen, Herr Härtling«, säuselte sie.

»Liebe Frau Rudloff«, entgegnete die knarzige Stimme des Alleineigners jenes Kaufhauses, für das sie seit sieben Jahren wie ein Tier schuftete. Julius Härtling hatte sich vor knapp einem Jahr ins Privatleben zurückgezogen und sie zur Direktorin befördert.

Davor war Corinna Rudloff seine rechte Hand gewesen, und sie hatte viel von ihm gelernt. Sicher mehr, als Härtling lieb war. »Wie geht's, wie steht's?«, fuhr er fort. »Ich störe doch nicht etwa meine talentierte Geschäftsführerin?«

Sie rollte mit den Augen. Seine alberne Fröhlichkeit prallte an ihrer Wut ab. »Aber nein, Herr Härtling. Wie könnten Sie?«

Ihr Blick ging zum Fenster. Von hier aus konnte sie den Juwelierladen nicht sehen. Obwohl ihr zum Fluchen zumute war, setzte sie ein noch breiteres Lächeln auf. Er durfte nichts merken.

»Das Weihnachtsgeschäft läuft bisher wirklich gut. Ich glaube, sagen zu können, dass wir den Vorjahresumsatz dank unserer Bemühungen übertreffen werden.«

»Ausgezeichnet. Das höre ich gern, meine teure Frau Rudloff.« Er räusperte sich. »Kommen wir zum Grund dieses Anrufs. Wir sprachen doch kürzlich über die Schweizer Investorengruppe, die mir ein Übernahmeangebot gemacht hat.«

Sie ließ sich in ihren Bürostuhl sinken. »Ja, ich erinnere mich. Sie wollten den Investoren eine Absage erteilen, weil das Kaufhaus seit zwei Generationen im Besitz Ihrer Familie ist, und Sie …«

Härtling lachte auf. »Manchmal entwickeln sich die Dinge anders als erwartet, stimmt's? In unserer Branche müssen wir schnell und effizient agieren. Aber wem sage ich das, haha.«

Sie schwieg. Schnell? Effizient? Was wollte er ihr damit sagen? Bevor sie nachfragen konnte, fuhr er fort.

»Nun, die Schweizer übernehmen das Kaufhaus Härtling im Januar.«

Ihr Lächeln plumpste zu Boden. »Aber das ist in drei Wochen.« Ihr Mund wurde plötzlich trocken. Sie schluckte. »Das ist viel zu knapp für Inventur und Bilanz.«

»Liebe Frau Rudloff, Sie finden eine Lösung. Sie wissen ja, es gibt keine Probleme, nur Herausforderungen. Die Schweizer werden Sie sicherlich unterstützen. Und so werden Sie wie immer auch diese Hürde nehmen. So wie Sie all die anderen Krisen unseres Hauses elegant und mit Bravour umschifft haben.«

Sein Lob interessierte sie nicht. Sie hatte einen detaillierten

Plan für ihre Zukunft erstellt, in dem eine vorzeitige Übernahme des Kaufhauses nicht enthalten war.

»Wie viel Personal soll entlassen werden?« Erfahrungsgemäß wurde bei Übernahmen das Führungspersonal als Erstes ausgewechselt. Das aber wäre ihr kleinstes Problem, denn sie hatte eh andere Pläne für sich.

Härtling wurde ernst. »Verehrte Frau Rudloff. Natürlich berücksichtigt der künftige Besitzer die Kündigungsfristen. Machen Sie sich keine Sorgen. Eine so kluge und famose Person wie Sie wird von der Konkurrenz mit Kusshand genommen. Corinna Rudloff, das ist ein Name in unserer Branche.« Sie hörte ihn lachen. »Es wird ohnehin Zeit, dass Sie sich höheren Aufgaben zuwenden. In einem so kleinen Kaufhaus wie dem Härtling können Sie Ihre Fähigkeiten nicht einmal annähernd entfalten. Und mit Ihren Qualifikationen haben Sie doch sicher sowieso längst ein Ass im Ärmel, oder?«

Ein sarkastisches Grinsen huschte über ihr Gesicht. Natürlich hatte sie das. Nur ganz anders, als er dachte. Es würde ihr eine neue Identität und ein Haus in Costa Rica verschaffen.

»Ach, eines noch, meine Liebe. Sagen Sie in der Buchhaltung Bescheid. Ein Mitarbeiter der Schweizer wird vorbeikommen und die Buchprüfung vorbereiten.«

Nur schwer konnte Corinna Rudloff einen Fluch unterdrücken. Der Alte hatte soeben ihren gesamten Zeitplan über den Haufen geworfen.

»Nun gut, meine Teuerste, ich will Sie nicht länger von der Arbeit abhalten. Zeit ist Geld, nicht wahr? Es war schön, wieder einmal mit Ihnen geplaudert zu haben. Ich wünsche Ihnen ein wunderbares und gesegnetes Weihnachtsfest. Und natürlich ein gesundes neues Jahr.« Er legte auf.

Corinna Rudloff lehnte sich zurück. »Scheiße.«

Dann fiel ihr wieder ein, was in diesem Moment wichtiger war als alles andere. Sie sprang auf und eilte zum Fenster, in der Erwartung, dass etwas passierte, doch nichts geschah. Der Müllwagen rollte weiter. In Mehmels Laden herrschte Ruhe. War es etwa schon vorbei?

Sie sah die Straße entlang bis hin zum Weihnachtsmarkt, wo sich an den Glühweinständen und dem Karussell bereits die ersten Besucher des Tages drängten. Überall waren Leute, die Kragen hochgeschlagen, dicke Schals um den Hals, Tüten in den kalten Händen davontragend.

Der abstruse Gedanke, er könnte sich einfach davongemacht haben, kam ihr in den Sinn. Sie lachte.

2

Die verglaste Front des Kaufhauses Härtling verfügte über eine alte Drehtür mit drei Flügeln in einer Art vorgelagertem Pavillon. Der imposante Eingang stammte noch aus den Anfängen des Geschäfts, als der Großvater des heutigen Eigentümers den vornehmen Konsumtempel in bester Lage eröffnet hatte. Die Backsteinfassade war aufwendig renoviert worden. Auch die große Leuchtschrift »Traditionskaufhaus Härtling« wirkte antik, war aber brandneu. Und neben der altehrwürdigen Drehtür gab es selbstverständlich auch eine moderne Doppeltür, die rege genutzt wurde. Dessen ungeachtet betraten viele das Härtling ganz bewusst durch die Drehtür. Sie war in der Stadt die letzte ihrer Art, ein Kunstwerk, eine Hommage an die alten Zeiten und sehr beliebt bei den Kunden. Leider war sie ein Alptraum für Hausmeister Elyas, denn sie verfügte über ein Eigenleben, das einer Diva zur Ehre gereicht hätte. Mal stockte die Tür, mal nicht. Dem Hausmeister war das unerklärlich. Nicht zum ersten Mal in dieser Woche stand er draußen auf der Leiter, um die alte Dame mit guten Worten und einer Menge Öl aus seiner kleinen Messingkanne dazu zu bewegen, ihre Dienste bitte nicht schon wieder einzustellen. Ständig klemmte das Ding und nahm dabei wenig Rücksicht darauf, ob sich jemand gerade halb drinnen oder draußen befand.

Weit beugte sich Elyas über das Messingdach des Pavillons, um das Öl tröpfchenweise in die geöffnete Spitze laufen zu lassen, an der die senkrecht verlaufende Achse der Konstruktion ihren Anfangspunkt hatte. »So, meine Liebe, ein wenig Öl für die innere Schönheit«, murmelte er sanft, während er sich nach vorn reckte.

Unterdessen lehnte Aushilfsweihnachtsmann Eddi rauchend am Schaufenster. Dass das Rauchen vor dem Haus verboten war – ebenso wie das Anlehnen am Schaufenster –, scherte Eddi nicht. Er legte Wert darauf, seine eigenen Regeln zu haben.

Auf einmal waren Polizeisirenen zu hören, die schnell näher kamen. Sekunden später rasten zwei Wagen mit Blaulicht um die Ecke und hielten vor dem Juweliergeschäft auf der anderen Straßenseite.

»Was ist denn da los?« Elyas schaute zu Eddi hinunter. »Beim Juwelier ist wohl ... Alles okay mit dir? Du bist ja weiß wie die Wand.«

Eddi warf seine Kippe in den Rinnstein und winkte ab. »Liegt an dem roten Mottenpelz. Die Farbe steht mir einfach nicht.«

Elyas grinste. »Findest du?« Er kletterte von der Leiter. »Also, den Kindern gefällst du darin. Und ihren Müttern auch, wenn ich es richtig gesehen habe.« Er knuffte Eddi freundschaftlich in die Seite.

»Man hat's, oder man hat's nicht«, kommentierte der das Kompliment. Auf der anderen Straßenseite sprangen uniformierte Beamte aus ihren Wagen.

»Ist wirklich alles okay?«, hakte Elyas nach. »Du guckst so komisch.«

»Dachte für einen Moment, die kommen meinetwegen.« Eddi lachte und holte seine Zigarettenpackung aus der roten Hose, um sich eine neue Fluppe anzuzünden, als ihm das Päckchen aus den zitternden Fingern rutschte und auf den Gehsteig fiel. »Scheiße.« Er bückte sich nach der Schachtel.

»Weihnachtsmänner fluchen nicht. Schon vergessen?«

Eddi bot Elyas einen Glimmstängel an. Der zog einen heraus. »Und überhaupt, warum sollten die deinetwegen kommen?«

Der Aushilfsweihnachtsmann grinste. »Ich war nicht immer ein braver Junge, Herr Hausmeister.« Vielsagend kniff er ein Auge zu. »Außerdem machen mich Polizeisirenen schon seit meiner Kindheit jedes Mal ganz wuschig. Entweder ein frühes Trauma oder Familientradition. Eines von beidem bestimmt.«

Elyas nahm einen tiefen Zug. »Denkst du, der Juwelier ist überfallen worden?«

»Weiß nicht. Hätten wir das nicht mitbekommen müssen? Ich meine, wir stehen seit über zehn Minuten hier draußen herum.«

Hinter Eddi öffnete sich eine Tür, Kaufhausdetektiv Kurt

Ebert trat durch den Seiteneingang heraus und kam zu ihnen. »Was ist denn da los?«

»Guten Morgen, Herr Ebert«, grüßte Elyas, wobei er schnell die Zigarette hinter seinem Rücken versteckte.

»Tach auch, Kurti.« Eddi nahm noch einen Zug.

»Du sollst nicht immer Kurti zu mir sagen. Auf der Arbeit bin ich für dich Herr Ebert. Nach Feierabend kannst du mich gerne Kurt nennen.«

»Alles klar, Kurti.« Eddi feixte. »Seht ihr den da?« Er wies auf die andere Straßenseite. »Der mit der Glatze, der da so wild rumgestikuliert ... Das ist der Mehmel, dem gehört der Laden. Ich schätze, einer seiner Kunden kam zum Weihnachtsshopping und vergaß in der Hektik zu bezahlen.« Er seufzte sehnsüchtig. »Mensch, stellt euch mal vor, Selbstbedienung im Schmuckgeschäft. Nie mehr den Weihnachtsmann geben müssen. Das wäre was für den einzigen Sohn meiner Mutter.«

Da hörten sie ein Klopfen und drehten sich um. In der Drehtür stand eine erbost wirkende ältere Dame mit einer prall gefüllten Härtling-Tragetasche in der Hand und schlug empört mit den Fingerknöcheln ans Glas. »Lassen Sie mich sofort hier raus!«

»Oje.« Hastig reichte Elyas dem überraschten Kaufhausdetektiv seine Kippe und kletterte zurück auf die Leiter. »Moment. Das haben wir gleich.«

Kurz darauf drehte sich das störrische Ding ein kleines Stück weiter, und die entrüstete Frau konnte sich schimpfend herauswinden.

»Freiheitsberaubung ist das! Das wird Konsequenzen haben!«, rief sie und wollte sich wütend davonmachen, als Eddi sich ihr in den Weg stellte.

»Das Kaufhaus Härtling dankt Ihnen herzlich, dass Sie Ihre Einkäufe bei uns getätigt haben, Gnädigste«, erklärte er galant.

»Das war das letzte Mal, junger Mann!«

Eddi hob den Kopf und schnupperte, als läge etwas in der Luft, das zuvor nicht zu bemerken war. »Haben Sie etwa in der Parfümerieabteilung eines unserer Duftwässerchen getestet, Gnädigste?«

Irritiert sah sie ihn an.

»Chanel No 5, nicht wahr? Sie duften betörend, meine Liebe. Diese Woche, übrigens nur im Härtling, im Angebot: neunzehn neunundneunzig. Unschlagbar günstig.«

Der übellaunige Gesichtsausdruck der Kundin wich einem interessierten Jägerblick. »Ach ja?«

»Solange der Vorrat reicht, meine Dame.«

Kurz überlegte sie, dann drehte sie sich um und eilte zurück zur Drehtür. Dort zögerte sie, schien zu überlegen, ob sie es noch einmal wagen wollte.

Eddi lächelte ihr aufmunternd zu. »Schlimmstenfalls werde ich Sie persönlich retten.«

Sie kicherte und trat in die Drehtür, die offenbar nichts dagegen einzuwenden hatte, dass die Kundin zurückkam, denn dieses Mal funktionierte das gute alte Stück einwandfrei.

Auf der anderen Straßenseite hielt indes ein schwarzer Audi neben den Streifenwagen. Ein breitschultriger Mann mit grauem Bürstenschnitt stieg aus, drückte das Kreuz durch und knöpfte den Mantel zu. Dann schlenderte er gelassenen Schrittes auf den Juwelier zu, der kreidebleich bei einem der Uniformierten stand.

»Kurti, schau mal. Den kennen wir. Das ist doch dein alter Freund Bronski.«

Der Blick des Kaufhausdetektivs war Eddis ausgestrecktem Finger gefolgt. Er grunzte ungehalten. »Möglich. Ich gehe besser rein.«

»Bist du sicher? Es wird gerade interessant.« Eddi griente ihn breit an.

»Ganz sicher. Und du solltest mitkommen. Die Rudloff wird ungehalten, wenn sie dich im Kostüm hier herumlungern sieht …«

»Hast recht.« Eddi schnippte seinen halb aufgerauchten Zigarettenstummel in den Rinnstein. Er klopfte Ebert auf die Schulter. »Also los, sonst lässt uns die Rudloff noch nachsitzen.«

Sie wollten gerade zurück ins Kaufhaus gehen, als auf der anderen Straßenseite jemand rief: »Mensch, das ist doch der Kurt

Ebert!« Die kraftvolle Stimme hatte Ähnlichkeit mit dem dröhnenden Glockengeläut der alten Kirche neben dem Rathaus.

»Kurti, der Bronski hat dich erkannt.«

»Ich weiß«, knurrte der Kaufhausdetektiv.

»Na, Kurt, heute schon einen gefährlichen Ladendieb erwischt?«, brüllte der Mann im Mantel herüber. »Nein? Mach dir nichts draus. Nicht aufgeben. Du weißt, wie es ist, wenn man aufgibt. Hast ja reichlich Erfahrung darin.« Lautstark lachte er, während er sich wieder dem Juwelier zuwandte.

»Was meint der Typ, Herr Ebert?«, wollte Elyas oben auf der Leiter wissen. »Welche Erfahrung?«

»Ach, lasst mich doch in Ruhe.« Wütend ging der Kaufhausdetektiv hinein.

»Was ist mit dem denn los?«, fragte Elyas Eddi.

Der aber zuckte mit den Schultern. »Keine Ahnung. Vielleicht PMS. Polizeiliches Minderwertigkeitssyndrom.«

3

Als Kurt den Verkaufsraum betrat, tauchte er eilig ins Gedränge ein. Er hatte keine Lust, mit Eddi über Bronski zu reden oder über damals.

Die Stadt war für ihn und Bronski irgendwie zu klein. Es reichte schon, dass er mit dem Kerl all die Jahre im Kommissariat hatte zusammenarbeiten müssen. Wenigstens jetzt, als Pensionär, wollte Kurt seine Ruhe haben.

Er sah Eddis rotes Weihnachtsmannkostüm im Fahrstuhl verschwinden. Gut so, nun konnte er sich auf seinen Job konzentrieren, den er angenommen hatte, weil ihm zu Hause in seinem Reihenhäuschen die Decke auf den Kopf gefallen war.

Er stellte sich unauffällig in die Nähe einer Säule und ließ seinen Blick über die Köpfe der Kunden gleiten, die sich im Erdgeschoss zwischen Parfümabteilung und Kurzwaren drängten. Mit seinen stolzen eins neunzig gelang das problemlos. Als er noch im aktiven Polizeidienst gewesen war, hatte er satte drei Zentimeter mehr auf dem Zollstock gehabt. Seit er Pensionär war, schrumpfte er von Jahr zu Jahr etwas mehr. Wahrscheinlich würde er irgendwann einfach verschwinden.

»Da sind Sie ja!«, sagte jemand hinter ihm.

Kurt drehte sich um. Vor ihm stand die Geschäftsführerin des Hauses, Corinna Rudloff. Eine aparte Frau Mitte dreißig. Alles an ihr war makellos: das Kostüm, das Make-up, die Frisur. Perfektion vom Scheitel bis zur Sohle, ein eleganter Alptraum.

»Herr Ebert, was machen Sie eigentlich den lieben langen Tag, wenn Sie bei uns sind?«, fragte sie zuckersüß.

»Ich verstehe Ihre Frage nicht, Frau Rudloff.«

»Ich sehe schon wieder diese Person in unseren Verkaufsräumen.«

»Wen?«

»Diese Kleptomanin.« Die Rudloff zeigte auf eine ältere Frau, die auffallend unauffällig zwischen den Verkaufstischen mit den

Parfümflakons entlangging. Im Arm hielt sie eine große rote Handtasche.

»Frau Sievers?«

»Ja, genau die. Sie sollten dieser Person ein Hausverbot erteilen. Haben Sie das vergessen?«

Kurt wusste nicht mehr, wie oft er die Kundin schon beim Klauen erwischt hatte. Er hatte der Rudloff nicht jedes Vergehen gemeldet. Die kleineren Raubzüge hatte er gegen Ermahnungen und Herausgabe der entwendeten Objekte unter den Tisch fallen lassen. »Finden Sie ein Hausverbot nicht ein wenig zu streng?«, hakte er vorsichtig nach, denn er brachte es einfach nicht übers Herz, Lore Sievers vor die Tür zu setzen, schließlich gab sie ja alles anstandslos zurück. Sogar wenn ihr Diebstahl ausnahmsweise einmal erfolgreich gewesen war, kam sie am nächsten Tag zu ihm und lieferte ihre Beute reumütig wieder ab. Aus seiner Sicht war sie harmlos. Das hatte er der Rudloff schon oft gesagt.

»Kümmern Sie sich um das Problem, Herr Ebert. Sie sind hier als Kaufhausdetektiv engagiert und nicht als Sozialarbeiter.« Sie warf ihm einen vernichtenden Blick zu, bevor sie zu dem fast fünf Meter hohen Tannenbaum ging, um dort die Dekoration zu kontrollieren.

Kurt seufzte. Die Rudloff war noch jung. Es mangelte ihr an der Gelassenheit des Alters, um die stressigen Tage vor Weihnachten glimpflich überstehen zu können. Er selbst war in dieser Zeit niemals im Stress. »Stress ist eine Einstellungssache«, pflegte er zu sagen.

Langsam spazierte er durch den Verkaufsraum, wobei er Lore Sievers stets im Blick behielt.

Andere Warenhäuser empfingen die Kunden zu Weihnachten mit überladenen Dekorationen in Pink, Orange und Lila, Lichterketten, die stroboskopartig blinkten und in den Augen schmerzten, und Konservenmusik. Im Traditionskaufhaus Härtling aber war die Atmosphäre höchst geschmackvoll und elegant. Selbst das Harrods hätte sich hier noch eine Scheibe abschneiden können. Die Geländer der Galerien waren mit echten Tannengirlanden geschmückt. Von der Glasdecke in der obersten Etage hing ein großer beleuchteter Stern, während im Erdgeschoss darunter der prächtig dekorierte Weihnachtsbaum funkelte. Er war mit altmodischem Baumschmuck aus Glas versehen, der seit Jahrzehnten im Besitz der Familie Härtling war.

Unter ebendiesem Baum lagen hübsche Geschenkattrappen in allen Größen und Farben. Jedes der glänzenden Pakete zierte eine üppige Schleife. Ein Schaukelpferd und ein hölzerner Schlitten komplettierten das weihnachtliche Bild. Kurt sah die Rudloff, wie sie einige Päckchen neu drapierte.

Neben dem Baum war eine kleine Bühne errichtet worden, auf der ein goldener Thron auf seinen Einsatz wartete. Dort würde Weihnachtsmann Eddi gleich die Wunschzettel der Kinder entgegennehmen und sich Gedichte vortragen lassen, während die Eltern eifrig Fotos mit dem Handy machten. Eddis Show gab es zweimal am Tag. Ein Highlight für Groß und Klein und für die Registrierkassen im Härtling.

Dezent rieselten Weihnachtslieder aus den Lautsprechern auf die Menschen hernieder. Es roch nach Zimt, Äpfeln und echtem Tannengrün.

Die Kunden liebten all das, und Kurt ebenso. Bei ihm zu Hause welkte nur ein Grabschmuck auf dem Wohnzimmertisch, den er vor einigen Wochen günstig im Supermarkt geschossen und mit einer halb abgebrannten roten Stumpenkerze garniert hatte. Mehr Weihnachten brauchte er in seinem kleinen Wohnzimmer nicht. Dennoch gefiel ihm all das Geglitzer und Hosianna im Härtling gut. Es war wunderbar weihnachtlich, ohne überkandidelt zu wirken.

Mit auf dem Rücken verschränkten Händen schlenderte Kurt durch die Gänge, grüßte hier eine Verkäuferin und stellte dort eine umgekippte Krippenfigur wieder an ihren Platz, während er Lore Sievers im Auge behielt. Er dachte an Eddi, der sicherlich schon auf dem Weg in den vierten Stock war, wo seine Show beginnen würde.

Als die Rudloff ihm gesagt hatte, dass sie gedachte, den Kleinkriminellen Eduard Hempel zum diesjährigen Weihnachtsmann zu machen, war Kurt nicht sonderlich begeistert gewesen. Sein ehemaliges Polizistenherz schlug immer wieder nervös, wenn er an Eddis abwechslungsreiche Vergangenheit dachte. Trotzdem mochte er den alten Gauner. Privat waren sie schon lange beim Du. Eddi Hempel war mit allen Wassern gewaschen, aber auch ein kluger Gesprächspartner, mit dem man sich auf ein Bier bei Eddi oder zu einem Grillabend auf Kurts Terrasse treffen konnte. Ein Typ zum Pferdestehlen, im übertragenen und wörtlichen Sinn.

Trotz seiner Bedenken hatte die Chefin darauf bestanden, Eddi einzustellen. Irgendetwas von »Chance« und »Resozialisierung« hatte sie gesagt. Und nun war Eduard Hempel seit zwei Wochen täglich im Kaufhaus und zog seine Shows ab.

Auch wenn Kurt den diesjährigen Santa Claus für eine strafrechtliche Fehlbesetzung hielt, musste er zugeben, dass Eddi den Job prima machte. Er war klein und dick, also schon optisch eine gute Wahl, und besaß ein Naturtalent im Umgang mit Kindern und ihren Müttern. Eddi umgarnte mit Witz und Charme selbst die schwierigsten Fälle von Mutterliebe. Kein Wunder, dass er in der Vergangenheit als Heiratsschwindler und Gauner recht erfolgreich gewesen war, bis Hauptkommissar Kurt Ebert ihn damals ins Visier genommen und in den Knast gebracht hatte. Der Job im Kaufhaus dürfte seit Jahrzehnten die erste anständige Arbeit für Eddi gewesen sein. Natürlich behielt Kurt ihn im Auge, falls er rückfällig werden würde.

Das aber schien bislang nicht Eddis Absicht zu sein. Im Gegenteil, er fühlte sich in der Rolle des Weihnachtsmannes sichtlich wohl. Auf Instagram und Facebook habe er sogar schon vierhundert Follower, hatte er kürzlich in der Personalküche geprahlt. Kurt wusste nicht, was das bedeutete, aber dem Eddi schien es wichtig zu sein.

Da bemerkte Kurt, dass sich beim Weihnachtsbaum etwas tat. Die Äste bewegten sich. Neugierig ging er hinüber. Die Rudloff war es nicht, denn die stieg weiter hinten gerade in den Fahrstuhl.

Vorsichtig näherte er sich dem Baum, wobei er aufpassen musste, nicht auf die Paketattrappen zu treten, die um den Fuß der Tanne lagen. Er beugte sich ein wenig vor.

Sein Blick fiel auf ein kleines Mädchen, das zwischen den Geschenkebergen saß und leise singend die Päckchen und Pakete nach Farben sortierte.

»Lasst uns froho uhund munter sein …«

»Tami? Was machst du denn hier? Müsstest du nicht in der Schule sein?«

Das Kind zuckte zusammen und schaute hoch. »Hallo, Onkel Kurt. Die letzten beiden Stunden sind ausgefallen. Unsere Lehrerin ist krank.«

»Schon wieder? Weiß deine Mama, dass du hier bist?«

»Ja, natürlich.« Sie sah ihn aus puppenblauen Augen an. Die Tochter von Silja Wedemeyer aus der Buchhaltung brachte sein Herz regelmäßig zum Schmelzen. Ihr Nicken erschien ihm ein wenig zu eifrig.

»Flunkert da etwa jemand?«

Tami krabbelte unter dem Baum hervor und stand auf, wobei sie ihn auf diese gewisse Art anschaute, als würde sie gleich weinen. »Bitte nicht petzen, Onkel Kurt.«

»Das würde ich doch nie tun, meine Kleine.«

»Danke.« Ihre Miene hellte sich auf, und sie hüpfte singend hinter die Tanne, um ihre Arbeit dort fortzusetzen.

Kurt legte den Kopf schief. Fiel in der zweiten Klasse der Unterricht tatsächlich so oft aus? Unverantwortlich.

Lore Sievers tauchte in seinem Blickfeld auf, wie sie so durch die Parfümerieabteilung spazierte und mal den einen, mal den anderen Flakon zur Hand nahm. Verdammt. Er sollte sich doch um sie kümmern, hatte die Rudloff gesagt. Mit einem unguten Gefühl in der Magengegend ging er zu ihr hinüber.

»Frau Sievers, hatten wir nicht erst vorgestern ein ernstes Gespräch?« Sein Blick streifte die verdächtig ausgebeulte Tasche aus rotem Samt, die sie fest unter den Arm geklemmt hatte.

»Guten Morgen, Herr Ebert!« Sie strahlte ihn an. »Wie geht es Ihnen? Sie sehen müde aus. Arbeiten Sie zu viel?«

Kurt rollte mit den Augen. Es war immer dasselbe. Er erwischte sie, drohte mit einer Anzeige, sie umgarnte ihn, und er ließ sie mit einer Ermahnung wieder laufen. »Ach, Frau Sievers, Sie sind unverbesserlich.«

»Ich weiß.« Sie schaute ihn betroffen an.

Im Augenwinkel sah Kurt Corinna Rudloff am Geländer der Galerie im zweiten Stock stehen und grimmig zu ihnen hinunterblicken.

Er räusperte sich und griff nach Lore Sievers' Arm, als würde er sie abführen. »So geht das nicht, Frau Sievers. Wie oft habe ich Ihnen schon gesagt, dass Sie eine Weile nicht mehr herkommen dürfen.« Er sprach betont ernst. Dann beugte er sich ein wenig näher zu ihr. »Ich habe Ihretwegen bereits Ärger mit der Geschäftsleitung.«

»Ach du meine Güte. Das ist mir aber äußerst peinlich. Meinetwegen? Sind Sie da ganz sicher?«

»Ja.«

Kurt blickte unauffällig nach oben. Die Rudloff beobachtete sie aufmerksam. »Kommen Sie bitte mit in mein Büro«, sagte er streng, in der Hoffnung, seine Chefin möge es hören.

Ohne zu widersprechen, ließ Lore Sievers sich aus dem Verkaufsraum führen, hinunter in den Keller. Dort stand Kurts Schreibtisch in einem Abstellraum. Immerhin hatte die Rudloff ihm einen altersschwachen Computer aus der Zeit der Vorrenaissance besorgt sowie ein Telefon leidlich neueren Datums. Ebenfalls in dem Gang lag die Personalküche.

Er ging mit Lore Sievers an seiner Bürotür vorbei. »Tee, wie immer?«

Sie nickte.

In der Küche nahm die Stammdiebin des Kaufhauses wie gewohnt den Platz an der Heizung ein, während Kurt den Wasserkocher befüllte.

»Sie sind so nett zu mir, Herr Ebert.«

Kurt schaltete den Kocher ein und setzte sich zu ihr an den Tisch. »Frau Sievers, wollen Sie mir bitte den Inhalt Ihrer Tasche zeigen?« Er legte einen offiziellen Ton in seine Stimme.

Erschrocken presste sie den Samtbeutel auf ihrem Schoß an sich. »Warum sind Sie denn plötzlich so unfreundlich zu mir?«

»Sie wissen, dass ich die Tasche nicht öffnen darf, wenn kein Polizist zugegen ist.«

»Müssen wir wirklich die Polizei holen? Ich will bestimmt keine Umstände machen.«

»Frau Sievers, so geht das nicht weiter. Ständig mopsen Sie Ware.«

»Aber ich behalte doch nichts davon. Sie bekommen alles zurück. Brauche die Sachen ja gar nicht.«

»Bitte öffnen Sie die Tasche. Ansonsten muss ich die Polizei holen.«

Traurig sah sie ihn an. Dann zog sie den Beutel auf.

Ungläubig starrte Kurt auf die Dinge, die sie zutage förderte: einen Parfümflakon von Dior, einen Seidenschal, etwas Modeschmuck, das Jesuskind aus der Krippe – er hatte gar nicht bemerkt, dass der kleine Bursche fehlte –, einen gebrauchten Radiergummi sowie einige Gummibänder.

Kurt unterdrückte ein Lächeln. »Sie wissen aber schon, dass ich Ihnen jetzt mal wieder ein Hausverbot erteilen muss, oder?«

Sie rang die Hände. »Wie entsetzlich peinlich mir das alles ist. Ich bin doch nicht kriminell.« Sie schluckte. »Also, nicht wirklich.«

»Eigentlich müsste ich auch ein Verwarngeld in Höhe von zweihundert Euro erheben.«

»So viel? Das haben Sie noch nie gemacht, Herr Ebert.«

»Einmal ist immer das erste Mal.«

»Das Geld habe ich aber nicht. Es ist doch Weihnachten. Könnten Sie vielleicht ein Auge zudrücken, lieber Herr Ebert? Ich habe auch etwas für Sie.« Eifrig kramte sie erneut in der geräumigen Tasche herum und zog ein knisterndes Päckchen hervor. »Plätzchen.«

»Das ist doch nicht nötig, Frau Sievers.«

»Aber natürlich.« Sie öffnete die Tüte und schüttete die Kekse vorsichtig auf einen leeren Teller, den jemand auf dem Tisch stehen lassen hatte. »Die nehmen wir zum Tee ein.«

»Das ist sehr nett, Frau Sievers, aber …«

»Sagen Sie doch bitte Lore zu mir, Herr Kurt. Frau Sievers klingt so streng. Und ich mag Sie gar nicht, wenn Sie so sind.« Sie nahm einen Keks und knabberte daran. »Kosten Sie mal.«

»Das geht nicht, Frau Sievers.«

»Lore.«

»Also gut. Was wollte ich sagen?« Kurt hatte den Faden verloren. Da begann das Wasser hinter ihm zu brodeln. Er stand auf, als die Tür geöffnet wurde. Tamis Mutter, Silja Wedemeyer, kam herein. Sie nickte ihnen freundlich zu, stellte den Kocher aus und machte sich mit dem heißen Teewasser eine Fünf-Minuten-Terrine. »Störe ich?«

»Aber nein, nehmen Sie Platz, junge Frau«, sagte Lore Sievers mit strahlendem Lächeln.

Silja setzte sich neben sie, während Kurt Teebeutel aus dem Schrank nahm und in zwei angestoßene Becher fallen ließ.

»Essen Sie immer so etwas?«, wollte die Sievers von der Buchhalterin des Kaufhauses wissen.

»Eine richtige Pause kann ich heute nicht machen. Meine Tochter hat gleich Schulschluss. Ich werde sie abholen, um mit ihr auf den Weihnachtsmarkt zu gehen. Eine kleine Überraschung, sozusagen.«

Kurt schaute auf. »Tami ist längst hier. Die letzten beiden Stunden sind doch ausgefallen. Ich habe sie vor ein paar Minuten beim Tannenbaum gesehen.«

Silja Wedemeyer hielt inne. Dann knallte sie den Becher auf den Tisch, woraufhin ein wenig vom Inhalt überschwappte. »Tami hat Ihnen einen Bären aufgebunden. Wenn Unterricht ausfällt, gehen die Kinder in die Betreuung. Da wird kein Schüler einfach nach Hause geschickt.« Sie sprang auf. »Na warte.«

Sie stürmte aus dem Raum.

»Oje. Da haben Sie ja was angerichtet, Herr Ebert.«

Überrascht schauten beide der Buchhalterin hinterher.

»Wo waren wir stehen geblieben?«, überlegte Kurt, als die Tür wieder geschlossen war.

Lore Sievers antwortete nicht, sondern erhob sich von ihrem Stuhl. »Vielen Dank für die nette Einladung. Ich muss mich ebenfalls beeilen. Ein Termin. Hatte ich ganz vergessen.« Sie stand bereits an der Tür, als sie sich noch einmal umdrehte und ihn ansah. »Wir holen unseren Plausch bei Gelegenheit nach.

Versprochen.« Sie schlüpfte hinaus in den Flur, wo sie fast mit Hausmeister Elyas zusammenstieß. »'tschuldigung«, murmelte sie und lief eilig weiter.

Elyas betrat die Küche und blickte sich um. »Ist Silja noch nicht hier?« Er sah auf seine Uhr. »Sie macht doch sonst immer um diese Zeit Pause.« Er registrierte den dampfenden Becher auf dem Tisch.

Kurt erhob sich und sammelte Lores Beute ein. Dann schob er sich einen Keks in den Mund. »Sie hat es schon wieder getan.«

»Silja?«

»Nein, Frau Sievers. Ich habe sie in flagranti erwischt.«

»Und? Hausverbot?«

»Nein, ich habe es einfach nicht geschafft. Jetzt muss ich sogar Lore zu ihr sagen.«

Elyas grinste. Dann steckte er sich ebenfalls einen Keks in den Mund. Kauend meinte er: »Wenn Sie mich fragen, ist die Kleptomanie nur Show. Die Gute ist in Sie verliebt.«

»Quatsch.« Kurt ging kopfschüttelnd in Richtung Küchentür, um die Beute in die jeweiligen Abteilungen zurückzubringen.

»Verlie-hiebt. Bis über beide Ohren«, trällerte Elyas ihm hinterher. »Ihre Lore ist in Sie verschossen. Deshalb die Klauerei. Sonst beachten Sie sie ja nicht.«

»Blödsinn.«

»Aber logo. Neulich hat sie Zimtkekse mitgebracht. Und heute Lebkuchen. Wissen Sie eigentlich, wie aufwendig so ein Teig zu machen ist? Und dann noch diese verdächtige Form. Das sagt doch alles.«

Kurt tat, als hätte er Elyas' Worte nicht gehört. Im Treppenhaus aber holte er sehr tief Luft. Oje. Die Plätzchen von Lore Sievers waren immer herzförmig. Jedes einzelne.

Irritiert setzte Kurt seine Runde durch das Kaufhaus fort. In der Abteilung für Herrenbekleidung war um diese Zeit wenig los. Ein paar Frauen gruppierten sich um einen Auslagentisch, über dem ein Schild mit der Aufschrift »Individuelle Weihnachtsgeschenke für die Liebsten« hing. Der Tisch bog sich fast unter der

»SOS-Ware«, wie die Verkäuferinnen Schlipse, Oberhemden und Socken hinter vorgehaltener Hand abfällig nannten.

Kurt schlenderte vorbei. Er hätte sich über ein SOS-Geschenk mächtig gefreut. Doch wer sollte ihm etwas schenken? Er hatte weder eine Familie noch einen Freund, außer Eddi. Nicht einmal ein Wellensittich wartete zu Hause auf ihn.

Auch er selbst hatte schon seit Ewigkeiten niemandem mehr ein Geschenk gemacht. Das letzte Mal war vor vielen Jahren gewesen. Da hatte er mit weichen Knien seiner großen Liebe einen Ring überreichen wollen. Er dachte wehmütig daran zurück. Die Schachtel lag noch heute ungeöffnet in seinem Nachtschrank.

Jemand schlug ihm auf die Schulter, und Kurt fuhr herum. Vor ihm stand die Rudloff. »Kommen Sie in mein Büro. Sofort.«

4

Kurt betrat das Büro der Geschäftsführerin. Während draußen glänzend und leuchtend gemütliche Weihnachtsstimmung in Rot und Grün herrschte, regierten hier Schwarz und Weiß, Chrom und Hochglanz.

Ihn fröstelte unwillkürlich.

Ein Laptop und zwei Monitore dominierten den Schreibtisch der Chefin. Daneben stand ein Bilderrahmen. Neugierig reckte Kurt den Hals, um zu sehen, wessen Foto dort eingerahmt war. Dem Hörensagen nach hatte die Rudloff keine Familie, keine Hobbys, aber ein Verhältnis mit Chefeinkäufer Pingel. Jedoch waren Gerüchte nur Gerüchte. Andererseits wusste Kurt durch seine langjährige Polizeiarbeit: Wo Rauch war, war auch Feuer.

Die Rudloff schaute aus dem Fenster.

Dass er fast keine Informationen über sie hatte, nicht einmal wusste, ob sie geschieden war, gefiel ihm nicht. Das Bild im Rahmen könnte ihm einen Hinweis geben. Dummerweise stand es so ungünstig, dass er nichts erkennen konnte.

Ein wenig verloren stand er vor dem Schreibtisch und wartete darauf, dass die Chefin ihm sagte, warum er hier war. Obwohl er es ahnte. Lore Sievers.

Endlich wandte Frau Rudloff sich zu ihm um, setzte sich auf den weißledernen Sessel, legte ihre makellosen Hände auf die glänzende Oberfläche des Tisches und schaute ihn lange an. »Was soll ich nur mit Ihnen machen, Herr Ebert?«

Er fühlte sich, als hätte man ihn zum Schuldirektor zitiert.

Sie zog eine Schublade auf und holte einen schwarzen Papp-Ordner heraus. Mit ernster Miene blätterte sie darin herum, wobei sie immer wieder missbilligend den Kopf schüttelte. »Mein Vorgänger hat Sie in den höchsten Tönen gelobt, als ich seine Position übernahm. Sind Sie vielleicht mit ihm verwandt? Oder befreundet?«

»Nein. Sie wissen doch, dass ich nicht mit Herrn Härtling

verwandt bin. Er ist ein Mann mit großer Menschenkenntnis und Kompetenz, der Leistung und Einsatz anerkennt. Wir alle fanden es bedauerlich, dass gegangen ist.« Kurt warf ihr einen scharfen Blick zu.

Corinna Rudloff atmete tief durch. »Leistung und Einsatz? Nun, als er uns verließ, war die Bilanz des Kaufhauses Härtling in desolatem Zustand.« Sie musterte Kurt eine Weile. »Seither tue ich mein Bestes, um uns wieder zu altem Glanz zu verhelfen. Dazu sind allerhöchste Standards in jedem Bereich unabdingbar. Inkompetenz ist inakzeptabel.«

Inkompetenz? Gern hätte Kurt gefragt, wo denn ihre Kompetenz liege, da doch seit Monaten das vierte Stockwerk eine einzige Baustelle war. Die Rudloff hatte mit großen Plänen angegeben. Von Pop-up-Läden war die Rede gewesen sowie von einer Sushi-Bar, um das Publikum zu verjüngen. Die Sportabteilung sollte wiedereröffnet werden. Nichts davon hatte sie verwirklicht. Die Drehtür klemmte, und das Restaurant unter dem Dach war noch immer geschlossen. Von wegen alter Glanz. Pah.

Ungefragt ließ Kurt sich auf den Stuhl ihr gegenüber fallen. Im Sitzen konnte man eine Kündigung besser ertragen.

»Herr Ebert, ich bin mir nicht sicher, ob Sie sich über den Ernst der Lage im Klaren sind.« Sie faltete die Hände auf seiner Akte. »Es ist so: Anhand der letzten Warenbestandsaufnahmen konnten wir feststellen, dass die Einkäufe und die physischen Bestände mehrerer Artikel voneinander abweichen. Und damit meine ich teure Ware wie elektronische Geräte. iPads, Blu-ray-Player, Radios und so weiter. Diese Differenz lässt nur zwei Schlüsse zu: Entweder unsere Buchhaltung arbeitet schlampig, oder, was am wahrscheinlichsten ist: Diebstahl.«

»Wie bitte?« Kurt drückte seinen Rücken durch. Daher wehte also der Wind. »Wollen Sie mir unterstellen, ich würde Delikte in der Elektronikabteilung ignorieren?«

»Nun, Sie pflegen regelmäßigen Kontakt zu einer stadtbekannten Diebin. Damit leisten Sie einer Straftat Vorschub.«

»Sie hat niemals wirklich wertvolle Sachen geklaut. Außerdem gibt sie immer alles zurück.«

»Das sagt sie. Stimmt es denn auch?«

Kurt kratzte seinen Bart. »Nun, ich nehme an …«

Der Finger der Rudloff schoss vor. »Aha. Da haben wir es. Sie klaut also doch.« Zufrieden lehnte sie sich zurück. »Es ist Ihre Aufgabe, Diebe zu stellen, im Namen des Kaufhauses Hausverbote auszusprechen und die Polizei zu rufen, insbesondere im Falle von Wiederholungstaten. Ich gewinne vermehrt den Eindruck, dass Sie zu oft ein Auge zudrücken. Oder beide.« Die Rudloff beugte sich vor. »Wann haben Sie das letzte Mal ein echtes Hausverbot erteilt?«

»Gestern«, antwortete Kurt prompt. »In der Damenabteilung. Eine Kundin hatte sich mehrere hochwertige Blusen übereinander angezogen. Ich habe sie am Ausgang gestellt. Meine Kollegen … Also, ich meine, die Polizei ist von mir eingeschaltet worden. Ich habe den Vorfall zur Anzeige gebracht und einen Bericht geschrieben.« Sein Blick flog suchend über die Schreibtischoberfläche. »Da liegt er.«

»Das war gestern. Was ist mit heute?«

Kurt atmete tief durch. »Ich habe Frau Sievers ins Gewissen geredet. Sie hat mir hoch und heilig versprochen, nicht mehr zu stehlen.«

»So, wir verlassen uns also bereits auf die Versprechen einer zwanghaften Diebin.« Sie sah ihn kalt an. »Herr Ebert, hiermit erteile ich Ihnen eine Abmahnung. Ihr Verhalten wird von mir ab jetzt genauestens beobachtet.«

Sie wartete offensichtlich auf eine Reaktion von ihm. Doch den Gefallen, sich zu der Abmahnung zu äußern, wollte er ihr nicht tun.

»Da wir im kommenden Jahr die Personaldecke verkleinern müssen, rate ich Ihnen dringend, Herr Ebert, sich zu bewähren. Es wäre doch bedauerlich, wenn das Traditionskaufhaus Härtling künftig auf Sie verzichten müsste.«

Kurt horchte auf. »Entlassungen?« Er dachte an die nette Buchhalterin Silja, die als alleinerziehende Mutter keinen leichten Stand im Leben hatte. Und an die Verkäuferinnen und Verkäufer, von denen nicht wenige ihre Ausbildung im Kaufhaus gemacht hatten und die dem Härtling über viele Jahre treu geblieben waren. Magda, die Putzfrau, würde wohl noch am einfachsten einen neuen Job finden. Kurt fielen viele Mitarbeiter ein, die es schwerer hätten, woanders unterzukommen.

Ihm selbst konnte ein Rausschmiss egal sein. Er hatte seine Pension. Die anderen aber waren auf ihre Jobs angewiesen.

»Hatten Sie nicht eben behauptet, das Kaufhaus Härtling sei durch Sie neu erblüht, Frau Rudloff? Und jetzt steht es angeblich so schlecht um die Finanzen, dass Personal abgebaut werden muss?«

Sie zuckte mit den Schultern. »Es ist nicht meine Schuld, wenn große Mengen an elektronischen Geräten auf unerklärliche Weise verschwinden.«

Er überlegte. Dann schüttelte er den Kopf. »Ich glaube nicht, dass diese Produkte gestohlen wurden. Die Sicherheitsschleusen an den Türen hätten Alarm ausgelöst. Abgesehen davon habe ich Ihnen schon mehrfach nahegelegt, endlich eine Videoanlage im Haus zu installieren.«

»Fakt ist, dass vor Ihren Augen Ware verschwindet.«

»Rufen Sie die Polizei.«

»Wollen Sie das wirklich?«

»Wie meinen Sie das?«

Sie lehnte sich zurück und lächelte schmal. »Nun, entweder sind Sie in ihrem Job nicht halb so gut, wie Sie uns glauben machen, oder …«

Kurt verschlug es fast die Sprache. »Sie denken allen Ernstes, ich stecke mit irgendwelchen Leuten unter einer Decke?«

»Nun, Sie haben erwiesenermaßen ein Faible für Diebe.«

Mit offenem Mund starrte er sie an.

Corinna Rudloff erhob sich. »Herr Ebert, es bleibt bei der Abmahnung. Noch so ein Vorfall, und wir müssen uns von Ihnen trennen.«

Kurt stand auf und beugte sich über den Schreibtisch. »Das kann unmöglich Ihr letztes Wort sein.«

»Ist es aber.«

Sie hielt seinem Blick problemlos stand. Ein Blick, der in seiner aktiven Zeit so manchen Verbrecher in die Knie gezwungen hätte, perlte an ihr ab.

Wütend verließ er das Büro.

Immerhin wusste er jetzt, was auf dem gerahmten Foto war: die Rudloff mit einem Dalmatiner an ihrer Seite.

5

Als Eddi in den vierten Stock fuhr, um in Ruhe eine zu rauchen, fiel ihm auf, dass heute noch mehr Fans im Erdgeschoss auf ihn warteten als sonst. Zufrieden überschlug er, dass rund fünfzig Bälger bei der Bühne standen, obwohl es noch eine Weile hin war bis zu seiner großen Show. Er mochte keine Kinder, aber sie ihn. Warum dem so war, konnte Eddi nicht sagen. Wie auch immer. Hauptsache, sein rustikaler Charme wirkte bei Jung und Alt.

Seine Nase begann zu jucken. Er grinste, weil sie es immer dann tat, wenn der verführerische Duft von Geld in der Luft lag. Der Gedanke war so flüchtig gewesen wie eine Sternschnuppe. Doch er begriff sofort, dass dieser zahlenmäßige Geistesblitz ihm helfen würde, sein Auskommen als Aushilfsweihnachtsmann in diesem Jahr ein wenig aufzubessern. Er müsste der Rudloff klarmachen, was für ein Kassenmagnet sein Auftritt war. Fünfzig Kinder, die schon jetzt auf ihn warteten, begleitet von zahlungskräftigen Eltern und Großeltern, die die Wartezeit bis zu seinem Auftritt mit Einkäufen überbrückten. Natürlich würden sie den Quengeleien der Kleinen nachkommen. Und das ließ die Kassen klingeln. Die Rudloff sollte deutlich mehr für ihn springen lassen. Oder sich einen anderen talentierten Weihnachtsmann suchen. Eddi grinste. So wenige Tage vor dem Fest würde ihr das nicht gelingen.

Sogleich machte er sich auf den Weg in den ersten Stock, wo die Rudloff ihr Büro hatte. Ein Supersonderbonus war angesichts seiner Erfolge durchaus gerechtfertigt, fand er. Fünfzig davon standen mitsamt ihren kaufwilligen Müttern im Erdgeschoss und warteten.

Er ging den Gang entlang bis zum Büro der Chefin. Dabei ließ er die Tür, die zu deren Sekretärin führte, links liegen. Frau Köhler bewachte wie eine Spinne in ihrem Netz das Reich der Geschäftsleitung. Nein, er wollte gleich in die Höhle der Löwin und an die Bürotür klopfen, die direkt auf den Gang führte. Dort hing kein Schild, darum versuchte es ein jeder erst bei der Köhler. Nur er nicht, denn er war Eddi.

Es würde ein Leichtes für ihn sein, noch einen Hunni mehr aus ihr herauszuholen. Weihnachtsmänner waren im Advent heiß begehrte Mangelware. Angebot und Nachfrage. So war das Business.

Eddi knöpfte seine rote Jacke zu und rückte die Mütze zurecht. Immer ein wenig schief. Das gab ihm etwas Verwegenes. Er wollte gerade an die Tür klopfen, als er aus dem Büro der Chefin erregte Stimmen hörte.

Eddi grinste. Wo es Streit gab, gab es auch Geheimnisse. Er presste sein Ohr gegen das Türblatt. Interessant, dachte er, als er die quäkende Stimme von Chefeinkäufer Andreas Pingel erkannte. Rudloffs schneidende Erwiderung unterbrach dessen Genuschel.

»Das ist mir egal. Die Schweizer übernehmen den Laden gleich im neuen Jahr. Bis dahin muss alles über die Bühne gegangen sein.«

»Corinna, Süße, nun werde nicht panisch.«

Eddis Grinsen wurde breiter. Süße? Also stimmten die Gerüchte.

»Du bist ein Schwachkopf, Andi. Die kleine Wedemeyer ist verdammt clever. Wenn wir nicht aufpassen, merkt sie es.«

»Nicht so laut, Corinna. Frau Köhler muss es ja nicht hören.«

Eddi drückte sein Ohr fester an die Tür, weil die beiden jetzt kaum noch zu verstehen waren. Mist.

Als Nächstes hörte er die wütende Stimme des Einkäufers. »Wenn das Ihr letztes Wort ist, Frau Rudloff, dann …«

Im selben Moment riss jemand von innen die Tür auf. Fast hätte Eddi das Gleichgewicht verloren und wäre in den Raum gestolpert. Pingel, ein Mittvierziger mit falscher Rolex am Handgelenk, starrte ihn überrascht an. Dann schubste er Eddi zur Seite und marschierte schnaufend den Gang entlang.

»Ho, ho, ho! Nicht so stürmisch, junger Mann!« Gut gelaunt sah Eddi ihm nach. Er merkte es sofort, wenn sich der Wind des Lebens zu seinen Gunsten drehte.

Elegant schlängelte er sich ins Büro der Chefin. Tausend war ab sofort sein Ziel. Oder zweitausend. Mal schauen.

»Sie haben eine Menge Geheimnisse, verehrte Frau Rudloff. Wir sollten darüber reden. Und darüber, was sie Ihnen wert sind.« Er schloss die Tür.

6

Nach seinem unerquicklichen Zusammentreffen mit Corinna Rudloff war Kurt wutschnaubend aus dem Kaufhaus gestürmt und hatte sich zur Beruhigung auf dem Weihnachtsmarkt eine Bratwurst gegönnt. Stress war nicht gut für ihn. Bratwürste zwar auch nicht, aber die schmeckten ihm besser als Abmahnungen. Er hatte sich daher gleich noch eine bestellt. Was bildete diese Frau sich eigentlich ein?

Die kalte Luft und der Duft nach gebrannten Mandeln, die Weihnachtsmusik und das Lächeln des Wurstverkäufers ließen Kurt ein wenig zur Ruhe kommen. Als er ins Kaufhaus zurückkehrte, war seine Wut zwar noch nicht ganz verraucht, aber zumindest hegte er keine Mordlust mehr.

Er nahm die Treppe nach oben in den vierten Stock. Die beiden Bratwürste mussten abtrainiert werden. Die Bewegung tat ihm gut. Jedenfalls bis er die erste Etage erreichte. Dann fing er an zu schnaufen. Die letzten beiden Stockwerke waren verdammt harte Arbeit. Aber er schaffte es irgendwie.

Kaum hatte er die Tür zur ehemaligen Sportabteilung geöffnet, zog der Gestank einer Zigarette zu ihm herüber. Im Schein der Notbeleuchtung sah er Eddi auf einer metallenen Transportkiste sitzen. Den Weihnachtsmannmantel hatte er abgelegt.

Eddi fuhr zusammen, als die Tür hinter Kurt zuschlug.

»Ach, du bist es!« Er lachte auf, als hätte Kurt ihn bei irgendetwas erwischt, das noch schlimmer war, als heimlich im Haus zu rauchen.

Heftig außer Atem trat Kurt ins Halbdunkel. Die Weihnachtsmusik war hier oben kaum zu hören. Kein Glitzern und Hosianna, kein Kunstschnee und keine Adventsstimmung. Nur der muffige Geruch von Staub und Pappkartons auf einer verlassenen Baustelle. Und natürlich die Wolke aus Qualm, die den Weihnachtsmann auf der Kiste umwehte.

Kurt ging zu Eddi und nahm ihm die Zigarette ab. »Willst du

die Bude abfackeln?«, blaffte er. »Was ist, wenn die Rauchmelder Alarm geben?«

Gelassen klaubte Eddi ihm den Glimmstängel wieder aus der Hand. »Dann wird's nass.« Er nahm einen Zug. »Cool bleiben, Freund. Die Dinger werden nicht losgehen, Kurti. Habe alle hier oben abgeschraubt.«

»Verdammt, Eddi, du machst nichts als Ärger.« Seufzend ließ sich Kurt auf die Kiste fallen. »Die Rudloff hat mich eben abgemahnt.«

»Meinetwegen?« Asche fiel von der Zigarette auf den Boden. Eddi verwischte sie mit dem Fuß.

»Sie dreht mir einen Strick daraus, dass ich keine Anzeige gegen Frau Sievers erstattet habe«, erklärte Kurt. »Die Lore klaut aber ja nicht wirklich.«

»Lore?« Eddi griente und drückte den Glimmstängel aus. »Dann seid ihr jetzt schon per Du? Die ist in dich verknallt. Und du Holzklotz merkst mal wieder nichts.«

»Jetzt fang du nicht auch noch an.«

Eddi erhob sich von der Kiste. »Okay, sie redet ein wenig viel, aber sie sieht für ihr Alter ganz passabel aus, und backen kann sie …« Er küsste seine Fingerspitzen in italienischer Manier.

Kurt winkte ab. »Schlimmer als das mit der Sievers ist, dass in der Technikabteilung Ware verschwunden ist und die Rudloff glaubt, ich würde beim Klau von Elektrogeräten einfach wegschauen. Sie verdächtigt mich allen Ernstes, mit den Dieben unter einer Decke zu stecken.«

Eddis Augen wurden rund. »Du? Du bist die Korrektheit in Person. Ich kenne niemanden, der langweiliger ist als du.« Er klopfte Kurt auf die Schulter. »Ach was, lass dich von der Frau nicht schikanieren. Du hast das nicht nötig. Die Knete von Papa Staat reicht doch bestimmt für ein nettes Leben als Rentner.«

»›Pensionär‹ heißt das. Ich war Beamter.«

»Na, denn Pensionär.«

»Es geht mir doch gar nicht ums Geld. Soll ich etwa in meinem Mittelreihenhaus sitzen, Sudokus lösen und auf den nächsten Infarkt warten?«

»Du willst also bleiben?«

»Ja. Auch wenn die Rudloff mir mächtig auf den Zwirn geht.«

»Kein Problem.« Eddi grinste siegessicher. »Die kann dich nämlich nicht entlassen. Glaube mir.«

»Was meinst du?«

Eddi stand auf. »Komm heute Abend auf ein Bier vorbei. Falls ich noch nicht da sein sollte: Der Ersatzschlüssel liegt wie immer auf dem Türrahmen. Dann werde ich dir alles erklären.« Er zog seinen Weihnachtsmannmantel an. »Ich habe seit heute eine ganz hervorragende Verbindung zur Geschäftsleitung, musst du wissen. Ach so, du bringst das Bier mit. Currywurst und Pommes kannst du auch besorgen. Für mich rot-weiß.« Er knöpfte den Mantel zu. »Showtime. Willst du meinen Auftritt von hier oben ansehen?«

Kurt erhob sich. »Ich gehe lieber wieder runter und fange Diebe. Es tat gut, mit dir zu sprechen.«

Eddi streifte die Handschuhe über. »Dann hopp, hopp, Kurtilein. Der Weihnachtsmann hat zu tun. Ich höre unten schon ›Schneeflöckchen, Weißröckchen‹ dudeln. Mein üblicher Einsatz. Los geht's.« Er griff nach seinem Beutel, der den Kunstschnee enthielt.

Kurt kannte das Drehbuch für Eddis Auftritte. Er würde auf die Kiste steigen, damit man ihn unten gut sehen konnte. Dann würde Eddi den Schnee herunterrieseln lassen und ein paar Worte rufen, das Publikum anheizen, nur um als Nächstes persönlich im Erdgeschoss zu den Klängen von »Vom Himmel hoch, da komm ich her« zu erscheinen. Inmitten seiner Fans.

Zusammen schoben sie die Kiste, auf der sie eben gesessen hatten, hinüber zum Geländer. Umständlich kletterte Eddi hinauf.

»Sieh dich bloß vor, Eddi, sonst brichst du dir eines Tages noch den Hals«, mahnte Kurt.

»Unsinn. Santa Claus ist unsterblich.«

Kurt schüttelte über so viel Ignoranz den Kopf und ging zum Fahrstuhl, begleitet von Eddis weihnachtsmännisch über die Balustrade gerufenem »Ho, ho, ho!«.

7

Unten angekommen, gesellte Kurt sich zu den Zuschauern. Aus Erfahrung wusste er, dass Taschendiebe das Gedränge gern nutzten, um die Leute um ihre Kreditkarten zu bringen. Und bei Eddis Show war es immer besonders eng.

Heute waren auffallend viele Kinder gekommen, um Eddi zu sehen. Kein Wunder, denn vor zwei Tagen hatte es in der Zeitung einen halbseitigen Artikel über Eddi Hempel, den Weihnachtsmann im Härtling, gegeben.

Im Publikum entdeckte Kurt auch die Tochter von Silja Wedemeyer. Tami war Eddis treuester Fan. Ein Stück entfernt stand Putzfrau Magdalena auf ihren Besen gestützt, den eine rote Schleife schmückte. Auf diese Verzierung hatte die Rudloff bestanden. Missmutig blickte Magda zu Eddi hinauf, der fleißig Kunstschnee über die Balustrade warf. Zarte Flocken wirbelten durch die Luft, während er sein »Ho, ho, ho« rief.

»Ho, ho, ho«, antwortete die Menge.

»Wart ihr auch alle brav?«

»Jaaaa!«

Eddi warf noch eine weitere Handvoll Schnee hinunter.

Die Kinder kreischten vor Vergnügen und versuchten, die herabrieselnden Flocken zu fangen. Als das erste Weiß den Boden berührte, begann Magdalena sogleich, die Fläche mit dem Besen zu bearbeiten. Dabei grummelte sie Unverständliches vor sich hin.

Kurt schob sich an den anderen Zuschauern vorbei zu ihr hinüber. »Warten Sie doch noch einen Moment mit dem Fegen. Das ruiniert sonst die Weihnachtsstimmung.«

Magda blitzte ihn böse an und zischte etwas auf Polnisch, von dem Kurt annahm, dass es kein Kompliment war.

Jetzt winkte Eddi den Kindern zu. »Soll der Weihnachtsmann zu euch herunterkommen?«

»Ja«, tönte es im Chor, woraufhin Eddi die Arme wie zum

Segen ausbreitete. Die Musik wechselte zu »Vom Himmel hoch, da komm ich her«, und er verschwand wie von Zauberhand im Gewirr der Kunstschneeflocken.

»Hoffentlich bricht er sich das Genick«, murrte die Putzfrau grimmig.

»Hier bist du also!«, rief eine wütende Frauenstimme.

Kurt drehte sich um. Offenbar hatte Silja Wedemeyer ihre Tochter gefunden. Tami versuchte, sich flink zu verdrücken, aber die Mutter war schneller. Sie fasste das Mädchen am Handgelenk und zog es mit sich.

In diesem Moment öffneten sich die Fahrstuhltüren, und Eddi trat aus der Kabine. Mit seinem weißen Bart, dem rot-weißen Anzug zu schwarz glänzenden Stiefeln und dem mit Geschenkattrappen prall gefüllten Sack gab er das perfekte Bild eines stattlichen Weihnachtsmanns ab, der sich nun den Weg durch die Menge bahnte, hin zur Bühne, wo er sich auf den Thron setzte. Sogleich stürmte ein eifriger kleiner Junge zu ihm nach vorn. Ohne abzuwarten, sagte er sein Gedicht auf. In der Hand hielt er eine beeindruckend lange Wunschliste.

Kurt indes folgte Tami und ihrer Mutter. Er fand die beiden hinter dem Tannenbaum. Mit gesenktem Kopf und vorgeschobener Unterlippe ließ die Kleine die Gardinenpredigt über sich ergehen.

»Ich suche dich seit einer Stunde überall im Haus. Was machst du hier? Schwänzt du schon wieder? Gestern warst du auch nicht in der Schule, sagt deine Lehrerin.«

Kurt wollte eben ein gutes Wort für das Kind einlegen, als die Rudloff neben ihm auftauchte.

»Das ist ja sehr interessant, Frau Wedemeyer. Sie haben also die letzten sechzig Minuten nicht gearbeitet, sondern private Dinge getan? Erledigt sich Ihre Arbeit etwa von selbst?«

»Es tut mir leid. Ich musste meine Tochter suchen. Es wird nicht wieder vorkommen.«

»Die Zeit werden Sie natürlich nacharbeiten müssen. Am besten gleich heute. Das Härtling ist ein Kaufhaus und kein Kindergarten.«

Silja Wedemeyer sah zu ihrer Tochter hinunter. »Könnten wir die Stunde nicht einfach mit meinen unbezahlten Überstunden ausgleichen?«

»Vergessen Sie's.« Die Rudloff wandte sich ab. Ihr Blick fiel auf Magdalena, die mit ihrem Besen um den Baum herum fegte, wobei sie ein paar der Geschenkattrappen verschob. »Und Sie da, Frau Dings, äh ...«

»Majewski«, half Silja aus. »Magdalena Majewski.«

»Egal. Hören Sie auf, die Dekoration zu ruinieren. Gehen Sie woanders putzen.«

Magda packte den Besen und stolzierte davon. Auch Silja und Tami entfernten sich eilig, bevor es noch mehr Ärger gab.

Kopfschüttelnd beobachtete Kurt, wie die Rudloff die Fake-Pakete wieder ordentlich unter dem Tannenbaum drapierte.

8

Noch immer wütend, schob Silja ihre Tochter in Richtung Ausgang. Sie wusste, dass es keine gute Idee war, ihren Arbeitsplatz zu verlassen, aber Tami musste nach Hause und etwas essen. Danach würde sie die Nachbarstochter bitten, auf sie aufzupassen, damit sie zurück in ihr Büro gehen konnte, um dort die Zeit nachzuarbeiten, die sie mit Suchen verbracht hatte. Als sie eben mit Tami durch die Drehtür hinausgehen wollte, stellte Elyas sich ihnen in den Weg.

»Darf ich die Damen vielleicht zu einer heißen Schokolade einladen?«

Silja schüttelte bedauernd den Kopf. »Wir haben keine Zeit.« Sie zog Tami mit sich.

»Nebenan im Café gibt es leckeren Kuchen. Tami mag doch Kuchen, oder?«

»Au ja, Mama, bitte. Kakao und ein Stück Torte. Ich habe Hunger.«

Wieder schüttelte Silja den Kopf. »Es passt heute leider nicht. Sie muss ihre Hausaufgaben machen. Außerdem hat sie es nicht verdient.«

»Du hast ebenfalls nichts gegessen, Silja. Deine Fünf-Minuten-Terrine steht noch immer im Pausenraum auf dem Tisch. Im Café gibt es auch Herzhaftes.« Elyas legte seine Hand auf ihren Arm. »Gutes Essen beruhigt die Nerven.« Er lächelte sie an. »Außerdem ist Weihnachten. Das Fest der Liebe.«

Silja zuckte zusammen. »Liebe? Was meinst du damit?« Sie beäugte ihn misstrauisch. Sie war nicht umsonst eine alleinerziehende Mutter. Männerangelegenheiten standen auf ihrer Wunschliste nicht nur in diesem Jahr ganz weit unten, sondern seit ihrer letzten Beziehung in jedem Jahr.

Das Lächeln in Elyas' Gesicht verschwand. »Ähm, ich …«

»Er meint Nächstenliebe, Mama«, kam Tami ihm zu Hilfe.

»Sicher?« Silja musterte den Hausmeister streng.

Schnell nickte Elyas. »Genau das war es, was ich sagen wollte. Also?«

Mit Zuckerguss im Hundeblick sah Tami ihre Mutter an. »Och büdde, Mami.«

Schicksalsergeben willigte Silja ein. »Na gut. Aber die Hausaufgaben von gestern und heute machst du gleich danach. Und du versprichst mir, mit dem Schuleschwänzen aufzuhören.«

Zögerlich nickte Tami.

Kurz darauf saßen sie im Café Wien, direkt am großen Fenster. Von hier konnte man nicht nur die Streifenwagen vor dem Juweliergeschäft und die Traube neugieriger Passanten beobachten, sondern zur Linken auch den Weihnachtsmarkt mit seinem Karussell und dem großen Tannenbaum sehen, der direkt hinter dem Posaunenchor mitten auf dem Marktplatz stand. Tami aber hatte für die weihnachtliche Schönheit ausnahmsweise keinen Blick übrig. Sie interessierte sich viel mehr für das polizeiliche Treiben vor dem Juweliergeschäft.

Elyas erzählte ihr und Silja von dem Überfall und dass er währenddessen auf der Leiter gestanden hatte, um die Drehtür zu reparieren. »Ich war also sozusagen mittendrin.«

Tami war sichtlich beeindruckt.

»Hoffentlich ist niemand zu Schaden gekommen«, meinte Silja besorgt.

»Das denke ich nicht, sonst wäre ja auch ein Rettungswagen vorgefahren«, gab Elyas zu bedenken.

Tami schien das Gewusel auf der Straße jetzt noch spannender zu finden. »Das ist wie im Fernsehen.«

Allerdings blieb nun direkt vor dem Fenster ein Mann mit kurzen Haaren und Wintermantel stehen und versperrte ihnen die Sicht. Den Kragen hochgeschlagen, ließ er sich von einem Uniformierten irgendetwas berichten.

Elyas erkannte den Mann. Es war der Beamte, der Kurt Ebert über die Straße hinweg etwas zugerufen hatte. Die beiden konnten einander ganz offensichtlich nicht leiden.

»Mama, ich kann gar nichts mehr sehen.«

»Es ist unhöflich, die ganze Zeit aus dem Fenster zu starren, Tami«, ermahnte Silja ihre Tochter.

»Wenn ich groß bin«, erklärte die Kleine, »werde ich Kommissar, wie die im Fernsehen.«

Elyas lachte. »Wusstest du, dass unser Hausdetektiv früher einmal Polizist war?«

»Onkel Kurt?« Tami hob überrascht den Kopf.

Endlich ging der Mann vor dem Fenster weg.

Der Schneegriesel von vorhin war mittlerweile zu einem wilden Flockentanz geworden.

Elyas sah hinaus. »Schön«, sagte er leise.

»Magst du Schnee?«, wollte Tami wissen.

»Weihnachten ohne Schnee ist wie Eis ohne Sahne«, sinnierte er, und Tami nickte eifrig.

»Du feierst Heiligabend?«, fragte Silja einigermaßen überrascht.

»Warum nicht?«

»Nun ja, weil ...« Verlegen senkte sie den Blick.

Er lachte. »Weil ich Türke bin?«

»Nun ja ... ähm ...«

»Ich bin nicht religiös, wenn es das ist, was du meintest. Außerdem liebe ich das Fest. Alle sind ein wenig netter als sonst. Das gefällt mir. Wenn ich irgendwann genug Geld gespart habe, kaufe ich mir ein Häuschen auf dem Land, mit einem offenen Kamin. Und dann setze ich mich davor und warte, dass es schneit.«

Unbemerkt hatte sich die Bedienung genähert. »Ein doppelter Espresso. Wie immer.« Sie stellte eine kleine Tasse vor Elyas ab, dabei schenkte sie ihm ein strahlendes Lächeln. »Und Schokoladentorte. Ich habe dafür gesorgt, dass es etwas größer ist als üblich«, säuselte sie vertraulich.

Ohne ein weiteres Wort schob sie Silja den Cappuccino hin und Tami die heiße Schokolade mit der Nusstorte.

»Du bist öfter hier?«, fragte Silja, als die Frau wieder fort war. Sie nahm die Tasse und nippte an dem Kaffee, während sie über den Rand hinweg Elyas anschaute.

Er grinste. »Ja, jeden Tag. Ich liebe Torte.«

»Ich auch«, stimmte Tami mit vollem Mund zu.

Draußen entfernten sich jetzt die Polizeiwagen, und die Menschenmenge löste sich langsam auf. Der Mann mit dem Bürstenschnitt bestieg sein Auto und fuhr davon.

»Ist alles okay, Silja? Du guckst so ernst.«

»Mein Kind schwänzt die Schule. Ich habe Grund genug, ärgerlich zu sein.«

Elyas sah Tami an, die munter ihre Torte mampfte. »Warum tust du das? Hast du Probleme mit den anderen Kindern?«

»Nö.«

»Sind die Aufgaben zu schwer?«

»Nö.«

»Magst du die Lehrerin nicht?«

»Doch.«

Elyas sah Silja an, die nur mit den Schultern zuckte. »Was ist es denn dann?«

»Das Kaufhaus ist so gemütlich«, erklärte Tami und wischte ihren Schokoladenmund am Ärmel ihres Pullis ab. »Da riecht es überall nach Zimt. Und die Weihnachtslieder sind so schön. Zu Hause haben wir nur einen ganz kleinen Weihnachtsbaum. Der im Härtling ist viel schöner.«

Silja schüttelte verzweifelt den Kopf. »Das muss aufhören. Wir beide bekommen Probleme mit deiner Schule. Ärger mit Frau Rudloff habe ich deswegen bereits. Tami, ich darf den Job nicht verlieren. Verstehst du das?«

Die Kleine ließ die Gabel sinken und schaute auf ihr halb gegessenes Stück Torte. Betrübt nickte sie.

»Ich bin mir sicher, dass Tami das nie wieder macht, oder?«, warf Elyas ein.

»Danke für deinen Optimismus, ich bin mir da allerdings nicht so sicher.« Silja nahm einen Schluck von ihrem Kaffee. »Das ist außerdem noch nicht alles. Frau Rudloff hat gesagt, dass zum nächsten Ersten Veränderungen anstehen. Ich glaube, es soll einigen von uns gekündigt werden.«

»Gekündigt?«

»Und dann war Herr Pingel vorhin bei mir, um mir mitzuteilen, dass zusätzlich zum Jahresabschluss eine Buchprüfung ansteht. Meine freien Tage kann ich vergessen.«

»Das ist seltsam. Werden solche Sachen denn üblicherweise vor Jahresende gemacht?«

»Nein. Vor allem setzt man sie nicht derart kurzfristig an.«

Die drei blickten hinaus. Das Schneegestöber wurde immer dichter. Es hatte sich bereits ein weißer Teppich auf den Gehweg gelegt.

Da begann Tami, ein Lied zu singen, »Leise rieselt der Schnee«.

Bevor Silja protestieren konnte, legte Elyas die Kuchengabel aus der Hand und sang mit. Die helle Kinderstimme und sein dunkler Bass tönten durch das Café. Die Gespräche der anderen Gäste verstummten. Einige sahen empört auf, andere lächelten. Jetzt fiel auch die Kellnerin in den Gesang ein, und ein älteres Ehepaar nahe der Tür machte ebenfalls mit.

»... weihnachtlich glänzet der Wald ...«

Elyas hat eine wirklich schöne Stimme, dachte Silja. Sie arbeitete seit drei Jahren im Kaufhaus, aber noch nie hatte sie bemerkt, dass seine schwarzen Haare ein wenig wirr vom Kopf abstanden. Er hatte kaffeebraune Augen, nein, eher mokkafarben, mit viel Wärme darin.

Schnell schüttelte sie den Gedanken ab. Hatte er nicht eben gerade mit der Kellnerin geflirtet?

»... freue dich, 's Christkind kommt bald.«

Jemand klatschte.

Erst jetzt bemerkte Silja, dass Elyas sie ansah. Schnell löste sie ihren Blick von seinem und nahm die Tasse wieder auf.

»Können wir zurück ins Kaufhaus gehen, Mami?«

»Nein, du musst nach Hause und deine Hausaufgaben machen.«

Elyas beugte sich ein wenig zu Tami hinüber. »Warum willst du denn ins Kaufhaus?«

»Weil Eddis zweite Show gleich beginnt. Ich muss dem Weihnachtsmann heute unbedingt meinen Wunschzettel geben.«

»Ich bitte dich. Du weißt genau, dass Eddi nicht der Weihnachtsmann ist. Außerdem kannst du ihm den Zettel auch an einem anderen Tag geben.«

»Nein, nicht den Wunsch von heute.«

»Schreibst du jeden Tag einen für ihn auf?«

Tami nickte ernst. »Aber dieser ist der allerallerwichtigste.«

Silja schob ihren Stuhl zurück und erhob sich. »Zieh deinen Mantel an. Wir gehen nach Hause.«

»Mein Ranzen ist aber noch im Kaufhaus.« Tami sah ihre Mutter mit großen, bittenden Augen an, während Elyas schelmisch grinste.

»Wenn ihr eh noch mal rübergehen müsst, können wir uns Eddis Show doch gemeinsam ansehen.« Er sah auf seine Armbanduhr. »In fünf Minuten geht es los. Dauert ja nicht lange. Tami macht dann auch bestimmt ganz brav zu Hause ihre Hausaufgaben, nicht wahr?«

Die Kleine nickte eifrig. Dann schauten beide Silja mit Hundeblick an.

»Meinetwegen«, gab sie nach, »aber nur kurz.«

Schnell schlüpfte Tami in ihren Mantel. Zu dritt gingen sie zurück zum Härtling, in der Mitte Tami, die Silja und Elyas an den Händen hielt und auf dem schneebedeckten Boden mal schlitterte, mal hüpfte. »Und nächstes Mal gehen wir auf den Weihnachtsmarkt, ja?«

»Nein, das werden wir nicht.«

»Och, Mami!«, jammerte Tami zwischen zwei Hüpfern.

»Ich sagte Nein. Basta.«

Als sie die Drehtür erreichten, warnte Elyas sie vor der alten Dame. »Ich traue ihr heute nicht über den Weg.« Doch die Tür funktionierte tadellos.

Drinnen angelangt, klopften sie sich die Schneeflocken von den Mänteln. Aus den Lautsprechern tönten gerade die letzten Klänge von »Schneeflöckchen, Weißröckchen«.

»Schnell!«, rief Tami. »Es geht los.«

9

Kurt sah nach oben. Eddis nächste Show müsste jeden Moment beginnen. Da erklang auch schon das Signallied »Schneeflöckchen, Weißröckchen«. Er trat an das Geländer im ersten Stock und schaute hinunter zur Bühne und zu dem Tannenbaum. Er war zufrieden, denn soeben hatte er in der Abteilung für Herrenoberbekleidung die, wie sich herausstellte, Gattin des Oberstaatsanwalts beim Diebstahl erwischt. Drei seidene Krawatten mit passenden Einstecktüchern hatte die Dame in ihrer Tasche mitgehen lassen sowie eine vergoldete Krawattennadel und einen Seidenschal. Empört hatte die Frau zunächst alles abgestritten und etwas von »Verleumdung« und »Konsequenzen« gefaselt. Ja, sogar gedroht hatte sie ihm und behauptet, Kurt würde seinen Job verlieren, denn ihr Mann sei ein Golffreund von Herrn Härtling. Ungerührt hatte Kurt sie reden lassen und dann die Polizei gerufen sowie der Dame ein Hausverbot erteilt. Er war sich nicht ganz sicher, ob es Frau Rudloff milde stimmen würde, aber er hatte ihr eine richtige Diebin geliefert. Das war schon mal was.

Das erwartungsvolle Gemurmel der Kunden im Erdgeschoss schwoll an, als das Lied endete. Unten sah Kurt Tami mit ihrer Mutter und Elyas durch die Drehtür treten.

Dann setzte »Vom Himmel hoch, da komm ich her« ein.

Er schaute nach oben zur Balustrade im vierten Stock, wo Eddi auf seiner Kiste stand, die Arme weit ausgebreitet, als wollte er die Welt umarmen.

»Ho, ho, ho«, rief der Weihnachtsmann.

»Ho, ho, ho«, erwiderte das begeisterte Publikum.

»Wart ihr auch alle brav?« Eddi rückte etwas näher ans Geländer und beugte sich vor, um seine Fans besser sehen zu können.

In das »Jaaa!« der Kleinen mischte sich ein meckerndes »Nöööö!« von einigen Jugendlichen, die sich unter das Publikum gemischt hatten.

Eddi lachte und griff in den Beutel mit dem Glitzerschnee.

»Ihr müsst immer artig sein, liebe Kinderchen, denn der Weihnachtsmann sieht alles. Vergesst das nie.« Falscher Schnee rieselte herab.

Irritiert bemerkte Kurt, dass Eddi von seinem Drehbuch abwich. Bisher hatte er den Kleinen nie gedroht.

»Ho, ho, ho! Soll der Weihnachtsmann zu euch kommen?«

Die Antwort war ein jubelndes »Ja«.

Kurt sah, wie Eddi mit beiden Händen falsche Flocken warf und sich im Schutz des Schneeschleiers zum Gehen umwandte. Für den Bruchteil eines Moments meinte Kurt, einen Schatten im Hintergrund zu sehen. Im nächsten Moment entglitt Eddi der Beutel mit dem Kunstschnee. Er geriet ins Taumeln, griff um sich und verlor das Gleichgewicht!

Sein überraschter Schrei übertönte die Musik, als er über die Brüstung stürzte.

Das Publikum kreischte auf.

Mit rudernden Armen flog Eddi auf ihn zu. In der irrigen Annahme, den fallenden Körper ergreifen zu können, beugte sich Kurt weit über das Geländer und griff nach ihm. Ihre Blicke trafen sich, ehe Eddi an ihm vorbei in die Tiefe stürzte.

Ein Scheppern und Poltern. Dann lag der Weihnachtsmann bäuchlings mitten im umgestürzten Weihnachtsbaum.

Entsetzte Stille breitete sich aus.

Nur die Musik spielte weiter: »… der guten Mär bring ich so viel. Davon ich singen und sagen will.«

Dann brach die Hölle los.

10

Kurt fuhr herum. Über der geschlossenen Fahrstuhltür leuchtete die Vier. Den Lift zu holen, würde zu lange dauern. Er rannte zum Treppenhaus und stürmte, immer zwei Stufen auf einmal nehmend, hinunter, während die Kunden unten panisch durcheinanderschrien.

Im Erdgeschoss angekommen, bahnte er sich energisch einen Weg durch die zum Ausgang hastende Menge. »Lassen Sie mich doch durch!«, rief er.

Endlich hatte er den umgestürzten Weihnachtsbaum und die zerstörte Bühne erreicht.

Keuchend blieb er stehen.

Er glaubte nicht, was er sah.

Etwas umklammerte Kurts Herz und drückte es zusammen, sodass er kaum noch Luft bekam.

Neben dem Weihnachtsmann hockte Elyas und tippte mit zitternder Hand auf seinem Handy herum. Kurt schob mit dem Fuß einige zerstörte Deko-Pakete beiseite und beugte sich über Eddi. Sanft drückte er seine Finger an dessen Halsschlagader.

»Bringt nichts. Er ist tot«, murmelte Elyas leise.

»Ich weiß.« Kurt schluckte und nickte. »Wollte nur sichergehen.« Er hatte schon so manche Leiche gesehen, aber nie war es jemand gewesen, den er kannte. Nie ein Freund.

Kurt sah sich um und entdeckte ein Stück entfernt Tami und ihre Mutter. Die Kleine drückte ihr Gesicht in Siljas Mantel und weinte.

Noch immer schwebten Schneepartikel aus dem vierten Stock herab. Sie legten sich auf Eddis Kostüm, die kaputten Pakete, den umgestürzten Tannenbaum und Elyas' schwarze Locken.

Hinter sich hörte Kurt eilig näher kommende Schritte. Dem Gang nach waren es die von Corinna Rudloff.

Elyas stand auf. »Ich habe den Rettungswagen und die Polizei gerufen«, erklärte er.

Die Chefin blieb ein Stück entfernt stehen, als traute sie sich nicht näher heran. Sie starrte Eddi an. Weiß wie eine Wand war ihr Gesicht unter der Schminke. Dann schien das, was Elyas gesagt hatte, in ihr Bewusstsein einzusickern.

»Die Polizei?« Ein Ruck ging durch ihren Körper. »Warum die Polizei? Das war ein Unfall.« Mit ihrem manikürten Zeigefinger wies sie auf den Toten. »Ein unsäglicher, überflüssiger Unglücksfall. Ich hatte den Mann gewarnt.«

Kurt horchte auf. »Wovor?«

Sie sah ihn irritiert an, offenbar hatte sie Mühe, die Frage zu verstehen.

»Die Brüstung. Die dämliche Kiste. Aber er wollte ja nicht hören. Mein Gott, der Papierkram, den er mir dadurch aufhalst. Warum müssen die Leute immer nur an sich denken? Das war höchst eigensüchtig von ihm.«

»›Er‹ hat einen Namen«, antwortete Kurt tonlos. »Eduard Hempel.«

»Ja, ja, ich weiß.« Sie fuhr sich hektisch mit den Fingern durch die perfekt sitzende Frisur, während sie ihren Blick über das Chaos aus Tannenzweigen, zerplatzten Deko-Päckchen, bunten Glassplittern zerborstener Weihnachtskugeln und dem toten Weihnachtsmann schweifen ließ. Sie schüttelte den Kopf. »Das braucht Tage, bis es wieder hergerichtet ist.« Sie wandte sich an Kurt. »Wie lange dauert so was?«

»Was meinen Sie?«

»Na ja, bis die Polizei ihn mitgenommen hat. Oder wer auch immer. Hauptsache, wir können mit dem Aufräumen beginnen.«

Sprachlos sah er sie an. Sogar Elyas bekam große Augen.

»Was denken Sie denn, meine Herren, warum es ›Weihnachtsgeschäft‹ heißt?« Sie sah von einem zum anderen. »Genau! Weil man Geschäfte macht! Und das geht nur, wenn der da«, wieder wies sie auf Eddi, »weg ist. Es muss geputzt und umdekoriert werden. Ich bin mir nicht einmal sicher, ob der Baum noch taugt. Schlimmstenfalls muss ein neuer her.« Sprach's, drehte sich um und verschwand in der Menge.

Elyas war der Mund offen stehen geblieben. »Unglaublich.«

»Aber wahr«, grummelte Kurt und versuchte, einige der noch im Kaufhaus verbliebenen Kunden dazu zu bewegen, Aussagen zu machen, sobald die Polizei angekommen wäre. Ein älterer Mann brüllte, er wolle das Härtling verklagen, denn seine Enkelin würde von nun an mit einer posttraumatischen Belastungsstörung zu kämpfen haben. Auf Kurt wirkte das Mädchen jedoch nicht sonderlich belastet. Neugierig starrte die etwa Zwölfjährige auf Eddi und schien eher zu überlegen, ob man den toten Weihnachtsmann noch einmal schütteln sollte oder wenigstens mit dem Schuh anstupsen. Der Großvater zog das Kind hastig mit sich fort.

»Krass. Ist der echt tot?«, hörte Kurt jemanden rufen. Es war ein Jugendlicher in weißer Jeans und Daunenjacke.

»Die Show war besser als erwartet«, kommentierte das Mädchen neben ihm nüchtern und richtete ihre Frisur mit einem Kamm. Sie trug die gleiche Jacke wie ihr Freund.

Corinna Rudloff tat derweil ihr Bestes, die aufgebrachten Kunden zu beruhigen. Kurt sah, dass sie hektische rote Flecken am Hals hatte. So wenig er sie auch leiden konnte, in ihrer Haut wollte er jetzt lieber nicht stecken. Die Zeitungen würden sich auf den toten Weihnachtsmann im Härtling stürzen wie auf eine Festtagsgans.

Endlich erschien der erste von zwei Streifenwagen. Routiniert wurde rot-weißes Absperrband um den umgestürzten Baum mitsamt Eddis Leiche und der Bühne gespannt. Ein Notarzt traf ein und bestätigte den Tod des Weihnachtsmanns.

Corinna Rudloff telefonierte unterdessen hektisch im Hintergrund mit dem Kaufhausbesitzer und versicherte, dass sie nicht wüsste, wie lange das Kaufhaus geschlossen bleiben musste.

Kurt lehnte an einer Säule. Wie durch Watte nahm er wahr, was um ihn herum passierte. Uniformierte sicherten den Fundort, von draußen fotografierten die Jugendlichen durch das Schaufenster die Szenerie, Verkäuferinnen standen weinend beieinander, Silja Wedemeyer versuchte, ihre Tochter zu beruhigen, und Putzfrau Magdalena stand blass wie ein Handtuch da und starrte mit ihrem Besen in der Hand auf den Leichnam.

Zwei schwarz gekleidete Herren mit einem Metallsarg kamen von draußen herein und stellten sich unauffällig an den Rand des Geschehens.

»Wo bleibt die Kriminaltechnik?«, wollte Kurt von einem der jungen Beamten wissen.

»Das hat Sie nicht zu interessieren. Gehen Sie bitte zur Seite.«

Kurzerhand zückte Kurt sein Handy, um den Tatort zu fotografieren, den Leichnam ebenso wie den Tannenbaum mitsamt Kunstschnee und allem, was ihm vor die Linse kam.

»Ich arbeite hier als Detektiv«, erklärte er dem Polizeimeister.

»Hören Sie sofort damit auf!«

»Das geht nicht.« Kurt knipste weiter. »Das war kein Unfall. Der Tote muss in die Rechtsmedizin und seine Kleidung kriminaltechnisch untersucht werden. Es muss nach Spuren auf Fremdeinwirkung gesucht werden.« Er spürte, dass der Beamte hinter ihm überlegte. Schnell machte er noch ein paar letzte Bilder.

»Haben Sie gesehen, was passiert ist?«

»Er wurde gestoßen. Ich bin mir absolut sicher.«

Der junge Uniformierte legte seine Hand auf Kurts Arm. »Das reicht nicht. Kommen Sie bitte mit.«

»Moment. Ich muss kurz telefonieren.«

Der Beamte runzelte die Stirn. »Darf ich erfahren, mit wem?«, fragte er.

»Hauptkommissar Bronski vom KDD.«

»Kriminaldauerdienst? Sind Sie etwa ein Kollege?«

Bevor Kurt antworten konnte, wurde der Anruf angenommen.

»Hier Kurt. Sagt dem Bronski, er soll sofort ins Kaufhaus Härtling kommen. Wir haben eine Leiche. Sieht verdächtig nach Mord aus.«

11

Die Uniformierten hatten die Situation im Kaufhaus gut im Griff, das musste Kurt ihnen lassen. Personalien wurden aufgenommen und die Absperrung erweitert sowie ein Beamter an die Drehtür gestellt, damit keine Neugierigen hereinschlüpften. Frau Rudloff ließ Packpapier vor sämtliche Fenster kleben, durch die man fotografieren könnte, und ordnete an, dass sich das Personal im Keller in der Küche versammeln sollte.

Kurt war von einem auf den anderen Moment wieder der, der er über viele Jahre gewesen war. Er war im Ermittlungsmodus. Und es fühlte sich gut an.

Noch immer war Bronski nicht da. Gut, dann würde er eben allein in den Vierten fahren, um sich dort umzusehen.

»Na, wenn das nicht unser Sherlock Ladendetektiv ist«, brüllte da der ehemalige Kollege mit sonorer Stimme durch den Verkaufsraum. »Stürzen sich die Leute jetzt schon deinetwegen in die Tiefe?«

»Deine Witze sind heute noch genauso mies wie früher«, entgegnete Kurt, der gerade auf den Fahrstuhlknopf hatte drücken wollen, und drehte sich um.

Auch wenn er seinen Ex-Kollegen nicht leiden konnte, so war er doch froh, ihn zu sehen, denn Bronski war vom Fach. So wie er. Und Bronski war sogar einer der Besten – nach ihm, versteht sich.

»Also, was haben wir hier?« Bronski stellte sich mit zur Seite geneigtem Kopf an die Absperrung und blickte zum Toten, der jetzt, nachdem der Arzt den Tod festgestellt hatte, auf dem Rücken lag. Kein schöner Anblick. »Ist das etwa Eddi Hempel? Ich dachte, der ist im Knast.«

»Kam letztes Jahr raus.«

Bronskis Blick wanderte nach oben. »Runtergefallen? Einfach so? War er mal wieder betrunken?«

»Nein.«

»Vielleicht wollte er nur einen fetten Abgang ins Jenseits machen. Ein Showman war Hempel ja schon immer.«

»Selbstmord?« Kurt schüttelte den Kopf. »Nee, nicht Eddi. Er hatte keinen Grund.«

»Eddi? Ach, so gut kanntet ihr euch?«

Kurt schwieg.

»Warum wolltest du, dass ich komme? Hätte doch auch einer der Kollegen machen können. Ich hab mit dem Überfall drüben schon genug zu tun.« Bronski sah ihn erwartungsvoll an. Dann strahlte er, als fiele ihm die Antwort auf seine Frage in diesem Moment selbst ein. »Genau, weil ich der Beste bin.« Jovial schlug er Kurt auf die Schulter. »Hast es also endlich begriffen. Auch hier habe ich gewonnen.«

»Hör zu, Bronski, es geht nicht um ein dämliches Wettrennen, sondern um einen Menschen. Etwas stimmt nicht.«

»Wie kommst du darauf?«

»Kurz bevor Eddi fiel, sah ich einen Schatten. Ich glaube, da stand jemand ein, zwei Schritte hinter ihm. Dann stürzte er hinunter. Das war kein Selbstmord.«

»Okay, also ist er gestolpert. Ja und?«

»Wir sollten nach oben gehen und schauen, ob Spuren zu finden sind.«

Bronski lächelte. »Ich kann ja verstehen, dass dir die Polizeiarbeit fehlt. Aber erstens sieht das hier gewaltig nach einem Unglück aus, und zweitens solltest du die Entscheidung, was zu tun ist, den Profis überlassen. Deine Zeit im Kommissariat ist nämlich vorbei.«

Kurt betrachtete den hochgewachsenen Ex-Kollegen mit dem militärisch anmutenden Haarschnitt, der für seine einundsechzig Jahre noch verdammt gut in Schuss war. Anders als er selbst, der zehn Kilo zugelegt hatte, seit er im Ruhestand war. Mindestens. »Du willst den Fall nicht untersuchen?«

»Mir scheint die Lage hier klar zu sein. Außerdem habe ich andere Sachen auf meinem Schreibtisch, die dringender sind.«

»Zum Beispiel der Juwelenraub von heute früh.«

»Genau der. Schmuck im Wert von fast hunderttausend Euro

ist weg. Der Täter konnte unerkannt entkommen.« Bronski lachte. »Du kannst es morgen in der Zeitung lesen, Kurt.« Er wedelte mit der Hand durch die Luft. »Das hier ist Routine. Ein Unfall. Viel Papierkram für nix. Da ist ein Juwelenraub schon interessanter.«

»Früher hättest du dir keinen Mord vor der Nase wegschnappen lassen.«

»Das war kein Mord, Kurt, sondern ein Missgeschick, verstanden?«

Kurt schüttelte ungläubig den Kopf. Noch immer lag Eddis lebloser Körper zwischen zerbrochenen Tannenbaumkugeln und abgeknickten Zweigen. Er trug nur den Handschuh an der linken Hand. Den rechten hatte er ausgezogen, um den Glitzerschnee besser streuen zu können.

Neben dem Toten wartete die Zinkwanne auf ihre Fracht. Nur das Ziel seiner letzten Reise war noch unklar. Rechtsmedizin oder das Kühlfach beim Bestatter? Bronski sprach mit einem Kollegen. Kurt nahm sein Handy und schoss schnell noch ein paar Fotos.

»Schau mal dahin.« Kurt deutete auf Eddis Brust.

Bronski trat näher.

»Sein Mantel ist kaum mit Kunstschnee bedeckt.«

»Ja und? Der kam wohl erst nach ihm hier unten an. Außerdem landete er auf der Vorderseite, habe ich mir sagen lassen.«

»Genau, Bronski. Und darum frage ich mich, wieso dort auf seiner Brust dieser große eckige Fleck Kunstschnee ist. Der restliche Mantel ist nur leicht eingestaubt, aber frei von Schnee, auf dem Oberkörper dagegen sieht man eine deutliche Spur.«

Die beiden Männer beugten sich über den Leichnam.

»Eine rechteckige Form, fast wie ein Abdruck, oder?«

»Na und? Er hat sich vorher irgendwo gegengelehnt.«

»Mit der Vorderseite? Wo sollte er sich mit der Brust gegenlehnen? Wohl kaum gegen eine Wand. Und selbst wenn, wieso sollte daran Kunstschnee haften und so einen Abdruck verursachen?« Kurt zog sein Handy aus der Hosentasche und machte ein Foto, das er dann auf dem Display für Bronski vergrößerte.

»Sieh genau hin, da ist nicht nur Kunstschnee, sondern noch etwas anderes.« Er reichte dem Ex-Kollegen sein Handy.

Der aber lachte. »Ich kann dir sagen, was das ist: handelsüblicher Dreck, auch Wollmäuse genannt.«

»Korrekt, Bronski. Wie, bitte schön, kommen die auf Eddis Brust?«

Bronski verzog das Gesicht, als könnte er nicht glauben, was er da hörte. »Kurt, das sagt mir nur eines: Eure Putzfrau arbeitet nicht anständig. Der Dreck gelangte post mortem auf den Mantel. Erledigt.«

Corinna Rudloff kam zu ihnen. »Haben Sie hier die Leitung? Warum bringen Sie den da nicht weg, Herr Kommissar?«, fragte sie, ohne Eddi eines Blickes zu würdigen. »Ich muss das Kaufhaus so schnell es geht wieder öffnen.« Nervös fuhr sie mit der Hand über ihre Stirn. Die vielen metallenen Armreifen an ihrem Handgelenk bimmelten wie Glöckchen. »Wir werden eine Pressemitteilung herausgeben müssen. Mein Gott, so ein verdammter Skandal. Ich weiß gar nicht, wo mir der Kopf steht.«

Bronski wandte sich der Rudloff zu. »Ich denke, morgen können Sie wieder aufmachen. Die Sache scheint mir recht eindeutig zu sein. Allerdings werden Sie hinsichtlich der Sicherheit am Arbeitsplatz und so etwas Fragen beantworten müssen.« Er gab den Bestattern einen Wink.

Mit hängenden Schultern blickte Kurt zu Eddi, der jetzt ordnungsgemäß verpackt wurde.

Sicherlich wird niemand behaupten, der Eddi sei zu Lebzeiten eine wertvolle Stütze der Gesellschaft gewesen, dachte er, doch tief im Herzen war er irgendwie ein guter Typ. Kurt hatte mit dem Gauner und Ex-Knasti so manchen Abend biertrinkend auf der Couch verbracht und sich gefreut, dass die Einsamkeit in seinem Reihenhaus einmal Pause machte.

Ein schwerer Seufzer bahnte sich seinen Weg aus Kurts Brust.

Erst jetzt bemerkte er, dass noch immer weihnachtliche Musik aus den Lautsprechern drang.

»Morgen, Kinder, wird's was geben.«

12

Bald darauf waren alle weg. Auch Eddi, der es nicht bis in die Rechtsmedizin geschafft hatte, sondern beim Bestatter warten musste.

Wenigstens hatte Bronski die Kollegen in Uniform gebeten, Zeugenaussagen und Personalien aufzunehmen sowie ein Mindestmaß an Ermittlungsarbeit zu tätigen, die darin bestand, den Aufenthaltsort eines jeden zu erfragen, der im Härtling gewesen war, als Eddi fiel.

Auch die Traube der Neugierigen vor dem Kaufhaus hatte sich nach Einbruch der Dunkelheit endlich gelichtet. Einen Lokaljournalisten konnte Kurt gerade noch rechtzeitig verscheuchen, ehe der ein Foto vom umgestürzten Weihnachtsbaum machte.

Nachdem das gesamte Personal nach Hause geschickt worden war, verließen auch Corinna Rudloff und Chefeinkäufer Pingel das Kaufhaus.

Ruhe kehrte ein.

Kurt hatte der Chefin gesagt, dass er eine letzte Runde machen wolle, um sicherzustellen, dass niemand das Chaos ausgenutzt hatte und sich über Nacht hier einschließen ließ. Schräge Vögel gab ja heutzutage bekanntlich eine Menge. Tatsächlich aber wollte er allein sein.

Langsam ging Kurt durch die leeren Gänge. Die Ruhe tat ihm gut.

Wieder und wieder sah er Eddi, wie er aufschreckte, kurz bevor er in die Tiefe fiel. War er wirklich nur gestolpert, wie Bronski meinte?

Kurt fuhr mit dem Fahrstuhl in den vierten Stock. Er legte den roten Schalter im Sicherungskasten in der Ecke um. Sogleich flammten ein paar mickrige Leuchten über seinem Kopf auf.

Er schaute sich um.

Spuren im Staub auf dem nackten Betonfußboden zeugten davon, dass er und Eddi hier oben gewesen waren. Die Kiste, auf der sie gesessen hatten, stand noch immer an ihrem Platz an der Balustrade.

Kurt ging zu ihr. Eigentlich hätte er jetzt bei Eddi zu Hause sitzen sollen, die mitgebrachte Currywurst essend und Bier trinkend, weil Eddi ihm etwas Wichtiges hatte erzählen wollen.

Kurt wandte sich um.

Die zerdrückte Zigarettenschachtel seines Freundes lag noch an Ort und Stelle. Ebenso die abmontierten Rauchmelder. Kurt meinte, den Geruch von Eddis Zigaretten erschnuppern zu können, und grinste. So war Eddi gewesen. Regeln waren für andere gemacht, nicht für ihn.

Er wandte sich wieder der Balustrade zu und starrte die Kiste an. Dann setzte er seinen rechten Fuß darauf. Mit Schwung hievte er sich hoch. Das Ding ächzte gefährlich unter seinem Gewicht. Die Brüstung, die normalerweise bis zu seinem runden Bauch reichte, endete jetzt knapp über dem Knie. Eddi war kleiner gewesen als er, etwa eins achtzig.

Er hatte hier oben freihändig gestanden, es war nichts in der Nähe, woran er sich hätte festhalten können. Vielleicht hatte Bronski doch recht, und Eddi hatte nur das Gleichgewicht verloren.

Nein! Kurt war sicher, dass der Schatten keine Einbildung gewesen war. Eddi hatte sich erschrocken, kurz bevor er fiel. Die Frage war nur, warum? War jemand Bedrohliches hinter ihm gewesen? Jemand, der ihm einen Stoß versetzt hatte? Oder war es wirklich so, dass Eddi zusammengezuckt war, wegen was auch immer, und er den Halt verloren hatte?

Kurt schüttelte den Kopf und legte seine Hände auf die Brust, etwa dorthin, wo der Abdruck auf Eddis Kostüm gewesen war. Plötzlich wurde ihm schwindelig. Eilig stieg er von der Kiste und hielt sich mit weichen Knien am Geländer fest.

Fehlte nur noch, dass er ebenfalls hinunterfiel.

Als sein Herzschlag sich ein wenig beruhigt hatte, überlegte er, was er nun tun sollte. Er brauchte dringend ein Argument, das die Polizei dazu bewegen konnte, den Fall zu übernehmen. Es war kein Unfall gewesen!

Es musste etwas geben, das er übersah. Etwas, das sich verändert hatte, seit er mit Eddi hier oben gesessen hatte. Früher, als er noch im aktiven Dienst gewesen war, hatte Kurt oft nach Hinweisen gesucht, die es scheinbar nicht gab, oder Zeugen verdächtigt, nur weil sein Bauch ihm sagte, dass die Leute logen. Nicht immer hatte er richtiggelegen. Aber meistens.

Doch wie er es auch drehte und wendete, er musste schließlich zugeben, dass hier nichts zu finden war.

Ich sollte besser nach Hause fahren, dachte er.

Nur konnte er sich nicht dazu durchringen, es tatsächlich zu tun. Unschlüssig schlurfte er noch einmal durch die Etage. Er wollte nicht fort. Es wäre ihm wie ein Betrug an Eddi vorgekommen, einfach so zu gehen. Außerdem waren da all die Bilder in seinem Kopf.

Hinter einem Betonpfeiler in der entlegensten Ecke der Etage entdeckte Kurt einige eingestaubte leere Pappkartons. Das war nichts Besonderes. Doch der Besen, der dahinterstand, halb verdeckt, der interessierte ihn sehr. Vor allem, weil das Putzgerät eine rote Schleife am Stiel hatte.

Was hatte Magdas Besen hier oben verloren?

Kurt zog den Ärmel seines Pullis über seine Hand und griff nach dem Besen. Er drehte ihn um. Deutlich erkannte er an den Borsten das silbrigweiße Pulver, das Eddi als Schnee über die Brüstung geworfen hatte, und eine Menge Dreck.

Ein bitteres Lächeln legte sich auf sein Gesicht. »Hatte ich also recht.«

Jemand hatte bei Eddis Tod nachgeholfen. Und zwar mit diesem Besen.

Vorsichtig stellte Kurt das Ding zurück und zückte sein Handy. Entschlossen wählte er Bronskis Privatnummer.

13

Kurt hatte eine geschlagene Stunde auf Bronski gewartet. Dann war er heimgefahren. Jetzt lag er hellwach im Bett und starrte an die Decke. Der Wecker neben ihm zeigte halb vier.

Seine Gedanken kreisten. Er griff zum Diensthandy, das er noch nie mit nach Hause genommen hatte. Normalerweise vergaß er es absichtlich auf seinem Bürotisch, bevor er heimging. Was sollte er damit schon zu Hause anfangen?

Umständlich prüfte er nun das Display. Keine eingegangenen Nachrichten.

Er hatte Bronski eine SMS geschickt, als der nicht ans Telefon gegangen war: *Ihr habt ein Beweisstück vergessen. Besen. Form der Borsten passt zu den Dreckspuren auf dem Mantel des Toten. Tatwaffe?*

Kurt kannte seinen Ex-Kollegen gut genug, um zu wissen, dass Bronski niemals zugeben würde, im Unrecht gewesen zu sein. Er würde der Sache zwar nachgehen, aber dabei keine besondere Eile an den Tag legen und sich bis morgen Zeit lassen. Beim KDD brauchte er auch nicht anzurufen. Wegen eines Besens würden die in der Nacht nicht rausfahren.

Er musste sich gedulden. Das wusste er. Nur konnte er es nicht. Wütend schlug er die Bettdecke zur Seite, stand auf und trat ans Fenster. Im fahlen Licht der Straßenlaterne sah er den Schnee fallen.

An Schlaf war heute Nacht nicht mehr zu denken. Also zog Kurt sich an, wickelte den warmen Schal um seinen Hals und verließ das Haus.

Kalte Luft strömte durch seine Lungen, als er vor die Tür trat. Er spürte, wie die Flocken auf seinen heißen Wangen schmolzen.

Die Fäuste tief in den Jackentaschen vergraben, stapfte er ziellos durch die Straßen, während die weiße Pracht zu Boden rieselte. Unter seinen Stiefeln knirschte der Schnee. Die Stadt schien menschenleer. In den Fenstern vieler Häuser leuchteten Weihnachtsdekorationen.

Irgendwann erreichte er ein unscheinbares Mehrfamilienhaus. Er schaute die Fassade empor. Sämtliche Bewohner lagen um diese Zeit im Tiefschlaf. Auch die beiden Fester im siebten Stock waren dunkel. Eddis Zuhause.

Eddis Tod war ab sofort ein Tötungsdelikt. Bronski würde die Wohnung morgen durchsuchen müssen.

Kurt wusste, wo der Schlüssel lag. Zu gern wäre er jetzt hinaufgegangen, um sich umzusehen. Doch das würde eine Menge Ärger geben.

Er ging weiter, obwohl die Neugier ihm zuschrie, er solle umkehren und Eddis Wohnung durchsuchen, bevor Bronski es tat. Doch Kurt widerstand.

Er würde Eddi vermissen. Ihre ungewöhnliche Freundschaft hatte begonnen, nachdem er Eddi ins Gefängnis gebracht hatte. Das war kurz vor seiner Pensionierung gewesen.

Kurt wusste selbst nicht, warum er als frischgebackener Ruheständler angefangen hatte, Eddi dort zu besuchen. Vielleicht war es Einsamkeit gewesen oder ein schlechtes Gewissen, denn Eddi für die Fälschung einer Unterschrift derart hart zu bestrafen, war selbst Kurt unfair erschienen. Andererseits hatte sein Freund bereits eine bemerkenswerte Liste weiterer Gaunereien in seinem Lebenslauf stehen gehabt.

Vielleicht war der Grund dafür aber auch, dass Eddi das Leben immer so leicht genommen hatte. Kurt erinnerte sich an Eddis Lieblingsfilm »Das Dschungelbuch«. Besonders die Lieder von Balu, dem Bären, hatte er gut draufgehabt. *Probier's mal mit Gemütlichkeit, mit Ruhe und Gemütlichkeit jagst du den Alltag und die Sorgen weg. Und wenn du stets gemütlich bist und etwas appetitlich ist, dann nimm es dir, egal von welchem Fleck.*

Tja, genauso hatte Eddi gelebt. Da war es kein Wunder, dass er irgendwann mit dem Gesetz in Konflikt geraten war.

Kurt wanderte weiter durch das Schneetreiben.

Irgendwie hatte er seinen Freund immer um dessen lebenslustige Art beneidet. Dass Eddi sich ständig Geld von ihm geliehen hatte, ohne auch nur einen Euro zurückzuzahlen, hatte Kurt nicht sonderlich gestört. In Eddis Nähe hatte er lachen können. Mit wem sollte er das denn nun tun?

Als Kurt aufblickte, fand er sich unversehens vor seinem Arbeitsplatz wieder. Ohne Plan hatte es ihn hierhergezogen.

Die Leuchtschrift »Kaufhaus Härtling« überspannte die gesamte Breite des Hauses. Auf den Buchstaben hatten sich weiße Hauben gebildet. Leblose Schaufensterfiguren starrten an Kurt vorbei auf die leere Straße hinaus.

Ihm wurde kalt. Er holte die Hände aus den Jackentaschen und rieb sie aneinander. Vielleicht konnte er nach diesem Spaziergang besser schlafen. Drei Stunden hatte er ja noch, bevor der Wecker bimmelte.

Eben wollte er sich abwenden, um heimzugehen, als er aus den Augenwinkeln einen Lichtschein hinter den Schaufensterpuppen aufblitzen sah.

Nanu?

Der auf Geheiß von Corinna Rudloff angebrachte Sichtschutz hatte sich gelöst. Ungehindert konnte Kurt in das Innere des Kaufhauses schauen. Er hielt sein Gesicht nahe an die Scheibe und presste die Handkanten daneben. Er war sicher, etwas erspäht zu haben.

Er wartete, ob er das Blitzen noch einmal sehen würde, doch leider beschlug die Fensterscheibe durch seinen Atem. Kurt wischte die Feuchtigkeit mit dem Ärmel fort und kniff die Augen ein wenig zusammen, um mehr erkennen zu können. Hatte er sich getäuscht?

Er wollte sich schon abwenden und gehen, als erneut ein Licht aufflackerte. Kurt atmete schneller. Hatte er auf seiner Runde vorhin jemanden übersehen?

Er sah zur Drehtür des Kaufhauses hinüber, die keine zehn Meter von ihm entfernt war. Weißer, unberührter Schnee bedeckte den Gehweg. Hier war niemand entlanggegangen.

Wieder blickte er durch das Fenster.

Da. Es war der Schein einer Taschenlampe, den er gesehen hatte. Der Lichtkegel wanderte umher.

Es war definitiv nur ein einziges Licht zu sehen. Ein einzelner Eindringling?

Kurz überlegte er, die Polizei zu informieren.

Bis die hier wären, könnte der Einbrecher allerdings verschwunden sein. Da der Kerl nicht von vorn ins Gebäude gelangt war, musste er den Hintereingang oder ein Fenster benutzt haben. Kurt schlidderte zur Rückseite des Kaufhauses. Und wurde fündig.

Keuchend betrachtete er die Fußspuren, die vor der Tür des Personaleingangs deutlich zu sehen waren. Leider aber führten sie vom Haus weg. Der Täter war also schon fort? Hatte er ihn etwa verpasst? »Mist.«

Kurt ärgerte sich. Hätte er den anderen Weg ums Gebäude genommen, wäre ihm der Einbrecher direkt in die Arme gelaufen. Hektisch sah er sich um, überlegte, ob er die Verfolgung aufnehmen solle. Doch seine Kondition war schon lange nicht mehr ausreichend für eine Verfolgungsjagd zu Fuß.

Außerdem legte sich bereits eine leichte Schneeschicht in die Fußabdrücke vor der Tür. In wenigen Minuten würde nichts mehr zu sehen sein.

Kurt entschied sich gegen die Verfolgung, zog sein Handy aus der Tasche und aktivierte die Kamera. Sorgsam fotografierte er die Fußspuren, die von der Tür wegführten, und wusste doch, dass die Qualität mit Blitz zu gering und das Ergebnis unbrauchbar sein würde. Behutsam stellte er seinen linken Fuß neben den Abdruck des Eindringlings, um wenigstens das Größenverhältnis festzuhalten, bevor man gar nichts mehr erkennen konnte.

Noch waren die Prägungen der Schuhsohle einigermaßen zu sehen. Kurt knipste. Er nahm den Fuß wieder weg, sein Abdruck in Größe vierundvierzig blieb im Schnee zurück. Der Schuh des Einbrechers war zwei oder drei Nummern kleiner.

Dann wandte er sich der Tür zu. Sie war verschlossen. Einbruchsspuren konnte er nicht entdecken. Wer immer hier gewesen war, hatte einen Schlüssel gehabt.

»Mist«, rief er noch einmal. Jetzt konnte er einen Anruf beim Revier oder gar bei Bronski vergessen. Das Anzeigen eines Einbruchs im Kaufhaus Härtling würde mehr als albern wirken, wenn derjenige mit einem Schlüssel hereingekommen war. Schon hörte er Bronskis voluminöses Lachen und seine Frage, ob Kurt sich lächerlich oder wichtigmachen wolle.

Ärgerlich verharrte Kurt bei der Tür und beobachtete, wie das Schneetreiben die Spuren bedeckte.

14

Am nächsten Morgen saß ein Teil der Belegschaft eng gedrängt und schweigend in der Personalküche. Das Kaufhaus müsse geschlossen bleiben, hatte die Polizei erklärt. Trotzdem waren alle gekommen. Einige aus Neugier, andere, weil sie nicht wussten, wie es weitergehen sollte. Über den Flurfunk hatte es Gerüchte von anstehenden Kündigungen gegeben.

Jemand fragte in die Runde, wo denn Silja aus der Buchhaltung sei.

»Sie hat sich für heute entschuldigen lassen. Ihre Tochter hat das Erlebnis wohl sehr mitgenommen«, sagte eine Kollegin.

»Armes Kind«, murmelte jemand anderes.

»Ich konnte gar nicht schlafen«, erklärte Magda und stellte einen Teller auf den Tisch. »Darum habe ich gebacken. Polnische Faworki.«

Niemand griff zu. Alle schwiegen.

Mit vor der Brust verschränkten Armen stand Kurt in der Ecke und beobachtete die Anwesenden. Könnte einer von ihnen letzte Nacht hier gewesen sein? Nur eine Handvoll Leute besaß einen Schlüssel. Doch was hieß das schon? Er ließ seinen Schlüsselbund manchmal auf seinem Schreibtisch liegen oder in der Personalküche, wo ihn jeder mitnehmen konnte. Er vermutete, dass es nicht nur ihm so ging. Wer immer sich also heimlich Zutritt zum Haus verschaffen wollte, hätte es nicht schwer gehabt, einen Abdruck zu besorgen, um danach einen eigenen Schlüssel anfertigen zu lassen. Waren so auch die entwendeten Gerätschaften aus der Elektronikabteilung zu erklären?

Kurt blickte zu Magda hinüber. Wo war sie eigentlich gestern gewesen, als Eddi fiel? Er dachte an den Besen im vierten Stock. Absichtlich hatte er den anderen noch nichts von dem Beweisstück erzählt. Er wollte dabei sein, wenn Bronski Magda fragte, wie das Putzgerät dort hingekommen war. Und vor allem, wann.

Dass er nicht wusste, wo Magda gewesen war, musste aber nichts heißen. Er wusste ja auch nicht, wo Chefeinkäufer Pingel sich aufgehalten hatte oder die Rudloff oder irgendwer sonst. Die Einzigen, die er von seinem Platz aus hatte sehen können, waren Elyas und Silja Wedemeyer mit ihrer Tochter Tami gewesen.

Andreas Pingel steckte sich eines der Küchlein in den Mund. »Lecker, Frau … äh, die können Sie gern öfter machen.« Er nahm noch eins.

Da ging die Tür auf, und die Rudloff rauschte herein.

»Ah, hier sind Sie ja.« Gereizt trat sie an den Tisch. »Die Herren von der Polizei ließen mich soeben wissen, dass alle Aussagen aufgenommen wurden, der Tatort freigegeben ist und wir das Härtling daher am Nachmittag wieder öffnen können.« Sie drückte ihr Kreuz durch. »Es versteht sich wohl von selbst, dass Sie mit niemandem außerhalb der Belegschaft über den Vorfall sprechen werden.«

Die Anwesenden sahen sich an. Wie konnte man so etwas für sich behalten?

»Keine Interviews mit Reportern. Keine wilden Vermutungen. Sie reden nur mit der Polizei oder mit mir. Mit niemandem sonst. Verstanden?«

Alle nickten.

Kurt war irritiert. Er hatte Bronski doch von dem Besen geschrieben. Warum wollte er nicht mit Magda sprechen?

»Wie soll es nun weitergehen?«, fragte jemand.

Eine Kollegin schlug vor, man solle für Eddis Beerdigung sammeln.

»Er hatte keine Familie. Das stimmt doch, Herr Ebert, oder?« Elyas sah ihn fragend an.

Alle sahen zu Kurt. »Richtig«, sagte er und verschwieg, dass Eddi zumindest einen Freund gehabt hatte: ihn. »Ich vermute allerdings, dass der Leichnam nicht so bald freigegeben wird. Das mit der Beerdigung wird also noch dauern.«

»Warum lassen sie ihn nicht gehen, ähm, raus?«, wollte jemand wissen. »Es war doch ein Unfall, oder nicht?«

Kurt schwieg. Er hatte da eine ganz andere Meinung. Und der Täter könnte in diesem Moment vor ihm sitzen.

»Fünf Euro von mir für die Beerdigung«, sagte die Rudloff in die gespannte Stille in der Personalküche hinein, nestelte in der Tasche ihres schwarzen Blazers herum und legte einen kleinen grünen Schein auf den Tisch. »Übrigens gibt es noch eine weitaus wichtigere Frage zu klären.«

Ach, dachte Kurt. Weiß sie etwa, dass heute Nacht jemand mit einem Schlüssel hereingekommen ist? Interessiert hob er das Kinn.

»Hat einer von Ihnen eine Idee, wo wir schnellstmöglich einen neuen Weihnachtsmann herbekommen? Es ist Dezember. Ein Ersatz kann über die Agenturen nicht mehr gebucht werden.« Auffordernd sah sie in die Runde.

An Kurt blieb ihr Blick kleben.

Wagen Sie es ja nicht!, dachte er.

»Herr Ebert, Sie werden ab sofort die Rolle von Herrn Hempel übernehmen und …«

Energisch schüttelte Kurt den Kopf. »Das werde ich nicht. Ganz bestimmt nicht. Ich bin vollkommen untalentiert.«

Corinna Rudloff kniff die Augen zusammen. »Sind Sie sich da auch ganz sicher, Herr Ebert?« Ihr Unterton hat etwas Drohendes.

»Absolut«, sagte er und verschränkte die Arme vor der Brust. So weit kam es noch, dass er sich hier zum Affen machte. Dann lieber Sudokus im Reihenhaus lösen.

»Nun, also nicht. Dann Sie, Herr Pehlivan!«

Elyas verschluckte sich an dem Faworki, den er sich soeben vom Teller stibitzt hatte. »Ich nix Weihnachtsmann. Elyas aus Türkei. Nix gut spreke Aleman. Total Muslim. No Ahnung von Crixmäs.« Treuherzig blickte er sie an. Alle außer der Rudloff kicherten.

»Wie wäre es mit Herrn Pingel?«, flüsterte eine Verkäuferin einer anderen zu. »Der arbeitet doch am wenigsten von uns allen.«

»Wer hat das gesagt?« Empört sprang Pingel auf und starrte kampfeslustig in die Runde.

»Herr Pingel ist als Weihnachtsmann ungeeignet«, entschied Magda. »Er mag keine Kinder. Das hat er mir neulich erst erzählt. Und ich glaube ihm.« Sie warf dem Chefeinkäufer einen schrägen Blick zu. Der nickte zögerlich.

»Genau. Kann die Blagen nicht leiden. Würde ihnen am liebsten den Hals umdrehen.« Er setzte sich wieder.

»Nun, ich hoffe für uns alle, dass der Unfall von Herrn Hempel unserem Kaufhaus nicht ebenfalls das Genick bricht. Wer kauft schon gerne an einem Ort ein, an dem ein Mensch umkam?« Corinna Rudloff machte ein betroffenes Gesicht, und Kurt überlegte, ob ihr Bedauern Eddi galt oder den womöglich einbrechenden Umsätzen. Dann lächelte sie. »Aber wir werden uns anstrengen. Denn wir sind ein Traditionshaus. Wir sind ein Team, das sich so leicht nicht aus dem Rennen werfen lässt. Richtig?« Sie schaute aufmunternd in die Runde.

Vages Nicken war die Antwort.

»Wunderbar.« Sie klatschte in die Hände. »Und nun an die Arbeit. Wir müssen die Verkaufsräume vorbereiten. Die Kunden sollen sich trotz allem wohlfühlen.« Sie öffnete die Tür und sah ihre Angestellten motivierend an. »Husch, husch, meine Lieben.«

Alle verließen die Personalküche.

»Elyas, auf ein Wort«, rief Kurt dem Hausmeister nach.

Der drehte sich um.

»Sagen Sie mal, Sie waren doch einer der Letzten, der mit Eddi sprach.«

»Ja?« Elyas überlegte.

»Worüber haben Sie geredet?«

Elyas fuhr sich mit der Hand durch die Locken und dachte nach. »Wir sprachen über den Überfall bei Juwelier Mehmel.«

Kurt schwieg, sah ihn nur an.

»Wir fanden es beide ein wenig eigenartig«, fuhr Elyas fort, »dass wir nichts mitbekommen hatten. Keine Schüsse oder so. Niemand, der hinausrannte. Kein Auto mit laufendem Motor vor der Tür. Sie verstehen, was ich meine?«

Kurt nickte.

»Wir haben erst gemerkt, dass etwas passiert sein muss, als

die Polizei vorfuhr.« Elyas zuckte mit den Achseln. »Das war auch schon alles, worüber wir geredet haben. Tut mir leid, dass ich nicht weiterhelfen kann.« Er drehte sich um und ging.

Kurt schaute ihm nachdenklich hinterher.

15

Kopfschüttelnd stand Bronski vor ihm. Sie waren in den Vierten gefahren, wo Kurt seinem Ex-Kollegen den Besen präsentieren wollte. Leider war das Ding nun verschwunden.

»Wenn ich es dir doch sage. Als ich gestern meine Runde machte, stand dort ein Besen mit einer roten Schleife.« Er wies auf die Pappkartons hinter dem Betonpfeiler.

»Ich verstehe dich ja, Kurt.« Bronski ging zurück zum Fahrstuhl. »Dein Leben ist ereignislos. Dir fehlt die Aufregung. Endlich bietet sich eine Gelegenheit, aber …«

»Red doch keinen Quatsch. Das Ding stand da. Es hatte eine rote Schleife am Stiel. Genau wie der Besen von unserer Putzfrau Magda, mit dem sie nach Eddis Show immer den Kunstschnee wegfegt.« Kurt zog sein Diensthandy aus der Hosentasche und wischte hektisch darauf herum. Er zeigte Bronski das Bild, das er vom toten Eddi gemacht hatte. »Das da ist der Abdruck eines Besens. Er ist etwa so breit wie die Wischfläche von Magdas Gerät, das hier oben hinter den Kartons stand.«

»Das aber jetzt weg ist.« Bronski amüsierte sich sichtlich. »Tja, da kann ich so gar nichts machen, lieber Kurt, denn ohne dein Beweismittel sind mir irgendwie die Hände gebunden. Es gibt keinen Hinweis auf Fremdverschulden. Ich kann deine Aussage aber von einem Kollegen protokollieren lassen, wenn du möchtest.« Er legte ihm seine schwere Pranke auf die Schulter.

Kurt schubste sie weg. »Jemand hat Eddi damit einen Stoß versetzt.«

»Weshalb sollte eine Putzfrau den Weihnachtsmann ermorden?« Bronskis Grinsen wurde mit jedem Wort breiter. »Du weißt doch bestimmt noch, dass wir wenigstens ein Motiv brauchen.« Mitleidig sah er ihn an. »Es war ein lausiger Unfall. Mehr nicht.«

Kurt überlegte, ob er ihm von dem Einbruch erzählen sollte. Er verzichtete darauf, um kein weiteres Grinsen von Bronski zu ernten.

Unverrichteter Dinge gingen sie zum Fahrstuhl zurück.

»Und, wie geht es deiner Frau?«, knirschte Kurt mit zusammengebissenen Zähnen, um ein anderes Thema anzuschneiden.

»Prima. Hübsch wie immer. Als ich ihr gestern erzählte, wen ich getroffen habe, fragte sie gar nicht, wie es dir geht. Habt ihr euch hinter meinem Rücken gestritten?« Er lachte.

Mistkerl, dachte Kurt, der Elisabeth seit zwanzig Jahren nicht mehr gesehen hatte. Die Einladung zur Hochzeit mit Bronski hatte er einfach ignoriert und sich stattdessen drei Tage lang volllaufen lassen. Kurt zwang sich zur Ruhe. »Bist du sicher, dass du ihr überhaupt etwas von mir gesagt hast? Würde dir jedenfalls ähnlichsehen, wenn nicht.«

Bronski zuckte mit den Schultern. »Gut möglich. Kann mich nicht mehr erinnern.«

Sie warteten auf die Fahrkabine.

»Ich weiß genau, warum du hier nur einen Unfall sehen willst, Bronski.«

»Ja?«

»Der dämliche Überfall auf der anderen Straßenseite bringt bestimmt mehr Ruhm, Ehre und Pressemitteilungen, wenn der werte Hauptkommissar die Millionenbeute zurückbringt, als der Tod eines Kleinkriminellen.«

»Falsch, Kumpel. Erstens sind es nur knapp hunderttausend, und zweitens wird bei uns in der Abteilung ein aufgeklärter Mord immer noch sehr geschätzt. Unfalltote jedoch gehen nicht in unsere Erfolgsstatistik ein. Und der Raub drüben ist eindeutig reizvoller und öffentlichkeitswirksamer als ein Unfall. Das gebe ich zu.«

Kurt verzog das Gesicht. »Ja, das Foto von dir habe ich heute Morgen in der Zeitung gesehen. Seit wann gibst du eigentlich die Kommentare ab und nicht mehr die Pressestelle?«

»Ergab sich so.«

Sie warteten noch immer.

»Denkst du allen Ernstes, ich habe mir die Sache mit dem Besen ausgedacht?«

Bronski zögerte. »Nee, eigentlich nicht. Aber das Ding ist weg. Was soll ich deiner Meinung nach tun? Die Putzfrau verhaften?«

»Es würde reichen, wenn du den Besen suchen lässt. Was ist mit Eddis Wohnung? Wart ihr schon da?«

»Ja.«

»Und?«

»Da war niemand.«

»Ihr wart nicht drinnen?«

»Doch, aber da war nichts.«

»Bullshit. Ihr habt nur nichts gefunden, das ist alles.«

»Wir haben die Wohnung erst einmal versiegelt.«

»Wenigstens das.«

Die Lichtanzeige über der Fahrstuhltür hüpfte auf die Zwei.

Bronski kratzte sich an der Stirn. »Gut. Nehmen wir einmal an, rein hypothetisch, du hast recht. Dann war es eine spontane Tat.«

»Vielleicht. Trotzdem muss es auch dafür einen Grund geben. Lass mich in Eddis Wohnung gehen.«

»Spinnst du?«

Kurt überlegte. »Da ist noch etwas, das du wissen solltest.« Er würde seinen letzten, ebenfalls vagen Trumpf ausspielen. »Gestern Nacht konnte ich nicht schlafen.«

»Ach, wie interessant.«

»Ich ging spazieren und kam hier vorbei. Im Kaufhaus war jemand.«

»Wo?«

»Unten, im Erdgeschoss. Ich sah den Strahl einer Taschenlampe.«

Bronski räusperte sich. »Wann war das?«

»Gegen vier Uhr.«

»Geht das genauer?«

»Nein.«

»Warum hast du nicht die Kollegen angerufen?«

»Weil derjenige einen Schlüssel gehabt haben muss.«

»Verstehe.« Bronski nickte erleichtert. »Es ist offensichtlich, Kurt. Hempels Tod hat dir schwer zugesetzt. Bist du dir sicher, dass du letzte Nacht beim Kaufhaus warst? Könntest du nicht einfach nur einen Alptraum gehabt haben?«

»Quatsch. Außerdem habe ich Spuren am Hintereingang gesehen. Die wären zugeschneit gewesen, bis ihr eintrefft.« Er zog das Handy ein weiteres Mal aus seiner Tasche und präsentierte Bronski das völlig überbelichtete Foto mit der Fußspur und seinem Schuh daneben.

»Da drauf ist aber nichts zu erkennen, Kurt. Komm schon, gib zu, da war nix. Du hast dich mit dem Einbrecher getäuscht. Das waren Reflexionen von einem vorbeifahrenden Auto in den Schaufensterscheiben oder so. Du bist überreizt. Das ist alles.«

»Und die Spuren im Schnee?«

»Eventuell hat da nur jemand Schutz gesucht und ist dann gegangen.«

Die Lichtanzeige hatte unbemerkt über Drei zu Vier gewechselt. Mit einem Surren ging die Fahrstuhltür auf, und Corinna Rudloff trat heraus. »Darf ich erfahren, was Sie hier oben zu suchen haben, Herr Ebert? Ich bezahle Sie nicht fürs Tratschen.« Ohne seine Antwort abzuwarten, wandte sie sich an den Kommissar. »Und Sie? Sind Sie endlich fertig? Oder wollen Sie hier einziehen?«

Sie trat beiseite, damit die Männer in die Kabine gehen konnten.

»Die hat aber Haare auf den Zähnen«, raunte Bronski Kurt zu.

»Wie bitte?« Die Rudloff musterte den Kommissar streng.

»Ähm, nichts.«

16

Corinna Rudloff stand auf der Galerie vor ihrem Büro und schaute hinunter auf das Treiben im Erdgeschoss. Zufrieden stellte sie fest, dass das Kaufhaus um diese Zeit voller war als gewöhnlich. Allerdings trieben sich auffallend viele Menschen in der Nähe des wieder aufgestellten Tannenbaums herum. Sie wusste, dass auf dem Gehsteig vor dem Haus ein Meer von Blumensträußen und selbst gemalten Kinderbildern lag. Darunter eine Menge kleiner Teddybären, die die Leute zuvor in der Spielwarenabteilung des Härtlings gekauft hatten. Sie gedachte, diese zu gegebener Zeit einsammeln zu lassen, um zu prüfen, ob die Teddys zwecks nochmaligen Verkaufs zurück in die Abteilung gehen könnten. So hätte das Trauerspiel um diesen Hempel doch noch etwas Gutes.

Gerade kam wieder eine Gruppe Neugieriger hereingetrottet und stellte sich für Selfies auf.

Corinna Rudloffs rot lackierte Fingernägel trommelten auf das Geländer. »Ihr sollt nicht gaffen, sondern kaufen«, murmelte sie.

Obwohl sie wusste, dass es geschäftsschädigend war, hatte sie dem Hausmeister eine Liste mit getragenen Weihnachtsliedern für die Anlage gegeben. Lustiges würden sensible Käuferseelen nach dem gestrigen Vorfall bestimmt unangebracht finden. Und auf die Seelenlage der Kundschaft musste grundsätzlich Rücksicht genommen werden. Wenn auch nur heute.

Im Moment lief »Es kommt ein Schiff geladen«. Lied vier von sieben. Danach von vorn. Eine depressiv machende Endlosschleife. Sie schloss entnervt die Augen.

Da zog eine aufdringliche Rasierwasserfahne an ihrer Nase vorbei.

»Andi, was willst du?«

»Reden. Was hast du wegen der Buchprüfung unternommen?«

»Blöde Frage. Sie wird stattfinden, das ist nicht zu verhindern.

Ich muss mich erst um den da kümmern.« Mit dem Kinn wies sie hinunter. »Unser Herr Ebert quatscht mir zu intensiv mit dem Kommissar.«

»Mit wem?«

Corinna Rudloff zeigte zur Eingangstür, wo der Hausdetektiv neben dem Kriminalkommissar stand, dessen offener Mantel doch tatsächlich einen altbackenen senfgelben Pullunder mit Rautenmuster darunter erkennen ließ. Der Polizist schüttelte vehement den Kopf, während Kurt auf ihn einredete.

»Eben kam eine neue Chodzinski-Lieferung von Müller an.«

»Hast du sie etwa angenommen?«

»Natürlich.«

Sie fluchte leise. »Die Ware muss zurück. Sofort. Sie darf nicht im Haus sein, wenn der Schweizer kommt. Wo hast du die Kartons hingebracht?«

»Das Außenlager ist voll.«

Sie drehte sich zu ihm um. »Was soll das heißen?«, fragte sie und musterte ihn aus schmalen Augen. »Wo ist die Ware?«

»In deinem Büro.«

»Bist du wahnsinnig? Frau Köhler wird Fragen stellen.«

Abwehrend hob er die Hände. »Ganz ruhig. Du sagst einfach, das sei neue Ware, die du überprüfen willst. Deine Sekretärin hat doch keine Ahnung.« Besänftigend lächelte er sein charmantestes Lächeln, das gänzlich an ihr abperlte.

»Und die Wedemeyer? Hältst du sie auch für blöde?« Corinna Rudloff reckte den Hals. »Du machst immer den gleichen Fehler, Andi. Du unterschätzt uns Frauen.«

Sichtlich beleidigt wehrte Pingel ab. »Es ist nur bis heute Abend. Danach bringe ich alles ins Ferienhaus.«

»Und deine Frau?«

Er lachte. »Es ist Dezember, mein Schatz. Da fährt sie nicht an den See.«

»Nenn mich nicht so«, zischte sie.

»Wie Sie wünschen, Frau Rudloff«, maulte er.

»Schon besser.«

17

Unschlüssig trat Elyas von einem Bein auf das andere, bevor er tief einatmete und die Klingel mit der Aufschrift »Wedemeyer« drückte. Fast augenblicklich wurde die Tür geöffnet.

»Was machst du denn hier?« Silja trug einen Jogginganzug und hatte die Haare zu einem Pferdeschwanz gebunden. Er kannte sie nur in Bluse, Hose oder Rock.

Schmunzelnd betrachtete er ihre flauschigen pinkfarbenen Hausschuhe. »Das ist eine nette Begrüßung. Soll ich lieber gehen?«

»Nein, entschuldige, natürlich nicht. Was gibt es denn? Schickt dich die Rudloff? Will sie mich entlassen? Ich komme morgen bestimmt wieder. Ich weiß, dass …«

Elyas registrierte ihre blassen Wangen. Sie sah müde aus. »Keine Panik. Ich wollte nur fragen, wie es euch geht.«

»Elyas!« Tami kam über den Flur gelaufen. Im Gegensatz zu ihrer Mutter wirkte sie gesund und munter.

»Hallo, du Zwerg. Wie läuft's?«

»Gut«, antworte Silja für ihre Tochter. »Und im Kaufhaus?«

Er zuckte mit den Schultern. »Wir sind alle durch den Wind. Und die Rudloff schwafelt etwas von ›Teamgeist‹.«

»Willst du reinkommen? Ich bin zwar nicht auf Besuch eingerichtet, aber …«

Er lächelte. »Ich wollte euch abholen.«

»Wohin denn?« Tami hüpfte vor ihm auf und ab.

»Wie wäre es mit dem Weihnachtsmarkt?«

»Au ja, Mama, büdde!«

Silja zuckte die Schultern. »Das passt heute nicht. Ich bin nicht in Stimmung. Vielleicht ein anderes Mal.«

»Du siehst nicht aus, als hättest du anderweitige Verpflichtungen.« Elyas sah Tami an. »Was machen die Hausaufgaben?«

»Die sind alle fertig. Die von vorgestern und vorvorgestern auch.«

»Respekt. Habt ihr schon was Vernünftiges gegessen?«

»Nur Milchreis. Mama wollte heute nicht kochen.«

»Das dachte ich mir. Manchmal hat man zu gar nichts Lust. Aber ich weiß genau, dass da ein Besuch auf dem Weihnachtsmarkt hilft.«

Silja biss sich auf die Unterlippe. Bevor sie protestieren konnte, ergänzte er hastig: »Ein wenig Ablenkung tut euch gut. Und etwas Herzhaftes im Magen kann auch nicht schaden.«

»Mami, Mami, darf ich Kinderpunsch trinken?«

»Bestimmt erlaubt sie es dir.« Elyas grinste. »Ich gebe sogar einen richtigen für dich aus, Silja. Du bist nämlich verdammt fertig mit den Nerven. Stimmt's?« Erleichtert sah er, dass sie nickte.

Begeistert klatschte Tami in die Hände und nahm ihre Jacke von der Garderobe.

Bald darauf hatten Siljas Wangen wieder Farbe angenommen. Ob es von der Kälte oder dem Glühwein kam, konnte Elyas nicht sagen. Er freute sich, dass es ihr besser ging, und genoss es, im Gedränge des Weihnachtsmarkts dicht neben ihr stehen zu können.

Beide hielten sie einen Becher in den behandschuhten Händen. Der Wein duftete würzig nach Zimt, Orange und Nelken. Von rechts waberten die Aromen der Schmalzbäckerei zu ihnen herüber und von links die der Bratwurstbude. Das Gelächter einiger beschwipster Besucher, die ein Stück weiter standen, war zu hören und das Zischen der Bratwurst auf dem Grill.

Silja und Elyas lächelten sich über die Becher hinweg an, während Tami mit einer Tasse dampfendem Kakao in der einen und einer Waffel in der anderen Hand munter plapperte.

»Du hast ein Puderzuckerschnütchen«, meinte Elyas und erzählte von einem Hund, den er kannte, der genauso aussah.

Tami lachte. Dann versuchte sie, mit der ausgestreckten Zunge Schneeflocken zu fangen.

»Darf ich Karussell fahren?«

Silja setzte zu einer Antwort an, aber Elyas war schneller. »Erst aufessen. Okay?«

Eilig stopfte Tami sich den Rest der Waffel in den Mund.

»Jetzt siehst du aus wie ein Hamster.«

Silja lachte. »Stimmt.«

Mitten auf dem Marktplatz stand ein nostalgisches Karussell. Auf zwei Ebenen kreisten Pferde, Schwäne und Fabelwesen. Unten drehten sich im Glanz unzähliger Lichter Rösser und Kutschen.

Elyas und Silja beobachteten Tami, die sich zwischen einem goldenen und einem weißen Karussellpferd entscheiden musste.

»Wie war es heute?«, wollte Silja von ihm wissen.

»Miese Stimmung. Die Rudloff hat am Nachmittag das Kaufhaus wieder öffnen lassen.«

»Heute schon? Aber der arme Eddi ist gerade erst tot.«

Elyas nickte. »Wenn ich es im Vorbeigehen richtig verstanden habe, glaubt Herr Ebert nicht an einen Unfall. Das hat er jedenfalls dem Kommissar gesagt.«

Silja drehte sich zu ihm um. »Himmel. Etwa Selbstmord?« Energisch schüttelte sie den Kopf. »Nein, nicht Eddi. Der nicht.«

»Es gibt noch eine andere Möglichkeit.« Elyas blickte zu Tami, die jetzt auf dem goldenen Pferd im Kreis ritt.

Silja winkte bestürzt ihrer Tochter zu, als die das nächste Mal vorbeikam und wild mit einem Arm wedelte. »Wer sollte denn einen harmlosen Weihnachtsmanndarsteller ermorden wollen? Das ist doch absurd.«

»Finde ich auch. Und dennoch: Wenn Herr Ebert recht hat, und es war kein Unfall, dann hatte Eddi Feinde.«

Wieder ritt Tami auf dem goldenen Pferd vorbei und lachte.

»Sie scheint die Sache mit Eddi besser wegzustecken als du.«

Silja nickte. »Tami hatte gerade ihren Mantel aufgeknöpft und hat den Sturz nicht gesehen … Trotzdem war sie völlig aufgelöst. Die Nacht war recht unruhig. Heute früh erklärte sie mir dann, dass sie keinen Grund hätte, traurig zu sein, weil der Weihnachtsmann jetzt im Himmel bei den Engeln sei. Und dort wäre es auch sehr schön.«

»Was für eine kluge Tochter du hast.« Er wischte behutsam den Puderzucker von Siljas Ärmel, den Tamis klebrige Hand dort hinterlassen hatte, als sie sie zum Karussell zog. »Und wie geht es dir?«

Silja antwortete nicht. Beide verfielen in nachdenkliches Schweigen. Sie beobachteten Tami, die ganz begeistert von ihrem weihnachtlichen Ausritt zu sein schien.

Als das Karussell langsamer wurde, nahm Elyas Silja beim Arm. »Die nächste Runde fahren wir mit.«

Galant half er ihr in eine Kutsche, während Tami glücklich das dazugehörige silberne Pferd bestieg.

Als das Karussell sich langsam wieder in Bewegung setzte, nahm Silja seine Hand. »Danke, dass du uns abgeholt hast.«

»Es war mir ein Vergnügen.« Er lächelte sie breit an und überlegte, ob er sie küssen sollte, als er Tamis neugierigen Blick bemerkte. Die Kleine strahlte und drehte sich immer wieder zu ihnen um. »Wollen wir nachher noch Bratwurst essen?«, schlug er stattdessen vor.

18

Es war erst später Vormittag, als Kurt am nächsten Tag ziellos durch die Etagen streifte, ohne recht zu sehen, was um ihn herum passierte. Er musste nachdenken.

Er bog um die Auslage mit dem Meissner Porzellan und blieb abrupt stehen.

Hastig versuchte er, sich hinter einer Schaufensterpuppe zu verstecken. Lore Sievers stand bei den Räuchermännchen und schien Ausschau nach jemandem zu halten. In böser Vorahnung, dass er die Person sein könnte, nach der sie suchte, schätzte er den Weg zum rettenden Fahrstuhl ab, der jedoch eindeutig zu weit entfernt war, um unbemerkt erreicht zu werden.

Außerdem litt die Puppe, hinter der er sich versteckte, unter Magersucht und konnte seine stattliche Statur nicht gänzlich verbergen.

Schon hatte Lore Sievers ihn entdeckt.

»Huhu, Herr Kurt!«

Mit möglichst würdevollem Gesichtsausdruck ging er um die starre Gliederpuppe herum. »Oh, hallo.«

Schon stand sie vor ihm, die rote Samttasche unter den Arm geklemmt, und drohte ihm mit dem Zeigefinger. »Wenn ich Sie nicht besser kennen würde, müsste ich denken, Sie verstecken sich vor mir.«

»Aber nicht doch«, wehrte er matt ab. Ihm war gerade gar nicht nach einem Gespräch mit ihr. Wenigstens schien sie noch nichts mitgehen lassen zu haben.

»Lieber Herr Kurt, Sie sehen schrecklich aus, ganz furchtbar.« Besorgt musterte sie ihn von oben bis unten. »Sie sollten sich setzen. Ich werde Sie in die Küche begleiten. Rein zufällig habe ich ein paar frische Plätzchen dabei. Die werden Sie stärken nach diesem grauenhaften Unglück. Ich habe davon in der Zeitung gelesen. Sie müssen mir alles genau berichten. Das erleichtert.«

Sie fasste seinen Ellenbogen und führte ihn zur Tür, hinter der das Treppenhaus lag.

»Danke für Ihr Mitgefühl, liebe Frau Sievers, aber mir geht es gut.«

»Sie sollen doch Lore zu mir sagen. Wir waren schon fast beim Du.«

»Liebe Frau ... ähm, Lore, bitte verstehen Sie, dass ich gerade sehr beschäftigt bin.« Er wollte sich aus ihrem Griff befreien, doch es misslang.

»Keine Widerrede. Ein klitzekleines Tässchen Tee sollte möglich sein. Sie sehen wirklich grauenvoll aus.«

Kurt schluckte die Frage nach der Form der Kekse hinunter. Bitte keine Herzchen, dachte er nur. Die Sievers mit ihrer Samttasche und der vorgeschobenen Kleptomanie war so gar nicht sein Typ.

Sanft nahm er ihre Hand von seinem Arm. »Es tut mir leid. Ich kann jetzt keinen Tee trinken.«

»Warum nicht?«

»Ich habe gerade einen Taschendieb im Visier und darum keine Muße zum Teetrinken. Überhaupt sollten Sie gar nicht hier sein. Sie hatten es mir versprochen.«

Sie sah betreten zu Boden. Ihre Unterlippe schob sich ein wenig vor. »Ich wollte Sie nur trösten.« Dann blickte sie nach oben zur vierten Etage. »Ist er wirklich von dort gesprungen?«

»Auf Wiedersehen, Frau Sievers.« Er wandte sich ab.

»Moment, Herr Kurt. So warten Sie doch.« Sie trippelte ihm nach. »Wann haben Sie Feierabend? Darf ich Sie auf ein Gläschen Eierlikör zu mir einladen? Oder auf ein paar Königsberger Klopse? Die habe ich heute Vormittag ganz frisch gemacht.«

Kurt gab sich keine Mühe, sein Augenrollen vor ihr zu verbergen. »Ich darf leider nichts Schweres essen. Außerdem habe ich eine Kapern-Unverträglichkeit. Bitte verstehen Sie mich nicht falsch, es ist besser, wenn Sie das Kaufhaus jetzt verlassen. Ich kann unmöglich Diebstähle verhindern, solange Sie hinter mir herlaufen. Kommen Sie morgen wieder, falls es unbedingt sein muss. Aber denken Sie daran: Keine weiteren Plünderungen, sonst werde ich Ihnen ein für alle Mal ein echtes Hausverbot erteilen, Frau Sievers.« Grußlos floh er.

»Lore, ich heiße doch Lore.«

Kurts Magen knurrte. Er ging in den Pausenraum, um etwas zu essen. Als er eintrat, sah er Elyas, der gerade die Kaffeemaschine neu befüllte. Erschöpft ließ er sich auf einem der Stühle nieder. »Haben Sie auch den Eindruck, dass heute mehr Kunden im Haus sind als sonst?«

Der Hausmeister nickte. »Wir sollten Eintritt nehmen. Die Leute sind furchtbar. Jeder will wissen, von wo Eddi herunterfiel. Im Internet behauptet jemand, unser Weihnachtsmann sei ein russischer Spion gewesen und wurde von der CIA abgemurkst …« Er wedelte mit der Hand vor seinem Gesicht hin und her. »Die spinnen doch alle.«

Kurt lachte. »Das ist noch gar nichts. Mir hat vorhin einer erzählt, dass Eddi erstochen wurde. Der Typ behauptete sogar, er hätte persönlich den Dolch aus seiner Brust gezogen. Ich habe ihn vor die Tür gesetzt.«

»Die Welt ist verrückt geworden.«

»Ich glaube, sie war es schon immer. Aber seit es das Internet gibt, können es alle nachlesen.«

Leise begann die Kaffeemaschine hinter Elyas zu röcheln. Der besänftigende Duft frischen Kaffees breitete sich im Raum aus. Kurt öffnete den Kühlschrank und holte seine Plastikdose mit den Butterbroten heraus. »Möchten Sie auch eins?«

»Was ist denn drauf?«

»Mettwurst und Gouda.«

Elyas rümpfte die Nase. »Nein danke.« Er blickte sich um. »Keine Kekse heute? War Ihre Verehrerin noch gar nicht da?«

Kurt winkte ab. »Hören Sie bloß auf.«

In diesem Moment wurde die Tür geöffnet, und Corinna Rudloff trat mit zwei uniformierten Polizistinnen ein.

»Draußen tobt das Chaos, aber die Herren ruhen sich aus. So ist es richtig«, kommentierte sie das Bild der beiden Männer.

»Deshalb haben Sie gleich die Polizei gerufen?«, erwiderte

Kurt und packte ungerührt sein Brot weiter aus. »Ist das nicht ein wenig übertrieben? Im Übrigen steht uns eine Pause zu.«

Die Rudloff schnaubte. »Egal. Haben Sie die Frau Dings gesehen, die Polin? Sie wissen schon, die Putzfrau.«

Elyas und Kurt sahen sich an.

Eine der Polizistinnen trat vor. »Wir suchen Frau Magdalena Majewski, geborene Klamka.«

»Warum denn das?«, fragten Kurt und Elyas wie aus einem Mund.

»Sie wird gesucht«, rief die Rudloff ein wenig zu laut. »Mein Gott, sie hat den Weihnachtsmann ermordet.«

»Darf ich widersprechen?«, unterbrach die Polizistin sie. »Frau Majewski soll uns nur einige Fragen beantworten. Da sie nicht zu Hause ist, hofften wir, sie hier zu finden.«

»Hier in der Küche ist sie nicht, Frau Rudloff«, erklärte Elyas.

»Das sehe ich selbst.« Die Geschäftsführerin drehte sich um. »Tja, es tut mir leid, dass Sie umsonst gekommen sind.«

»Dürfen wir uns im Haus nach ihr umsehen?« Das war keine Frage.

Die Rudloff zögerte. »In Uniform? Nein, das geht nicht. Das ist viel zu auffällig. Was sollen unsere Kunden denken?«

Die Beamtin lächelte verständnisvoll. »Ich dachte nur, da wir gerade hier sind ... Sonst müssten wir die Kollegen vom Kriminalkommissariat bitten. Die sind zwar in Zivil, aber ...« Sie sah zu ihrer Kollegin. »Wie ich die kenne, spulen die dann gleich wieder das große Programm ab.«

Die andere nickte. »Genau, das ganz große Programm. Mit allem Pipapo.«

»Und Blaulicht.«

»Dabei haben die Armen genügend andere Fälle zu bearbeiten.«

Die Rudloff verdrehte die Augen. »Also gut, dann kommen Sie mit.« Mit den Polizistinnen im Schlepptau rauschte sie hinaus.

Kurt ließ sein Pausenbrot liegen und folgte ihnen.

Bei den Kundentoiletten im ersten Stock wurden sie fündig. Magda stand zwischen den Herren- und Damentoiletten und tratschte mit der Toilettenfrau, hinter der auf einem kleinen Tisch ein Teller mit einem Eurostück lag. Eine künstliche rote Kerze flackerte in einem Adventsgesteck aus Kunststoff. Die Unterhaltung der beiden Frauen brach ab, als Magda die Polizistinnen mitsamt der Rudloff auf sich zukommen sah.

»Frau Magdalena Majewski?«

Sie legte die Stirn in Falten und stützte sich auf den Wischmopp. »Ähm. Ja?«

»Wir möchten Sie bitten, uns aufs Revier zu begleiten. Kommissar Bronski hat ein paar Fragen an Sie.«

Erschrocken sah Magda die Polizistinnen an. »Warum ich? Mit Eddis Tod habe ich nichts zu tun.«

Die Rudloff drängelte sich dazwischen. »Das ist egal. Gehen Sie jetzt sofort mit. Ich will keine Polizei hier im Haus.«

Tatsächlich drehten sich einige Kunden bereits neugierig zu ihnen herum.

»Darf ich vorher meine Sachen aus dem Spind holen?«, wollte Magda wissen. Die Beamtinnen nickten.

Magda machte sich auf den Weg zu den Personalräumen, als die Rudloff ihr hastig nachrief: »Übrigens, Frau ... ähm, Marowski, Sie sind entlassen.«

Magda hielt in der Bewegung inne. »Warum denn das? Ich habe doch gar nichts ...«

Die Rudloff lächelte unverbindlich. »Ihre Dienste werden nicht mehr benötigt. Sie können sich Ihre Papiere oben im Büro abholen. Nehmen Sie Ihren Resturlaub. Der nächste Erste ist Ihr letzter.«

Wütend kniff Magda die Lippen zusammen und hob das Kinn. Sie stapfte zurück und drückte der Rudloff den Stiel ihres Mopps in die Hand. »Mein Name ist Majewski, nicht Marowski.«

Kurt trat neben die Geschäftsführerin. »Das können Sie nicht machen, Frau Rudloff«, protestierte er. »Eine harmlose Befragung ist doch kein Kündigungsgrund.«

»Ich hätte sie sowieso entlassen müssen. Ab Januar weht hier ein anderer Wind. Die Personalkosten sind viel zu hoch. Das Härtling soll effizienter werden.« Sie funkelte Kurt von oben herab an. »Außerdem kann sich ein Haus wie das Härtling nicht erlauben, Uniformierte auf der Suche nach den Angestellten hier herumlaufen zu lassen.«

Damit drückte sie Kurt den triefenden Wischmopp in die Hand.

Kurt eilte in sein Büro im Keller, wo es immer nach kaltem Muff roch, und nahm den Telefonhörer vom Apparat. Er wählte Bronskis Nummer.

»Bronski! Habt ihr den Besen gefunden?«, verlangte er zu wissen. »Du wirst doch nicht die Frau Majewski verdächtigen? Sie ist eine anständige Person.«

»Was zu beweisen wäre.«

»Aber wenn ich es doch sage. Ich kenne Frau Majewski, seit ich hier arbeite.«

»Hör zu, Kurt: Du warst es, der wollte, dass wir die Sache weiterverfolgen, also beschwere dich nicht«, dröhnte Bronskis Stimme aus dem Hörer. »Wir haben den Besen im Putzraum eurer Fußbodenkosmetikerin gefunden. Die KT untersucht ihn gerade.«

»Dann sag mir eins: Warum sollte eine Mörderin die Mordwaffe in ihren eigenen Schrank stellen, Bronski? So doof ist die Magda nicht.«

»Mensch, Kurt, wie lange warst du bei uns? Ewigkeiten. Wir haben sie nur zur Vernehmung geladen. Außerdem hast du doch deinen Willen bekommen. Ab jetzt wird die Sache nicht mehr als Unfall gesehen.«

Kurt atmete erleichtert durch. Endlich.

Gleichzeitig aber wurde ihm noch etwas klar. Die Haare auf seinen Unterarmen stellten sich auf. »Sprich es ruhig aus, Bronski. Ich hatte recht. Es war Mord.«

19

Magda sah sich um. Sie hatte Handschellen erwartet, verspiegelte Wände und bis an die Zähne bewaffnete Männer. Doch sie befand sich in einem ganz normalen Büro mit einem langweiligen Schreibtisch auf der einen Seite und einem Tisch samt Stühlen drum herum auf der anderen.

An diesem Tisch saß sie gegenüber dem großen Kommissar, der sich als Bronski vorgestellt hatte, und einer jüngeren Beamtin. Der Mann drückte auf die Taste eines Aufnahmegeräts, das vor ihm stand. »Befragung von Frau Magdalena Majewski«, sagte er. »Anwesend sind Kommissarin Lisa Brink und Hauptkommissar Bronski.«

Seinen Vornamen hatte er so genuschelt, dass Magda ihn nicht verstanden hatte. Vielleicht war sie auch einfach zu aufgeregt.

Ihr Blick fiel auf einige verkümmerte Primeln auf der Fensterbank. Ob sie nach einem Anwalt fragen sollte? Sie wusste es nicht.

»Frau Majewski. Erzählen Sie uns bitte, an was Sie sich hinsichtlich vorgestern erinnern, als Herr Hempel starb.«

Magda räusperte sich. »Er stand oben und streute das widerliche Glitzerzeug. Dieser Kram lässt sich kaum wegfegen. Darum habe ich einen Extrabesen dafür, sonst verteile ich es bloß überall im Haus. Es ist der Besen mit der Schleife.«

»Wo standen Sie, als Herr Hempel fiel?«

»Beim Baum.«

»Warum?«

»Ich muss den künstlichen Schnee möglichst schnell wegfegen. Die Rudloff besteht darauf. Sie will nicht verklagt werden, falls ein Kunde auf dem Zeug ausrutscht. Sobald alles unten liegt, muss ich den Glitzerkram wegmachen. Herr Hempel war stets sehr großzügig im Umgang damit. Manchmal dachte ich, er würde mich ärgern wollen und darum extraviel nach unten werfen.«

»Sie haben Herrn Hempel also gehasst?«

Erschrocken sah sie Bronski an. »Deshalb hasst man doch niemanden.«

»Wie oft mussten Sie im Erdgeschoss fegen?«

»Mindestens zweimal täglich, nach jeder Show.«

»Es war die zweite Show von Herrn Hempel an dem Tag.«

Sie nickte.

»Bitte antworten Sie laut und deutlich.«

»Ja«, rief sie ins Mikrofon.

»Sie haben also während der Show mit Ihrem Besen am Baum gewartet, bis Sie mit Ihrer Arbeit beginnen konnten.«

»Ja.« Langsam schüttelte sie den Kopf. »Also, nein.«

Der Kommissar und seine Kollegin sahen sich an.

»Nein?«

Magda legte den Kopf schräg und schaute den Kommissar besorgt an. »Ich war ein wenig später dort, weil der Besen mit der Schleife nicht an seinem Platz stand. Ich habe ihn überall gesucht, aber er war weg. Dann habe ich einen anderen genommen.«

»Haben Sie gesehen, was Herr Hempel kurz vor dem Sturz tat?«

»Nein.«

»Nein?«

»Ich suchte ja den Besen.«

»Eben sagten Sie, Sie hätten unten am Baum auf Ihren Einsatz gewartet. Was stimmt denn jetzt?« Hauptkommissar Bronski beugte sich vor, wobei er die Unterarme auf die Tischplatte legte, und starrte sie an.

»Ich ... also ... ähm.« In ihrem Kopf ging alles durcheinander.

»Haben Sie den Mann fallen sehen oder nicht?« Seine Stimme wurde schärfer.

Magda blinzelte verunsichert. »Ich?«

»Ja, Sie. Haben Sie ihn fallen sehen?«

»Nein, also, ich kam gerade aus der Tür, hinter der der Gang zum Putzraum liegt. Hatte mir da ja dort den Ersatzbesen besorgt.« Sie knetete ihre Hände. »Als ich den Verkaufsraum betrat, sah ich ihn ...« Sie stockte. Das Bild, wie Eddi hinunterstürzte, hatte sich in ihr Hirn gebrannt. Die Schreie der Leute. All das

Durcheinander. »Ich konnte im letzten Moment zurückspringen, als der Baum umfiel.«

»Kann jemand bezeugen, dass Sie da waren?«

»Wie bitte?«

»Sie haben ganz recht verstanden, Frau Majewski. Hat Sie jemand gesehen? Ich meine, vielleicht irren Sie sich ja auch, und Sie sind erst Minuten nach dem Sturz unten gewesen.«

Ihre Hände wurden feucht. Sie rieb sie an ihren Hosenbeinen trocken. »Mit Sicherheit hat man mich bemerkt. Eine Menge Leute waren da.« Ihre Schultern sackten herab. »Oder vielleicht auch nicht. Wer achtet schon auf die Putzfrau?«

»Können Sie uns sagen, wer von Ihren Kollegen wo war?«

Grübelnd sah sie nach oben. »Ich kam ja gerade erst in den Verkaufsraum.«

»Zurück zu dem Besen …«

»Was haben Sie nur immer mit meinem Besen?«, entfuhr es ihr.

»Es besteht Grund zur Annahme, dass Eduard Hempel damit in den Tod gestoßen wurde.«

Magda schlug die Hände vor den Mund. »Wollen Sie etwa sagen, es war Absicht?«

»Wie standen Sie zu Herrn Hempel?«

»Sie glauben doch wohl nicht, dass ich Eddi getötet habe?« Magda faltete ihre Hände. »Ich schwöre, bei der heiligen Muttergottes. Ich habe ihn nicht gestoßen!«

»Auf dem Besen haben wir Ihre Fingerabdrücke sichergestellt.«

Sie nestelte an ihrem Kittel. »Natürlich haben Sie das, ich bin die Putzfrau, die das Ding benutzt.«

»Es gab keine anderen Abdrücke.«

»Ja und? Der Täter wird Handschuhe getragen haben. Vielleicht hatte er die Tat geplant. Außerdem ist es draußen kalt. Alle Leute tragen Handschuhe um diese Jahreszeit.«

»Warum arbeiten Sie als Putzfrau?«

Magda stutzte. »Wie meinen Sie das?«

»Frau Majewski, Sie sind ausgebildete Krankenschwester. Da

verdient man doch sicherlich besser als in Ihrem jetzigen Job, oder?«

Sie blickte auf ihre rauen Hände. »Ich mache das seit dem Tod meines Mannes nicht mehr.«

»Warum nicht?«, hakte Bronski nach.

»Krankenhäuser sind nichts für mich«, murmelte sie nur. »Zu belastend.«

»Frau Majewski …«

Magda sprang auf. »War es das jetzt?«

Die beiden Polizisten reagierten nicht.

»Ich meine, bin ich verhaftet?«

»Nein, dies ist nur eine Befragung.«

»Dann kann ich also gehen?«

»Ähm, ja.« Der Kommissar erhob sich. »Wenn wir noch Fragen haben, werden wir Sie zu Hause oder an Ihrem Arbeitsplatz aufsuchen.«

Magda ging zur Fensterbank und strich mit dem Zeigefinger darüber. Mit hochgezogenen Brauen betrachtete sie die Kuppe. »Sie brauchen dringend eine kompetente Reinigungskraft. Was zahlen Sie?«

»Wie bitte?«

»Ich wurde Ihretwegen entlassen, Herr Kommissar.«

Als sie auf den Flur hinausging, entdeckte sie Kurt Ebert auf einer Bank. »Sie haben auf mich gewartet? Das ist sehr nett.« Erleichtert trat sie zu ihm.

»Aber natürlich. Was hat der Kommissar gesagt?«

Sie zuckte mit den Schultern. »Er hat viele Fragen gestellt und wollte wissen, wo ich war. Ich weiß nicht, ob mich jemand gesehen hat.«

Kurt sah sie aufmunternd an. »Na ja, das wird schon. Ich bringe Sie erst einmal zurück ins Härtling.«

Magda schüttelte den Kopf. »Nein, ich wurde entlassen. Schon vergessen?«

»Unsinn.« Er hakte sich bei ihr unter und führte sie zum Ausgang. »Wurden Sie zuvor abgemahnt?«

»Natürlich nicht.«

»Haben Sie die Kündigung schriftlich?«

»Nein, das wissen Sie doch. Die Rudloff hat es mir bei der Verhaftung ...« Sie verbesserte sich. »Als man mich abholte, hat sie es mir gesagt.«

Er lächelte. »Sehr gut. Dann ist die Kündigung nicht wirksam. Na los, wir gehen zurück. So schnell schießen die Preußen nicht, selbst wenn Frau Rudloff das gerne hätte.«

Hinter ihnen klappte eine Tür, und Bronski trat auf den Gang. »Du schon wieder?«

Kurt blieb stehen. Er hob das Kinn. »Wie du siehst.«

Magda sah von einem zum anderen. »Sie kennen sich?«

»Was heißt schon ›kennen‹?«

Bronski verschränkte die Arme vor der Brust. »Es ließ sich bedauerlicherweise nicht vermeiden, dass Ihr Detektiv mir in seinem früheren Berufsleben jahrelang jeden einzelnen Tag im Weg stand.«

»Witzig, ha, ha«, meinte Kurt nur trocken, und wieder nahm er ihren Arm und geleitete sie ohne ein weiteres Wort zum Ausgang.

Draußen blieb Magda stehen. »Waren Sie früher mal einer seiner ... Kunden?«

Überrascht sah Kurt sie an. »Wie bitte? Nein. Wir waren Kollegen.«

Mit dem Zeigefinger wies sie zur Eingangstür des Kommissariats, durch die sie eben getreten waren. »Da drinnen?«

Er nickte.

»Sie waren Kommissar, wie der?«

Wieder nickte er.

»Und jetzt sind Sie Kaufhausdetektiv?«

Er lächelte und hob die Hände. »Niemand ist perfekt. Außerdem bin ich pensioniert.«

»Das nenne ich mal eine Veränderung. Ist es denn nicht viel zu langweilig für Sie im Härtling?«

»Wie wir gestern gesehen haben: Leider nein.«

Als Kurt und Magda das Kaufhaus betraten, entdeckten sie die Rudloff in der Parfümerieabteilung, wo sie gerade einige Flakons in Reih und Glied schob.

»So muss es sein«, erklärte sie der Verkäuferin, die betreten neben ihr stand.

Kurt hielt direkt auf sie zu. »Liebe Frau Rudloff …« Es kostete ihn Anstrengung zu lächeln. »Die Anschuldigungen gegen Magda waren haltlos.«

Die Geschäftsführerin drehte sich zu ihnen um. »Ach.«

Kurt schob Magda, die sich störrisch wehrte, ein wenig vor, sodass sich die Frauen gegenüberstanden. »So kurz vor Weihnachten können Sie bestimmt keine neue Reinigungskraft finden. Und sauber muss es hier ja sein.«

»Ach.« Die Rudloff verschränkte die Arme vor der Brust.

»Ja, und weil so eine spontane Äußerung …«

»Kündigung! Sie hat mir einfach gekündigt«, korrigierte Magda empört.

Schnell legte Kurt seine Hand auf ihren Arm. »Also, da die Kündigung sicherlich im Eifer des Gefechts ausgesprochen wurde und, wie Sie selbstverständlich wissen, jeglicher rechtlichen Grundlage entbehrt, könnten wir die Angelegenheit doch als erledigt betrachten. Was denken Sie, Frau Rudloff?«

Der Mund der Frau war nur ein schmaler Strich. Sie schwieg und musterte Magda. Dann schnaufte sie theatralisch, als hätte sie eine sehr schwere Entscheidung zu treffen, und sagte: »Die Zeit, die Sie bei der Polizei vertrödelt haben, müssen Sie nacharbeiten.« Mit diesen Worten drehte sie sich um und ging.

Kurt schmunzelte, doch Magda war noch nicht besänftigt.

»Warum sind Sie nicht zufrieden, Magda? Die Entlassung ist vom Tisch.«

»Sie hätte sich entschuldigen müssen.« Magda starrte der Rudloff hinterher, die soeben im Fahrstuhl verschwand.

»Ja, richtig. Nur würde sie so etwas nie machen. Kommen Sie, freuen Sie sich doch, dass Sie bleiben können.«

»Ja«, zischte sie. »Und zwar bis Mitternacht. Vorher bin ich mit der Arbeit garantiert nicht fertig.«

»Ach was. Sobald das Härtling schließt, werde ich Ihnen helfen. Das schaffen wir locker alles bis zehn. Danach bringe ich Sie nach Hause.«

»Das müssen Sie nicht.«

»Ich weiß, aber ich möchte es. Außerdem ist morgen Samstag. Da kann ich ausschlafen.«

»Sie sind sehr nett, Herr Ebert. Danke.« Ihre Gesichtszüge wurden weicher, und ein Lächeln blitzte in ihren Augen auf. »Ich möchte mich für Ihre Hilfe bedanken. Wie ist es, Herr Ebert? Haben Sie Lust, am Sonntag bei mir Mittag zu essen? Es gibt aber nichts Besonderes. Nur Königsberger Klopse.« Erwartungsvoll sah sie ihn an.

Kurt überlegte nur kurz. »Sehr gerne. Ich liebe alles mit Kapern. Besonders Königsberger Klopse.«

20

Bronski malte Kringel auf den Notizzettel auf seinem Schreibtisch. Mit der Majewski stimmte etwas nicht. Das sagte ihm sein Bauchgefühl, und auf das konnte er sich seit über dreißig Jahren verlassen. Leider wusste er nicht, was genau es war, das ihm nicht gefiel.

Er ließ die Mine des Kugelschreibers in seiner Hand immer wieder raus- und reinspringen. Das leise, klackende Geräusch half ihm beim Überlegen, bis ihn das Läuten des Telefons aus seinen Gedanken riss. Genervt hob er den Hörer ab und meldete sich.

»Hauptkommissar Bronski«, begrüßte ihn der Anrufer. »Wie geht's, wie steht's? Was macht unser Fall?«

Bronski war mit einem Schlag hellwach. »Tja, was soll ich sagen, Herr Oberstaatsanwalt? Mühsam ernährt sich das Eichhörnchen.«

Kurz herrschte Schweigen in der Leitung. »Mit anderen Worten, Sie sind in der Angelegenheit noch immer nicht weitergekommen?«

»Bisher haben wir tatsächlich nur wenig.«

»Und die Aussage des Juweliers?«

»Kaum hilfreich. Er hat den Täter nicht erkannt. Keine Merkmale, die uns weiterhelfen würden. Die Kriminaltechnik hat nichts Verwertbares finden können. Leider verzögert sich die Auswertung des Videos. Die Kamera des Juweliergeschäfts ist beschädigt und hat bild- und tongestörte Aufnahmen gemacht. Die Kriminaltechnik versucht, die Störungen zu beseitigen und den fraglichen Abschnitt zu rekonstruieren.«

»Was ist mit der Beute?«

»Nichts.«

»Sie muss irgendwo auftauchen. Es ist ein auffälliges Stück mit einem herzförmigen Smaragd in der Mitte und kleinen Steinen drum herum. Diamanten, glaube ich. So ein Protzding kann doch nicht verloren gehen. Haben Sie schon die einschlägigen Kreise befragt? Hehler? Alte Kunden? Informanten?«

»Bisher ist keines der Stücke aufgetaucht. Die Diebe werden sich eine Weile bedeckt halten.«

»Möglich. Das darf unsere Bemühungen aber nicht schmälern. Meine Gattin wird am Boden zerstört sein. Die Brosche ihrer Mutter war ihr heilig. Ein Familienerbstück, das früher einmal Marie-Antoinette gehört haben soll.« Er lachte jovial. »Meine Frau übertreibt einfach gerne.«

Was sollte Bronski dazu sagen? Er hatte alles Mögliche in die Wege geleitet, um das dämliche Ding zu finden. Sogar einen Mord hatte er dafür hintenangestellt.

»Geben Sie auf, Herr Kommissar?«

Bevor Bronski diese heikle Frage beantworten konnte, redete der Oberstaatsanwalt schon weiter. »Hören Sie, das Aufklären dieses Raubes sollte Ihre Beförderung sichern. Ich habe bereits die entsprechenden Telefonate geführt. Wohlwollen auf allen Seiten. Und nun sagen Sie mir, dass ich mich umsonst für Sie eingesetzt habe? Soll ich etwa als Lügner dastehen?«

»Nein, natürlich nicht. Ich tue, was ich kann.« Nur ändert das nichts an den Tatsachen, dachte Bronski verärgert. Er hatte wegen des Raubes nichts in der Hand. Und der Juwelier war ein nervliches Wrack und deshalb kaum hilfreich. »Aktuell, Herr Oberstaatsanwalt, muss ich mich auch noch um einen Mord kümmern.«

»Der Weihnachtsmann?«

»Ja. Wir haben da eine gewisse Majewski. Diese Spur erscheint mir vielversprechend.«

Der Staatsanwalt räusperte sich. »Muss ich das so verstehen, dass Sie Wichtigeres zu tun haben, als die Brosche meiner Frau …« Ein weiteres Räuspern folgte. »Als den Fall aufzuklären? Sollten Sie sich überfordert fühlen, kann ich dafür sorgen, dass man den Raub einem Ihrer Kollegen übergibt. Dem Fiedler zum Beispiel.«

Fiedler? Bronski setzte sich aufrechter hin. Fiedler, die Lusche!

»Ich werde noch einmal mit dem Juwelier reden und auch

beim Raubdezernat Druck machen. Würde mich nicht wundern, wenn die den Täter bereits in ihrer Datenbank haben. Niemand kommt über Nacht auf den Gedanken, einen Schmuckladen auszurauben.«

Der Oberstaatsanwalt lachte. »Richtig so! Guter Mann. Nicht aufgeben. Das will ich hören. Bestens.«

Die nun wieder gute Laune seines Anrufers überraschte Bronski. Er ahnte, dass er beim Staatsanwalt auf Zeit spielen musste, wenn er noch eine Chance auf die Beförderung zum Kriminalrat haben wollte. Sie wäre die Krönung seiner Laufbahn. Und die Pension hätte auch ihren Reiz.

»Mein lieber Bronski, sehen wir uns auf dem Neujahrsempfang des Bürgermeisters? Lerne ich dort endlich Ihre werte Gattin kennen?«

Es war erstaunlich, wie einige Leute es immer wieder schafften, mit nur einem Satz ein ganzes Leben in Frage zu stellen.

»Ich habe keine Einladung.«

»Nun, das müssen wir ändern, nicht wahr? Ein Mann wie Sie ... Nein, wirklich. So geht das nicht. Ich werde einen kleinen Anruf tätigen, schließlich gehören Sie auf die Liste der verdienten Bürger und Bürgerinnen. Halten Sie sich schon mal den Dritten frei. Die Einladung kommt auf alle Fälle. Gutes Essen. Guter Wein. Außerdem möchte ich Sie einigen wichtigen Leuten vorstellen.«

Bronski murmelte ein Danke, obwohl er null Interesse hatte, sich wie ein Weihnachtsbaum aufgetakelt dorthin zu begeben. Solche Veranstaltungen waren für ihn und Elisabeth noch nie etwas gewesen. Sie bevorzugten ruhige Abende.

»Vorher, mein lieber Bronski, erwarte ich aber in unserer Angelegenheit eine Erfolgsmeldung. Das schaffen Sie doch sicherlich, oder? Sie haben ja noch ein paar Tage.« Der Staatsanwalt lachte, befahl Bronski, Elisabeth zu grüßen, und legte auf.

Langsam ließ Bronski den Hörer auf die Gabel fallen. Irgendwie machte ihm die Arbeit heute keinen Spaß.

21

Im Trubel des Weihnachtsmarktes eilte Corinna Rudloff zwischen den belebten Ständen umher. Es dämmerte bereits am frühen Nachmittag, was ihr sehr recht war. Der Glühweinstand lag ein wenig versteckt hinter der riesigen Tanne. Hier hatten sie sich verabredet. Ein Blick auf die Uhr sagte ihr, dass sie auf die Minute pünktlich war. Was für eine Woche! Zum Glück war nun fast Wochenende, und sie konnte endlich Ihre Gedanken ordnen.

»Haben Sie etwas ohne Alkohol?«, wollte sie von dem Verkäufer wissen.

»Kinderpunsch.«

»Sie sollten den Bälgern nicht so ungesundes süßes Zeug andrehen. Das macht süchtig. Außerdem hat es zu viele Kalorien.«

Der Mann ging nicht darauf ein. »Also? Was soll's sein?«

Hinter ihr schlug die Kirchturmuhr halb. Sie warf einen Blick über ihre Schulter. Verdammt, wo blieb der Kerl? Lange konnte sie sich hier nicht herumtreiben, ohne dass es auffiel.

»Hallo, Fräulein! Kommt da noch eine Bestellung?«, nörgelte der Verkäufer.

Sie hob ihr Kinn. »Dann eben einen Glühwein.« Sie musste ihn ja nicht trinken.

»Mit Schuss?«

Sie nickte.

Als sie das Heißgetränk im Pappbecher zum Stehtisch trug, ließ sie den Blick erneut suchend schweifen. Sie hasste Unpünktlichkeit.

Da!

»Na endlich.«

Sie sah den Mann dicht beim Karussell vorbeitrippeln. Den Kragen seines Mantels hatte er hochgeschlagen, als wäre dies ein schlechter Spionagefilm. Dabei sah er sich auch noch ständig um. Corinna Rudloff schüttelte genervt den Kopf.

»Huhu, Herr Mehmel«, rief ihm eine ältere Dame aus der

Menge zu, woraufhin der Juwelier zusammenschrak, als hätte ihn ein Blitz getroffen. Hektisch hob er die Hand zum Gruß und lief weiter.

»Mein Gott«, stöhnte Corinna Rudloff, als er sich zu ihr an den Tisch stellte. »Warum schlagen Sie den Weihnachtsmarkt als Treffpunkt vor, wenn Ihre Nerven das nicht mitmachen?«

»Ich? Sie haben gesagt, dass wir uns hier treffen sollen.« Sein rechter Mundwinkel zuckte nervös. »Ich hatte den Wald vorgeschlagen.«

So weit kommt es noch, dachte sie. Mit einem Typen wie dem würde sie sich niemals allein im Wald treffen. Sie schob ihm den Glühwein zu. »Hier. Das beruhigt die Nerven.«

Dankbar nahm er den Becher und hob ihn an seine Lippen, die er sich an dem heißen Glühwein prompt verbrannte. »Au.«

Corinna Rudloff schloss für einen Moment die Augen. In ihrem Plan war Juwelier Mehmel eindeutig das schwächste Glied. Noch so ein Geschäftspartner, den sie sich nicht hatte aussuchen können. »Wie läuft es im Laden?«, fragte sie beiläufig.

»Schlecht, ganz schlecht.« Es sah aus, als sackten seine runden Schultern noch ein Stück nach unten. »Dieser Kommissar war jetzt schon dreimal bei mir. Ich glaube, der ahnt etwas.«

»Unsinn. Das war ein ganz normaler Überfall.«

»Er macht mir Angst.«

Sie legte ihre Hand auf seinen Arm, woraufhin der Juwelier erneut erschauderte. Der Mann war ein Wrack.

»Ich bin ein Wrack! Ich kann überhaupt nicht mehr schlafen.«

»Das ist gut, Herr Mehmel.« Sie lächelte ihn aufmunternd an.

»Gut? Was ist daran gut?« Seine Stimme schraubte sich eine Oktave höher.

»Sie wirken traumatisiert. Das ist authentisch. Jeder hat dafür Verständnis.«

»Meinen Sie?« Erneut griff er zum Becher und trank einen Schluck. Dieses Mal war er vorsichtiger. »Haben Sie schon einen Käufer? Sie sagten, Sie hätten da einen Bekannten.«

Sie nickte. Ja, sie hatte jemanden für die Ware. Leider jedoch hatte sie den verdammten Schmuck nicht. Als sie in der Nacht ins Härtling zurückgekommen war, um das Päckchen zu holen, hatte irgendjemand auf der Straße durchs Schaufenster geschaut und sie dabei beobachtet, wie sie auf dem Boden herumgekrochen war, um die Beute zu finden. Aus Angst, derjenige könnte die Polizei rufen, hatte sie sich schnellstmöglich verkrümelt. Und nachgedacht.

Die Tatsache, dass die Ware nicht am vereinbarten Platz gelegen hatte, machte sie nicht weniger nervös als den Mehmel die Besuche des Kommissars. Nur zeigte sie es nicht so schamlos.

Sie hatte das Päckchen auch bei einigen zusätzlichen Deko-Kontrollen während der Öffnungszeiten nirgends entdecken können. Darum hatte sie den Juwelier heute zum Gespräch einbestellt. Wer sagte ihr denn, dass er sich an die Vereinbarung gehalten hatte? Vielleicht spielte er hier nur Theater und zog in Wahrheit sein eigenes Ding durch. Während sie den Schmuck sicher unterm Tannenbaum wähnte, verhökerte er ihn irgendwo.

»Alles in Ihrem Laden lief so, wie ich es angewiesen hatte, oder, Herr Mehmel?«

Eifriges Nicken war die Antwort.

»Das ist gut. Sie haben also das Päckchen in das Papier gewickelt, das ich Ihnen am Tag zuvor gab?«

»Ja, ja, natürlich. Und ich habe es dem Mann gegeben.« Er griff zum Getränk, um noch einen Schluck zu nehmen.

Doch sie zog den Glühwein weg. Überrascht sah er hoch.

»Tja, leider ist das Päckchen nicht bei mir angekommen.« Sie warf den halb vollen Becher in einen Mülleimer. »Ich würde zu gerne wissen, Herr Mehmel, ob die Ware jemals Ihren Laden verlassen hat. Könnte es sein, dass Sie andere Pläne damit hatten?«

Zufrieden bemerkte sie, dass er kalkweiß im Gesicht wurde.

»Pläne? Aber, ich ... Woher soll ich denn ... Glauben Sie etwa, ich hätte ... Frau Rudloff!« Er hielt sich am Tisch fest.

Seine Vorstellung war nicht schlecht. Das musste sie ihm lassen.

Corinna Rudloff beugte sich dicht an sein Ohr. »Wenn Sie und dieser Kerl ein eigenes Spiel versuchen, werden Sie es bereuen. Haben wir uns verstanden?«

»Ja, natürlich. Bestimmt. Ich kann Ihnen versichern …«

Sie registrierte den Schweiß auf der Stirn des Juweliers. Dann wich die Angst in seinem Blick auf einmal wilder Panik.

»Was soll das heißen?«, krächzte er. »Das Päckchen ist«, er senkte seine Stimme, »nicht angekommen?«

Sie schwieg.

Er warf seine Hände an den Kopf. »Mein Gott! Sie haben doch gesagt …«

Energisch riss sie ihn am Revers zu sich herüber. »Hören Sie auf zu schreien. Die Leute gucken schon.«

»Ja, ja, natürlich. Verzeihen Sie.« Seine Mundwinkel zitterten. »Und jetzt? Was werden Sie machen?« Mit waidwundem Blick schaute er sie an.

»Überlassen Sie alles mir. Ich finde heraus, wo unser … Geschenk ist.«

Sie wollte sich abwenden und gehen, als er sie am Ärmel festhielt. »Ich habe nichts damit zu tun. Bitte glauben Sie mir! Sagen Sie Ihrem … Kunden, dass ich nichts weiß. Ich habe alles genau so gemacht, wie Sie es sagten. Was ist mit dem Kerl, der das Päckchen abgeholt hat? Er muss doch wissen, wo es ist, oder?«

Sie ließ ihn stehen.

Mit Sicherheit würde sie einer Witzfigur wie Mehmel nicht sagen, dass sie den Mann nicht erreichen konnte, weil er wahrscheinlich tot war. So tot, wie sie und der Juwelier wohl auch bald sein würden, wenn sie nichts unternahm.

Es gab nun einmal Leute, mit denen war nicht gut Kirschen essen.

22

Es war nicht einfach, sich auf die Arbeit zu konzentrieren, aber Silja gab ihr Bestes, während sie zugleich ständig hoffte, Tami möge nicht schon wieder aus der Schule ausbüxen und sie in eine peinliche Lage bringen. Langsam fielen ihr keine Ausreden für ihre Tochter mehr ein, die noch glaubhaft waren.

Silja blickte auf den Wust an Rechnungen neben ihrer Tastatur, als der Bildschirm schon wieder zu flackern begann. Mit einem heftigen Schlag gegen das Gehäuse behob sie das Problem. Die Kiste vor ihr war mindestens genauso alt wie das Kaufhaus selbst, so schien es ihr jedenfalls manchmal. Es war ein Wunder, dass das Buchhaltungsprogramm überhaupt noch lief. Updates hatte es seit Jahren nicht gegeben. Alles war schrecklich umständlich und unübersichtlich.

Siljas Telefon klingelte. Es war die Köhler.

»Sie sollen sofort zu Frau Rudloff kommen.«

»Jetzt? So kurz vor Feierabend?«

»Ja.«

»Worum geht es?«

»Das kann ich Ihnen leider nicht sagen. Ich weiß nur, dass sie eben Besuch von einem Herrn aus der Schweiz hatte.«

»Schweiz? Also stimmt es, was die Gerüchteküche sagt, wir werden verkauft?«

»Das weiß ich leider nicht.«

»Wie ist sie drauf?«

»So wie immer.« Die Sekretärin legte auf.

Als Silja zwei Minuten später in das Büro der Chefin trat, rechnete sie mit dem Schlimmsten.

Doch die Rudloff lächelte, was Silja verwirrte. Corinna Rudloff lächelte nie, jedenfalls nicht, wenn sie mit dem Personal sprach.

»Kommen Sie herein, Frau Wedemeyer. Nehmen Sie Platz.«

Die Geschäftsführerin wies auf die weiße Ledergarnitur in der Ecke, die eigentlich für Besucher gedacht war.

Silja setzte sich.

»Geben Sie mir noch eine Sekunde. Ich bin gleich bei Ihnen.«

Silja wurde immer mulmiger zumute. So nett? Das konnte nichts Gutes bedeuten.

Jetzt erhob sich Corinna Rudloff von ihrem Schreibtischstuhl und kam zu ihr. »Ich habe Frau Köhler gebeten, uns Kaffee zu kochen. Sie trinken doch Kaffee?« Sie ließ sich neben Silja auf der Couch nieder, als seien sie beste Freundinnen. Unwillkürlich rutschte Silja ein Stück beiseite. Misstrauisch beobachtete sie, wie die Rudloff ihnen Kaffee eingoss.

»Milch? Zucker?«

Silja verneinte. Dieses zuvorkommende Verhalten war so gar nicht die Rudloff-Art, jemanden in die Wüste zu schicken. Normalerweise gab es eine kurze Ansage, einen verbalen Tritt in den Hintern, Papiere und ab.

Vorsichtig nahm Silja die Tasse entgegen und führte sie an ihre Lippen. Das hier sah nicht nach Kündigung aus. Aber was sollte es sonst sein?

Corinna Rudloff beobachtete sie freundlich, rührte ihren eigenen Kaffee aber nicht an. »Meine liebe Frau Wedemeyer, wie lange sind Sie jetzt schon bei uns?«

»Zwei Jahre.«

»Und, gefällt es Ihnen?«

Silja stockte. »Ähm, ja?«

Die Rudloff lächelte weiter. »Das ist schön.« Sie griff nach der Untertasse und balancierte die Kaffeetasse elegant zum Mund, um einen Schluck zu nehmen. »Herr Härtling hält viel von Ihnen. Ich ebenso, ich habe Sie in den höchsten Tönen gelobt.«

»Ja?« Die Situation fühlte sich für Silja immer schräger an.

»Aber natürlich. Sie haben die Zahlen stets im Griff.«

»Danke.« Vielleicht wollte sie ihr ja doch nicht kündigen. Silja begann, sich ein wenig zu entspannen.

»Dennoch.« Das Grinsen der Rudloff verschwand aus ihrem makellosen Gesicht. »Wie Sie wissen, wird sich bei uns einiges ändern. Eine Schweizer Holding wird ab Januar das Geschäft übernehmen.«

Überrascht setzte Silja die Tasse ab. »So schnell? Aber ich habe noch keinen Jahresabschluss gemacht. Wir sind mitten im Weihnachtsgeschäft. Was ist mit der Inventur? Außerdem bin ich zurzeit ganz allein im Büro. Zwei sind im Urlaub, eine ist krank, und die Dritte bekommt Zwillinge.«

»Ich weiß, liebe Frau Wedemeyer, ich weiß.« Bedauernd schüttelte Corinna Rudloff ihre perfekte Frisur. »Trotzdem.«

Das gibt Überstunden ohne Ende, dachte Silja, und das zu Weihnachten. Sie hatte nach der Ankündigung von Pingel damit gerechnet, aber so zeitnah? Was sollte sie mit Tami machen? In wenigen Tagen begannen die Ferien, wohin mit dem Kind?

»Was wird aus uns? Ich meine, den Angestellten«, fragte sie vorsichtig. So mies bezahlt der Job auch war, sie brauchte ihn.

Corinna Rudloff nickte ernst. »Genau das ist die Frage. Vor einer halben Stunde kam der Revisor des neuen Eigentümers in mein Büro. Von seinem Urteil hängt viel ab, auch, wer gehen muss und wer nicht.«

Siljas Gedanken rasten.

»Ich habe Herrn Orsini versichert, dass ich ihm unsere beste Kraft zur Seite stellen werde.« Das Lächeln war zurück. »Und das, meine liebe Frau Wedemeyer, sind Sie.« Die Rudloff legte ihre Hand auf Siljas Unterarm.

Silja zwang sich, den Arm nicht fortzuziehen. »Nun ja, ich bin ja gerade auch die Einzige in der Buchhaltung«, rutschte es ihr heraus.

Die Rudloff lachte. »Zeigen Sie dem Mann unser Haus, gehen Sie mit ihm die Zahlen durch, unterstützen Sie ihn, wo es nur geht.«

Silja atmete tief ein und aus. »Frau Rudloff, das ist neben meiner üblichen Arbeit nicht möglich. Ich habe schon jetzt so viele Überstunden, dass ich einen Monat …« Sie verstummte, als sie das versteinerte Gesicht der Geschäftsführerin sah.

»Es geht um Ihren Job, Frau Wedemeyer. Und um meinen. Und um die Jobs von all den Menschen, die uns beiden am Herzen liegen. Unser Hausmeister, die Putzfrau, dieser Detektiv, all die armen Verkäuferinnen ... Ich meine, ganz ehrlich, wo sollen sie so schnell eine neue Arbeit finden? Das Härtling ist das einzige gehobene Kaufhaus in der Stadt.« Die Rudloff erhob sich und begann, im Raum auf und ab zu gehen.

Siljas Blick folgte ihr.

»Wir Frauen müssen zusammenhalten, damit die Herren der Schöpfung uns nicht übervorteilen«, sinnierte die Rudloff und verschränkte dabei ihre Hände auf dem Rücken. »Wir müssen weit mehr Leistung bringen als die Männer, um uns zu beweisen. Sie zum Beispiel sind alleinerziehend. Ihre kleine Leni ...«

»Tami.«

»Genau. Also, was soll das Kind von Ihnen halten, wenn Sie auf einmal arbeitslos sind?«

Silja stockte der Atem. Das war eine klare Drohung.

Die Rudloff kam näher und, Silja traute ihren Augen kaum, hockte sich neben das Sofa, fast so, als wollte sie ihr einen Heiratsantrag machen. »Wir müssen solidarisch sein, Silja. Wir als Frauen.«

»Ähm.«

»Darum möchte ich Sie bitten, mich über alles zu informieren, was Herr Orsini im Haus sagt, tut oder findet.«

»Findet?« Silja kam sich ein wenig dumm vor.

»Ja, ich muss wissen, ob er über irgendetwas Ungewöhnliches stolpert. Etwas, das Sie und ich zuvor nicht gesehen haben. Etwas, das dem neuen Besitzer Argumente für Entlassungen geben könnte, zum Beispiel.«

Silja räusperte sich und griff nach ihrer Tasse. »Was könnte das sein?« Schnell nahm sie einen Schluck.

»Das ist es eben, liebe Silja. Ich weiß es nicht. Aber Sie kennen ja das Sprichwort: Suchet, so werdet ihr finden. Und für das Härtling wäre es in so einem Fall mit Sicherheit besser, wenn Herr Orsini zwar sucht, aber nicht findet.«

»Verlangen Sie etwa, dass ich Zahlen ... beschönige?« Im letzten Moment konnte sie das Wort »fälsche« im Keim ersticken.

»Frau Wedemeyer!« Corinna Rudloff erhob sich wieder zu ihrer vollen Größe und blickte empört auf sie herab. »Ich würde Sie niemals zu einer Straftat ermutigen. Ich bitte Sie nur, den Mann nicht aus den Augen zu lassen. Bleiben Sie an seiner Seite, solange er hier ist. Halten Sie mich auf dem Laufenden. Seien Sie nett zu ihm. Er soll Ihnen vertrauen.«

»Nett? Vertrauen?«

»Du meine Güte, ja, nett. So wie wir Frauen uns nun einmal geben, wenn wir etwas haben wollen. Nett eben. Er ist fremd in der Stadt. Zeigen Sie ihm ein paar Sehenswürdigkeiten. Gehen Sie mit ihm essen, fragen Sie ihn aus.«

»Ich weiß nicht, ob ich das tun sollte.«

»Die Überstunden werden Ihnen vergütet«, schob die Rudloff hastig nach.

»Wie nett ist nett?«, wollte Silja vorsichtig wissen.

»Himmel, ich verlange bestimmt nichts Unanständiges. Ich muss ja nicht alles wissen. Mich interessiert nur, was der Mann vorhat. Und natürlich, was er den neuen Eigentümern berichtet. Er sieht übrigens ganz passabel aus, der Herr Orsini.«

»Darf ich fragen, warum Sie ihn sich dann nicht selbst … wie wir Frauen das nun einmal so machen?«

Die Rudloff musterte sie aus schmalen Augen. Dieser Blick war Silja vertraut. Sie musste sich ein Lächeln verbeißen, weil ihr klar wurde, dass die Rudloff bei dem Schweizer offensichtlich abgeblitzt war. So dumm, wie die Chefin dachte, schien der Mann nicht zu sein.

»Wo ist Herr Orsini jetzt?«, wollte Silja wissen.

»Läuft durchs Haus. Ohne Leine.«

Silja erhob sich. »Dann will ich den Orsini mal einfangen.«

Als sie vor der Tür stand, begann sie zu grinsen. Hatte die Rudloff sie etwa eben um einen Gefallen gebeten?

Kurz überlegte Silja, sich tatsächlich auf die Suche nach dem entlaufenen Schweizer zu machen. Dann schüttelte sie den Kopf. Sollte er doch zu ihr ins Büro kommen. Sie würde nicht jeden gut aussehenden Mann im Kaufhaus ansprechen, nur weil die Rudloff es wünschte, zumal gutes Aussehen mehr als relativ war.

Ein Mann, der der Rudloff gefiel, war ganz bestimmt nicht Siljas Fall. Da war sie sich sicher.

Als sie kurz darauf ihr Büro betrat, um mit den eingegangenen Rechnungen weiterzumachen, zuckte sie heftig zusammen. Auf einem Stuhl vor ihrem Tisch saß ein Mann mit überschlagenen Beinen und blätterte in einem Ordner. Empört wollte sie protestieren, aber dann sah er sie an.

Ein Lächeln wie Brad Pitt. Augen wie George Clooney. Schultern wie Idris Elba. Er trug einen grauen Anzug mit Weste, und an den Schläfen seiner vollen Haare glänzte es ein wenig silbern.

Er erhob sich, legte den Ordner auf den Schreibtisch und kam mit ausgestreckter Hand auf sie zu. »Grüezi, oder besser: guten Tag. Sie müssen Frau Wedemeyer sein.«

»Ähm, ja.« Siljas Mund fühlte sich plötzlich trocken an. »Herr Orsini, nehme ich an.«

Eine kleine Verbeugung war die Antwort. »Veit Orsini. Hat man Sie ins Bild gesetzt?«

Und wie, dachte Silja und nickte.

»Wunderbar. Dann werden wir beide also in der kommenden Woche eng zusammenarbeiten?«

Ein Gedanke hüpfte munter durch ihren Kopf. Was verstand der Mann unter eng? Leider latschte ein weiterer Gedanke direkt hinterher: Vergiss es, du bist nicht seine Kragenweite.

Silja schluckte und ging weiter, um sich hinter ihrem Schreibtisch zu verschanzen, wo sie sich sicher fühlte, denn sie befürchtete, etwas Falsches zu sagen.

Er sah sich um. »Leider sagte Frau Rudloff mir nicht, wo mein Büro sein wird. Könnten Sie mir …«

»Ich befürchte, Herr Orsini, Sie müssen mit mir vorliebnehmen. Ähm, also, nein, so wollte ich es nicht sagen. Ähm, ich meinte, mit meinem Büro.«

Ein bezauberndes Lächeln erschien auf seinem Gesicht. »Wie schön. Das wird bestimmt nett.«

Nett. Silja schauderte. Hatte er etwa vorhin gelauscht? Quatsch.

»Wollen wir anfangen?«, fragte sie ein wenig zu laut.

»Mit Vergnügen, Frau Wedemeyer«, entgegnete er im süßesten Schwyzerdütsch. »Und dann erzählen Sie mir, was es mit dem toten Weihnachtsmann auf sich hat, von dem hier alle sprechen.«

23

Ein Adventssonntag wie aus dem Bilderbuch, dachte Kurt. Magda hatte ihm die besten Königsberger Klopse seines Lebens serviert. Jetzt stand der leere Teller vor ihm und daneben ein ebenso leeres Rotweinglas.

»Das war lecker.« Mit einem zufriedenen Grunzen schob Kurt den Teller von sich. »Wirklich sehr, sehr lecker.« Er erzählte ihr nicht, dass es bei ihm heute Ravioli aus der Dose gegeben hätte. Kochen war nicht so seins, obwohl er seit Jahren Single war. Er stand auf, nahm die Teller vom Küchentisch und stellte sie in die Spüle.

»Das brauchen Sie nicht. Sie sind mein Gast«, protestierte Magda und sprang auf.

»Zu Hause trägt mir auch niemand etwas hinterher.«

Sie ging zur Kaffeemaschine und begann, würzig riechendes Pulver aus einer Dose in den Filter zu füllen. »Waren Sie jemals verheiratet?«, fragte sie beiläufig.

Kurt schüttelte den Kopf. Darüber wollte er nicht reden, denn wäre es nach ihm gegangen, hätte er heute eine Frau und vielleicht sogar Kinder und Enkel gehabt, doch irgendwie hatte es sich nach Elisabeth nie mehr wirklich ergeben.

Magda nahm zwei Tassen aus dem Küchenschrank und stellte sie auf ein Tablett. »Lassen Sie uns den Kaffee im Wohnzimmer trinken. Da ist es gemütlicher.«

Gemeinsam gingen sie nach nebenan. Magdas Wohnung lag am Stadtrand und hatte einen Balkon, an dessen Geländer eine Lichterkette hing und munter blinkte.

Hübsch, dachte Kurt und überlegte, ob er so etwas auch in seinen Garten hängen sollte.

In einer Ecke des Raumes stand auf einem Hocker neben dem Fernseher ein geschmückter Tannenbaum. Ein Adventskranz mit vier roten Kerzen thronte auf dem niedrigen Wohnzimmertisch. Drei davon brannten bereits. Es hing noch ein Hauch von

Königsberger Klopsen in der Luft, vermischt mit dem Duft von Tannengrün, Kaffee und Weihnachtskerzen. Fast hätte Kurt vor Behagen geschnurrt, als er sich auf das weiche Sofa setzte.

Magda stellte die Tassen auf den Tisch. »Ich hole uns ein paar selbst gebackene Kekse«, sagte sie und lief noch einmal zurück in die Küche.

Während sie dort mit dem Geschirr klapperte, sah Kurt sich um. Der Raum war mit viel Liebe zum Detail eingerichtet. Mit all den Püppchen auf der Sofalehne, die Kurt kritisch anblickten, und den Seidenblumen in bunten Vasen hätte man auch sagen können, dass König Kitsch hier Einzug gehalten hatte. Aber es passte zu Magda.

Er hörte die Kaffeemaschine blubbern. »Sie sind verwitwet?«, rief er in die Küche.

»Woher wissen Sie das?«

Er blickte zu dem Foto auf der Anrichte. Magda, jünger als heute, neben ihr ein Mann gleichen Alters. Sie wirkten sehr glücklich.

»Sie tragen am Ringfinger zwei goldene Eheringe.«

Magda kam zurück und stellte Kanne und Keksteller auf den Tisch. »Das hat der Polizist also gleich bemerkt?«

»Ja. Und Sie haben einen Sohn.« Er sah zu dem Foto, das die dreiköpfige Familie zeigte, als sie noch vollzählig gewesen war.

Sie folgte seinem Blick und lächelte, wie nur stolze Mütter es tun können. »Das war bei seiner Kommunion. Heute ist er natürlich älter. Ein richtiger Mann. Er sieht meinem Mann sehr ähnlich, finde ich.«

»Wohnt er hier?« Kurt erinnerte sich an ein Paar großer Sneaker im Flur, die nicht zu Magdas kleinen Füßen passen konnten. Er konnte nicht anders. Er war noch immer Polizist.

Sie setzte sich. »Wollen wir uns nicht duzen, Herr Ebert? Immerhin sitzen Sie bei mir zu Hause auf dem Sofa.«

Er nahm einen Keks. Während er kaute, überlegte er. Im Härtling hatte er sich nur mit Eddi geduzt. Und auch nur nach der Arbeit.

»Das ist so eine Sache.« Er wollte für Magda Majewski nicht

mehr sein als ein Kollege, auch wenn sie gewisse Eigenschaften hatte, die er sehr schätzte. Er schob den Rest des Kekses in seinen Mund.

Magdas Lächeln verschwand. »Verzeihen Sie. Das war wohl übergriffig.«

Nun hatte er ein schlechtes Gewissen. »Nein, nein, so meinte ich das nicht«, versicherte er schnell. »Es gibt absolut keinen Grund, warum wir uns nicht beim Vornamen nennen sollten. Immerhin sehen wir uns jeden Tag auf der Arbeit.«

Eifrig nickte sie. »Ja, und die anderen duzen sich ja auch.«

»Genau.« Er überlegte, warum er keinen der anderen duzte.

Sie schien sein Zögern zu bemerken. »Wir können das Du ja auf die Freizeit verlegen. Im Härtling siezen wir uns dann weiterhin, wenn es dir lieber ist, Kurt.«

Er machte eine wegwerfende Bewegung. »Aber nein. Wenn, dann richtig. Magda.«

»Gut, Kurt.«

Sie stießen mit ihren Kaffeetassen an. Und Kurt hoffte, dass sie das mit dem Du ganz schnell wieder vergessen würde.

»Zurück zu Ihrem … deinem Sohn. Wo ist er jetzt?«

Sie wurde ernst. »Der Tod seines Vaters hat ihn schwer getroffen.«

Kurt wartete einen Moment, ob sie noch etwas sagen würde. Als sie es nicht tat, hakte er nach. »Und das heißt?«

»Das mit seiner Ausbildung hat nicht geklappt. Darum wohnt er hier. Er sucht etwas Neues.«

»Und wird er es finden?«

Statt einer Antwort trank sie einen Schluck Kaffee.

Magda war angenehm rund und hatte braune Haare. Sie waren mit grauen Strähnen durchzogen, die ihr gut standen. Noch nie war Kurt aufgefallen, wie intensiv blau ihre Augen waren.

»Fährst du über die Weihnachtstage nach Polen?«

Magda stellte ihre Tasse ab. »Ich weiß nicht. Das hängt von so vielen Dingen ab, die ich noch gar nicht absehen kann. Außerdem erlaubt mir dein Freund, Kommissar Bronski, bestimmt nicht, dass ich fahre.«

»Bronski ist nicht mein Freund.«

»Nein?«

»Nein.«

»Was machst du zu Weihnachten, Kurt?«

Er betrachtete die drei flackernden Kerzen. Sein Weihnachtsfest würde verdammt ruhig werden. Ruhiger als letztes Jahr. Damals hatte es an seiner Haustür geklingelt, und Eddi, frisch aus dem Knast entlassen, war in sein Leben gefallen. Wie selbstverständlich hatte sich der Ex-Knacki über die halbe Gans mit den Beilagen hergemacht, die sechs Klöße, den Rotkohl und all die leckere Soße, die Kurt in der Feinkostabteilung beim Härtling für sich gekauft hatte. Nicht für Eddi. Sie hatten Fernsehen geschaut, während Eddi seinen Weinvorrat plünderte. Alles in allem war es kein schlechtes Fest gewesen. Da hatte Kurt schon ganz andere erlebt. Tja, und in diesem Jahr würde er wieder allein feiern müssen.

Er seufzte schwer.

Magda musterte ihn. »Glaubst du, dieser Bronski findet heraus, was wirklich mit Eddi passiert ist?«

»Möglich. Es gibt Schlechtere als ihn.«

»Warum magst du ihn eigentlich nicht?«

Kurt zuckte mit den Schultern. »Er interessiert sich zu sehr für diesen albernen Juwelenraub und kümmert sich zu wenig um die Suche nach Eddis Mörder.«

»Warum tut er das?«

Diese Frage hatte Kurt sich auch schon gestellt. Er warf zwei Würfel Zucker in den Kaffee und rührte um.

»Herr Detektiv, würden Sie mir bitte antworten? Warum ist er nicht interessiert?«

»Bronski sagte, er hätte nichts Hilfreiches in Eddis Wohnung gefunden.«

»Aber das glauben wir ihm nicht, oder?«

Der Kaffee war trotz des Zuckers bitter. Er goss Sahne dazu. »Doch. Wenn es anders wäre, würde er damit angeben. So macht er das immer.« Er nippte erneut. Besser.

»Was hätte er denn finden sollen, dieser Kommissar?«

»Keine Ahnung. Postkarten von alten Knastgefährten, die ihm etwas Böses wollten? Ein Tagebuch?« Kurt lachte bei dem Gedanken.

Magda überlegte. »Ich hatte nie den Eindruck, dass er besonders literarisch war, wenn ich das mal so sagen darf. Ein Tagebuch?«

Kurt grinste. »Nein, das wäre wie … ein Elefant beim Ballett. Eddi schrieb nichts auf.«

»Aber wenn es so etwas gäbe … also, Aufzeichnungen aus seinem früheren Leben, dann wäre das hilfreich, richtig?«

»Natürlich. Nur hätte Bronski die dann gefunden. Er hat bei deiner Befragung nichts in der Richtung erwähnt, oder?«

Sie schüttelte den Kopf.

Beide versanken in Gedanken, während draußen vor dem Haus der Straßenverkehr hin und her rauschte und die Lichterkette in der einsetzenden Dämmerung blinkte.

»Mich würde wirklich sehr interessieren, ob der Kommissar nicht doch etwas übersehen haben könnte.« Magda sah Kurt über den Rand ihrer Tasse hinweg an.

»Und warum?«

»Nennen wir es weibliche Intuition. Außerdem hatte er die Frechheit, mich zu beschuldigen. Ich habe den Eindruck, er glaubt wirklich, ich sei die Mörderin.«

»Das könnte sehr gut sein. Aber Bronski ist trotz seiner Bärbeißigkeit ein fairer Ermittler. Und er lässt sich nicht gerne in die Karten schauen.«

»Kurt, bitte hilf mir. Ich muss etwas finden, damit der Kommissar mich in Ruhe lässt.«

»Etwas Entlastendes?«

Sie nickte.

Er stellte die Tasse ab. Magda hatte kein Motiv für den Mord an Eddi. Leider aber auch kein Alibi. Daran würde Bronski sich festkrallen wie ein Pinscher am Bein eines Postboten. Hätte er damit recht? Oder würde es ihn womöglich nur von anderen Verdächtigen ablenken?

Eddi hatte früher so mancher Frau schöne Augen gemacht

und den Männern alles versprochen, was die hören wollten. Jeder vertraute ihm, egal, wen er übers Ohr haute. Der Eddi hätte einem Eskimo einen Kühlschrank verkauft und eine Klimaanlage gleich mit dazu. Sicherlich gab es Leute, die ihm die Krätze an den Hals wünschten. Aber darum mordete man doch nicht. Da musste schon eine Menge Wut im Spiel sein.

»Als Weihnachtsmann war dein Freund unschlagbar«, verteidigte Magda Eddi, als könnte sie Kurts Gedanken lesen.

Er lächelte. »Stimmt.«

»Allerdings«, gab sie zu bedenken, »verdient man damit ausschließlich im Dezember Geld. Saisongeschäft. Was hat er denn den Rest des Jahres gemacht?«

»Nebengeschäfte, von denen ich lieber nichts wissen will.«

Sie reichte ihm den Keksteller. »Bist du sicher?« Er winkte ab, und sie stellte den Teller zurück auf den Tisch. »Also, ich würde es zu gerne wissen.« Verschwörerisch sah sie ihn an, und er wusste, dass sie wusste, dass er es auch wollte. »Hast du einen Schlüssel für seine Wohnung? Ich meine, weil ihr doch Freunde wart?«

»Nein.« In Kurts Innerem begann ein Streit. »Geh hin und sieh nach!«, sagte Eddis Freund. – »Bist du verrückt?«, entgegnete der Polizist. »Das ist illegal!« – »Scheißegal, geh hin. Eddi hätte es gewollt.«

Kurt knickte ein. »Ich weiß, wo der Ersatzschlüssel liegt. Wenn Bronski ihn nicht gefunden hat, dürfte er noch dort sein.«

Magda sprang auf. »Wunderbar! Ein Abenteuer!« Ihre Augen leuchteten einen kurzen Moment auf. Dann aber zögerte sie. »Ich darf doch mit, oder?«

24

Kurts Finger tasteten die Türzarge über seinem Kopf entlang. »Glück muss der Mensch haben«, sagte er leise und hielt den Schlüssel hoch.

Magda kicherte. »Ich fühle mich, als würde ich etwas Verbotenes tun.«

Kurt kratzte sich am Kinn. »Ähm, das ist ja auch so.« Er sah sie an. »Vielleicht solltest du doch besser gehen. Wenn wir erwischt werden …«

»Auf gar keinen Fall.« Energisch schüttelte sie den Kopf.

Gemeinsam lauschten sie auf Geräusche im Treppenhaus. Aus der Wohnung zu ihrer Linken dröhnte die Stimme des Nachrichtensprechers. Es war kurz nach acht Uhr. Zu ihrer Rechten übten zwei Kinder Weihnachtslieder auf der Blockflöte. Ein Schauder lief Kurt über den Rücken. Irgendwo lachte jemand.

Er zog den Schlüssel zwischen Zarge und Tür entlang, um das Siegel der Polizei zu durchtrennen.

»Was wir hier machen, nennt man Siegelbruch. Nach Paragraf 136 StGB bringt das eine saftige Geldstrafe oder bis zu einem Jahr Gefängnis«, raunte er Magda zu. »Bist du sicher, dass du nicht doch lieber gehen willst?«

Da sie nicht antwortete, steckte er den Schlüssel in die Tür und öffnete sie. Magda drängelte sich an ihm vorbei. »Komm, schnell.«

Kurt zögerte noch. Ihm war nicht wohl bei der Sache. Wenn man ihn hier erwischte, würde es ärgerlich werden, aber nicht dramatisch. Über Magda hingegen hing der Verdacht eines Mordes.

Sie zog ihn in Eddis Wohnung. Leise schob sie die Tür hinter ihm zu und knipste das Licht an. »Jetzt, wo wir hier sind, können wir uns auch umsehen.«

»Paragraf 136«, murmelte er nur.

Sie grinste. »Zu spät. Wir sind drinnen.« Vorsichtig schlich sie den Flur entlang und sah sich um.

Kurt öffnete die Tür, vor der er stand. Dahinter lag das Badezimmer. Über der Wanne hingen rote Boxershorts mit aufgedruckten Weihnachtsmännern auf einer Wäscheleine, daneben rot-weiß geringelte Socken, von denen eine ein beachtliches Loch hatte.

»Müssten wir nicht Handschuhe anziehen oder so etwas?«, hörte er Magda in einem der Zimmer fragen.

»Ich nicht. Hier sind ohnehin überall meine Fingerabdrücke, weil ich oft hier war. Du allerdings solltest tatsächlich besser nichts anfassen.«

»Kein Problem.« Sie trat wieder auf den Flur. An ihren Händen hielt sie ein Paar quietschrosa Putzhandschuhe. »Die lagen unter der Spüle in der Küche. Nagelneu. Nehme ich nachher einfach mit.« Sie sah sich um. »Wie gehen wir vor?«

Sie folgte Kurt ins Wohnzimmer.

»Oje«, entfuhr es ihr. »Gab es hier einen Einbruch, oder waren das deine Kollegen?« Sie wies auf eine Trainingshose, die zusammengeknüllt auf dem Sofa lag, inmitten von Resten zerkrümelter Chips, deren leere Verpackung den farblich undefinierbaren Flokati vor der Couch zierte. Zigarettenschachteln und ein überquellender Aschenbecher dominierten den Glastisch, auf dem sich auch eine Spielkonsole befand, die Kurt noch nicht kannte. Sie passte prima zum neuen Fernseher auf dem kniehohen Sideboard, der die Wand fast zur Gänze bedeckte. Vervollständigt wurde das Stillleben der Heimstatt eines allein lebenden Singlemannes von einer beeindruckenden Bierdosengalerie, die gleichmäßig verteilt auf Möbeln und Boden lag.

So schlimm fand er die Unordnung eigentlich nicht.

Er ging durch den Raum, öffnete Schubladen, hob Kissen hoch und linste darunter, prüfte Fächer.

»Unterlagen und Bankauszüge wird Bronski mitgenommen haben«, überlegte er laut.

Magda griff nach einem Whiskyglas, das neben einer leeren Flasche stand, und schnupperte daran. Sie verzog das Gesicht. Dann ging sie damit hinaus.

»Wo willst du hin?«

»In die Küche. Der kümmerliche Philodendron braucht Wasser.«

Mit dem Kinn wies sie zu einer hüfthohen Pflanze in der Ecke. Kurt schüttelte den Kopf. Fehlte nur noch, dass sie zu putzen begann.

Kurz darauf kam Magda zurück und goss das vertrocknete Gestrüpp. »Du Ärmster«, murmelte sie der Pflanze zu.

»Woher weißt du, dass es ein Er ist und keine Sie?«

Magda überlegte. »Ähm, Intuition.« Ihr kam offenbar ein Gedanke, denn ihre Augen weiteten sich, und sie hob den Finger, als meldete sie sich in der Schule. »Aber ich weiß, dass Blumentöpfe ein beliebtes Versteck für alles Mögliche sind. Das habe ich in einem Krimi gesehen.« Vorsichtig zog sie das tropfende Gewächs aus dem Übertopf und schaute hinein. »Nichts. Schade.«

»Das wäre zu einfach. Versuch es in der Küche. Ich übernehme die Abseite im Flur.«

Kurt wusste, dass die Wahrscheinlichkeit, hier irgendetwas zu finden, nicht sehr hoch war. Bronski war zwar ein mieser Mistkerl, aber er verstand seinen Job. Allerdings wurde er hin und wieder von seinem angeblich überragenden Bauchgefühl geblendet, welchem er nach eigener Aussage siebzig Prozent seiner Erfolge zu verdanken hatte.

Eines hatte Kurt Bronski jedoch voraus, was dieser weder mit Instinkt noch einem Polizeiapparat wettmachen konnte: Er und Eddi waren Freunde gewesen. Zusammen hatten sie so manche Stunde in diesem Wohnzimmer oder in Kurts Reihenhäuschen verbracht. Sie hatten über Gott und die Welt palavert. Der Bulle und der Knasti. Auf ihre schräge Art waren sie ein Dream-Team gewesen. Kurti, der dem Eddi beim Resozialisieren helfen wollte. Und Eddi, der versuchte, dem Kurti beizubringen, wie man Spaß im Leben hatte. Wahrscheinlich war keiner von ihnen wirklich erfolgreich gewesen.

Vielleicht waren sie auch nur Kumpel gewesen, keine Freunde, denn Kurt hatte immer diese gläserne Wand zwischen ihnen gespürt. Der lockere Eddi hatte ihre Gespräche stets schnell beendet, wenn Kurt mal etwas tiefer bohrte. Und so war es nicht verwunderlich, dass er auch heute nur das von Eddi Hempel wusste, was eh in den Akten stand.

Männerfreundschaft, irgendwie.

Als Magda ihn fragte, wovon Eddi den Rest des Jahres gelebt hatte, war ihm keine Antwort eingefallen. Tatsache war, dass er es bislang nicht wissen wollte. Jetzt aber könnten die vergangenen elf Monate Hinweise auf Eddis Mörder geben.

Er ließ seinen Blick schweifen. Neuer Plasmafernseher, teurer Single-Highland-Malt-Whisky, eine Plastiktüte mit dem Aufdruck des Berliner KaDeWe. All das machte ihn jetzt stutzig. Warum nicht vorher?

Erst kürzlich hatte Eddi sich von ihm einen Hunni geliehen. Geld, von dem Kurt gewusst hatte, dass er es nie wiedersehen würde. So war Eddi nun einmal gewesen. Er hatte sich durchs Leben geschnorrt und jede Gelegenheit genutzt, um an Geld zu kommen. Arbeit hatte dabei ganz unten auf der Liste gestanden. Aber warum, so fragte Kurt sich jetzt, hatte er dann den mies bezahlten Job im Härtling angenommen?

Er öffnete die Tür zur Abseite, woraufhin ihm ein Schatten entgegenfiel. Er sprang zurück. Im nächsten Moment krachten Mopp und Eimer mit mächtigem Getöse zu Boden.

Kurt wollte gerade fluchen, als er Magdas Stimme vernahm.

»Ich habe etwas gefunden!«

Er holte tief Luft. Sein Herz pumpte eindeutig zu schnell. »Dämliches Ding«, zischte er das Putzgerät zu seinen Füßen an und ging in die Küche.

Dort stand Magda mit einem Siegerlächeln. In der einen Hand hielt sie eine Packung irgendwas. In der anderen einen Schlüssel.

»Grieß. Ich dachte mir, dass dein Freund garantiert keine Ahnung hatte, was man damit anfängt.«

Anerkennend nickte Kurt. »Super, Watson.«

Sie betrachteten den etwa zeigefingerlangen Gegenstand.

»Vom Spind im Kaufhaus ist der nicht«, überlegte sie.

»Das sieht mir eher nach einem Schließfachschlüssel aus. Vielleicht vom Bahnhof.« Er wies auf die Gravur. »Bahnhof.

Schließfach 103. Eindeutig. Es steht sogar darauf.« Er nahm den Schlüssel und ließ ihn in seine Jackentasche gleiten.

»Müssen wir den Kommissar Bronski geben?«

»Noch nicht.«

»Nein?«

»Nein.«

»Und warum nicht?«

Gerade wollte er antworten, als ein Klopfen an der Wohnungstür sie zusammenschrecken ließ.

»Hallo? Ist da jemand?«, rief eine Stimme.

Die beiden hielten die Luft an.

Es klopfte erneut. »Sie da!«, rief die Männerstimme durch die geschlossene Tür. »Sie haben den Aufkleber an der Tür kaputt gemacht. Das dürfen Sie nicht! Ich rufe jetzt die Polizei, hören Sie?«

Magda hob die Hand vor den Mund und starrte Kurt entsetzt an. Dessen vorwurfsvoller Blick fiel auf den Mopp.

Im selben Moment wurde ein Schlüssel ins Schloss gesteckt und umgedreht. Schnell trat Kurt einen Schritt zurück und verschwand hinter der Küchentür.

Magda aber reagierte zu langsam.

Durch den Spalt zwischen Tür und Zarge konnte Kurt sehen, wie ein bulliger Kerl in Jeans und T-Shirt die Wohnung betrat. In der einen Hand hielt er ein Handy, in der anderen einen Schlüssel. »Was machen Sie hier?«, schnauzte er Magda an.

»Ich? Ähm, ich besuche meinen Bruder.«

Kurt sah durch den Türschlitz, wie der Mann langsam auf Magda zuging. Er war mindestens eins neunzig groß und nicht weniger breit. Zudem war er im Besitz eines grandiosen Bierbauchs, der ihm weit über den Hosenbund hing. Keine Schönheit, mit einem Gesicht, das mehr als nur einen Hauch Brutalität signalisierte. Neben dem Mann wirkte Magda schrecklich zierlich.

»Eddi hat nie gesagt, dass er eine Schwester hat«, grunzte der Nachbar.

»Aber ich bin doch hier. Anna … Anna Hempel.« Sie reichte dem Mann ihre rosafarben gummierte Hand, die er ignorierte.

»Eddi und ich haben selten miteinander geredet. Familie. Sie verstehen?«

Der Nachbar schaute misstrauisch. »Und wieso haben Sie dann seinen Schlüssel?«

Empört hob Magda die Arme. »Er hat mir gesagt, wo ich ihn finden kann. Auf dem Türrahmen. Schließlich ist er mein Bruder, Familienprobleme hin oder her.« Ihre Schultern sackten herab. »War. Eddi war mein Bruder.« Magdas Stimme kippte. »Sie haben es gehört, oder?«

Kurt meinte, sie schniefen zu hören. Er hielt die Luft an.

»Wie kann das Leben nur so schrecklich sein?«, jammerte sie. »Erst verlieren wir unsere Eltern, dann die entsetzliche Operation und nun das.«

Kurt fragte sich, wovon sie da schwafelte.

»Ich hatte Eddi wegen der OP angerufen. Ich wäre nämlich beinahe gestorben. Es stand alles auf Messers Schneide. Hat er Ihnen davon erzählt?«

»Nee.«

»Oh, schade.« In Magdas Stimme schwang tiefe Enttäuschung. »Es war unklar, ob ich je wieder aufwachen würde. Als die Ärzte mir das später mitteilten, war es ein Schock für mich, verstehen Sie?«

Der Mann grummelte irgendetwas.

»Darum wollte ich mit meinem Bruder Frieden schließen. Und gestern klingelt das Telefon, und dieser Kommissar sagt mir, dass mein Eddi …« Theatralisch weinte sie auf.

Kurt konnte ein Grinsen nicht unterdrücken. Der Nachbar schien hin- und hergerissen zu sein, ob er Magda glauben sollte oder nicht.

»Möchten Sie nicht hereinkommen, Herr …«

»Ähm.«

Sie lächelte zuckersüß. »Ich blättere eben in Eddis Fotoalbum. Er war so ein niedliches Baby.« Mit der Fußspitze schob sie den Mopp beiseite. »Ich kann uns eine Tasse Kaffee machen. Dann zeige ich Ihnen die Fotos.«

»Ähm, also eigentlich wollte ich …«

Sie trat zu ihm. »Soll ich Ihnen erzählen, was sie mit mir im Krankenhaus gemacht haben? Es ist unglaublich, was heute medizinisch alles möglich ist. Der Tumor war so groß.« Sie hielt die Hände auseinander wie ein Angler, der mit einem guten Fang angab. »Und die Narbe ist mindestens so lang.« Sie fügte noch ein paar Zentimeter hinzu.

Entsetzt riss der Nachbar die Augen auf.

»Nein? Vielleicht möchten Sie lieber einen Schnaps? Der Eddi hat ja genug davon gehabt. Soll ich Ihnen meine Narbe mal zeigen?« Sie hob ihr T-Shirt ein wenig hoch. »Sie nässt noch. Irgendwie heilt sie schlecht ab. Der Arzt meinte, ich müsse Geduld haben.«

Erschrocken trat der Nachbar einen Schritt zurück.

»Also, wenn Sie mich fragen, war es gar kein Arzt, der mich operiert hat, sondern ein Praktikant«, schwatzte sie weiter. »Das liest man ja immer wieder in der Zeitung. Pfusch am Patienten.« Sie legte die Finger auf den Knopf ihrer Jeans und fummelte daran herum.

Kurt sah, wie der Nachbar rückwärts zur offenen Haustür stolperte. »Nee, lassen Sie. Ist schon gut so. Ich geh dann lieber wieder.«

Kurts Grinsen wurde immer breiter. Tränen traten in seine Augen, so sehr musste er sich das Lachen verbeißen. Schnell drückte er sich das Geschirrhandtuch, das vor ihm an einem Haken hing, auf den Mund, um jedes Geräusch im Keim zu ersticken.

»Ach, bleiben Sie doch noch!«, hörte er Magda rufen, als auch schon die Tür ins Schloss fiel.

Erleichtert holte Kurt Luft, während er sich eine Lachträne aus dem Augenwinkel wischte.

»Er ist weg. Du kannst herauskommen.«

»Warst du früher beim Theater?«

»Nein, ich war Krankenschwester.«

»Und warum bist du es nicht mehr?«

Sie zog ihn am Ärmel auf den Flur hinaus. »Das ist eine lange Geschichte. Komm, wir sollten hier weg.« Sie zerrte ihn zur

Wohnungstür. »Ich bin mir sicher, dass der Typ deinen Freund anrufen wird. Als er ging, zog er eine Visitenkarte aus seiner Tasche.«

»Bronski ist nicht mein Freund«, knurrte Kurt.

Sie warteten am Türspion, bis die Luft im Treppenhaus rein war. Dann rannten sie die Stufen hinunter.

So schnell es ging, liefen sie die Straße entlang, bis sie die nächste Ecke erreicht hatten. Keuchend stützte Kurt sich an einem Laternenpfahl ab.

»Das war lustig!«, rief Magda, die eindeutig besser in Form war als er.

»Nein, war es nicht«, japste er. Seine linke Seite tat ihm höllisch weh. Er presste die Hand gegen den Schmerz.

»Seitenstiche?«

Er nickte. »Bronski wird gleich hier sein.«

»Ja und? Dann sind wir längst weg. Lass uns zum Bahnhof fahren.«

Kurt schüttelte den Kopf. »Nein. Du gehst nach Hause.«

»Aber warum das denn?«

»Wenn Bronski erfährt, dass du in Eddis Wohnung warst, haben wir ein Problem. Ich fahre allein zum Bahnhof und sehe nach, was in dem Schließfach deponiert wurde.«

Sie stemmte die Hände in die Hüften. »Nein, ich komme mit.«

Kurt richtete sich auf. Die Schmerzen in der Seite waren fast verschwunden. Er sollte wirklich wieder mit Sport anfangen. Vielleicht nächstes Jahr.

»Danke für das leckere Essen.« Er ließ sie stehen und ging in Richtung Innenstadt. »Bis morgen, Magda«, rief er noch und hörte sie hinter sich auf Polnisch fluchen.

25

Vor ihm lag das alte Backsteingebäude des Bahnhofs. Er nahm den Haupteingang auf der Westseite, von dem er wusste, dass er in der Nähe der Schließfächer lag.

An den Türen lungerten die üblichen Verdächtigen. Einige kannte Kurt noch aus seiner aktiven Zeit. Sein geschultes Auge erfasste einen Kleindealer, den er vor Jahren einmal festgenommen hatte. Der Kerl, der gegen die Kälte mit den Füßen aufstampfte, während er sich nach Kundschaft umsah, stürmte davon, als er Kurt bemerkte.

Der unterdrückte den Impuls hinterherzurennen. Das ging ihn alles nichts mehr an. Er drehte sich um und sah über den Bahnhofsvorplatz.

War Magda ihm gefolgt? Nein. Gut so. Er würde ihr morgen erzählen, was er im Schließfach entdeckt hatte.

Kurt betrat die Halle. Dem etwa fünf Meter hohen, mit weißen Lichtern bestückten Weihnachtsbaum gelang es leider nicht, zwischen blechern klingenden Durchsagen und Bahnhofshektik eine adventliche Atmosphäre herbeizuzaubern.

Neben dem Baum saß ein Obdachloser mit einem struppigen Hund auf einer Decke. Der Mann hielt Kurt einen ramponierten Pappbecher entgegen. Schaler Biergeruch zog in seine Nase, als er eine Münze aus der Jacke fingerte und mit einem »Schönen Advent noch« hineinwarf.

Die Anzeigetafel, die über dem Durchgang zu den Bahnsteigen hing, zeigte die Verspätungen der Züge an. Einige Reisende ärgerten sich lautstark. Auch das war heute nicht Kurts Problem.

Der Minutenzeiger der großen Bahnhofsuhr wanderte eine Position weiter. Siebzehn Uhr siebenundfünfzig.

Aus den Lautsprechern quäkte eine weibliche Stimme eine unverständliche Mitteilung. Der Inhaber des kleinen Zeitungsladens schob einen Ständer mit Postkarten ins Geschäft, das gleich schließen würde. Beim Blumengeschäft holten sie die Eimer mit den Rosen und Lilien herein. Der Fast-Food-Laden aber hatte noch auf und ebenso die Bäcker.

Kurt ging zur Rolltreppe und ließ sich in das untere Stockwerk fahren, wo sich die Schließfächer befanden. Ein junger Mann mit Felljacke und kurzen Hosen hastete an ihm vorbei. Wieder plärrte die Lautsprecherstimme. Dann gellte ein Pfiff. Türen schlugen zu.

Bahnhöfe verströmten für Kurt immer eine besondere Magie. Man konnte fortfahren, musste sich nur entscheiden, wohin es gehen sollte. In die Berge? An die See?

Jederzeit hätte er überall hinfahren können. Das war eine Freiheit, die er so nur an Bahnhöfen empfand. Das Recht zu gehen, wenn und wann man wollte, weil einen nichts an dem Platz festhielt, an dem man sich gerade befand. Der Gedanke hatte ihm schon immer gefallen. Nur war er niemals in einen Zug gestiegen, um einfach irgendwohin zu fahren. Er hatte sich vielmehr die Freiheit genommen, dieses Privileg nie zu nutzen.

Fast wäre er gestolpert, als die Rolltreppe unten ankam. Er machte einen Bogen um ein Pärchen, das auf dem Boden lag und schlief. In den Armen hielten sie ihre Rucksäcke. Kurt war froh, nicht mehr jung zu sein. Er bevorzugte ein weiches Bett.

Auf dem Weg zu den Schließfächern drehte er sich noch einmal um. Hatte er nicht eben Schritte hinter sich gehört? Nein. Niemand da. Kein Grund, nervös zu werden. Dies war ein Bahnhof. Selbst an einem Adventssonntag war es hier nicht menschenleer.

Er ging in den Raum mit den Schließfächern.

Es roch nach Desinfektionsmittel, was den Uringestank jedoch nicht wirklich übertünchen konnte. Kurt rümpfte die Nase und begann, durch den Mund zu atmen. Er zog den Schlüssel aus der Tasche und suchte die Nummern auf den Türen nach der richtigen ab. 99, 100, 101, 102, da war es.

Er steckte den Schlüssel ins Schloss 103. Gespannt hielt er die Luft an, als er ihn umdrehte. Die Tür schwang auf. Nervös wischte Kurt die schweißnassen Hände an seiner Hose ab. Früher mochte er Adrenalin. Wie die Zeiten sich doch änderten.

Im Dunkel des Fachs entdeckte er eine Sporttasche. Lindgrün.

Mittelgroß. Er zog den Ärmel seiner Jacke über die Hand und holte die Tasche heraus. Darauf bedacht, keine Fingerabdrücke auf dem Reißverschluss zu hinterlassen, öffnete er ihn.

Beim Anblick der vielen Fünfziger und Hunderter wäre er fast hintenübergefallen. Wo kam das Geld her? Von Eddis Job im Härtling bestimmt nicht.

Kurt blickte sich um, ob jemand in der Nähe war und gesehen haben könnte, was er gerade entdeckt hatte. Doch da war keiner. Wieder starrte er den Inhalt vor sich an. Sein Herz pumpte.

»Scheiße, Eddi«, murmelte er. »In was für einen Mist bist du da nur hineingeraten!«

Magda hatte recht gehabt. Er hätte den dämlichen Schlüssel Bronski geben müssen. Kurz überlegte Kurt, die Tasche zurückzustellen, abzuschließen und das Beweisstück wieder an seinen Platz in Eddis Wohnung zu legen.

Quatsch! Der Nachbar hatte Magda gesehen.

Es war zu spät, um einen Rückzieher zu machen, auch wenn ihm unwohl dabei war.

Vorsichtig lugte Kurt noch einmal in die Tasche. Organisiertes Verbrechen, dachte er bestürzt. Anders waren die mindestens hunderttausend Euro nicht zu erklären. Nur passte das nicht zu Eddi. Eddi hatte immer allein gearbeitet. Wo, verdammt, kam die Knete her?

Da entdeckte Kurt zwischen den Geldbündeln etwas Rotes. Er griff in seine Jackentasche und holte einen Kugelschreiber heraus, der dort seit Jahren ein vertrocknetes Dasein fristete, weil er nie den Weg in einen Mülleimer gefunden hatte. Kurt schob den Stift in die Schlaufe und zog daran. Ein USB-Stick kam zum Vorschein.

Das unangenehme Gefühl in Kurts Magen verstärkte sich. Der Polizist in ihm brüllte, er solle endlich mit dem Mist aufhören und Bronski informieren. Der Freund von Eddi aber schrie: »Schnauze!«

»Okay, Kompromiss«, sagte Kurt leise und gemahnte sich zu mehr Ruhe. »Ich nehme die Tasche mit, prüfe zu Hause den Inhalt und gebe danach alles Bronski.« Das würde ihm zwar eine

Menge Ärger einbringen, aber wenn auf dem Stick Hinweise waren, die ihm verraten konnten, wer Eddi getötet hatte, dann wollte Kurt Bronskis Gebrüll gern auf sich nehmen.

Beim Gedanken daran, wie der Ex-Kollege herumpöbeln und schreien würde, wurde Kurt ganz warm ums Herz. Immerhin würde Bronski zugeben müssen, dass er bei der Durchsuchung der Wohnung des Toten einen wichtigen Hinweis übersehen hatte. Darum würde er um den Stick auch nicht allzu viel Aufhebens machen. Hoffte Kurt.

Er warf den Datenträger zurück in die Tasche, schloss sie und erhob sich. Die wertvolle Fracht unter den Arm geklemmt, fuhr er mit der Rolltreppe wieder hinauf und betrat die Bahnhofshalle. Er beschloss, ein Taxi zu nehmen. Das ging schneller. Außerdem hatte er dann Zeit zum Nachdenken. Und das war dringend nötig.

Er hielt geradewegs auf den Ausgang zu. Es fühlte sich eigentümlich an, mit so viel Geld unter dem Arm durch die Menge zu gehen.

Unvermittelt traf ein schwerer Schlag seine linke Schulter. Jemand riss ihm die Tasche aus der Hand, stieß noch einmal nach und rannte weiter.

Kurt verlor das Gleichgewicht und stürzte zu Boden.

Stolpernd kam er wieder auf die Füße, sah einen jungen Mann im blauen Hoodie durch die Halle hetzen, die Tasche unterm Arm.

»Halt! Stehen bleiben! Polizei!«, brüllte Kurt, jedoch ohne Erfolg. Der junge Mann stürmte zum Ostausgang.

»He, Sie da, Sie Polizist!«, rief ihm der Obdachlose am Tannenbaum zu. »Der ist da lang.« Er lachte und zeigte in die andere Richtung.

Kurt verkniff sich einen Kommentar und nahm die Verfolgung auf. Leider war der Dieb jung und sportlich, er selbst hingegen ein Pensionär mit einer Krankenakte, so lang wie eine Rolle Klopapier. Doch obwohl seine Lunge bereits brannte und beim Ausatmen pfeifende Geräusche produzierte, rannte er weiter. Der Ex-Bulle in ihm dachte nicht ans Aufgeben. Noch nicht.

Vielleicht hatte er Glück, und ein Bus fuhr den Typen vor der Tür einfach um.

Kurt ärgerte sich. Er hätte vorsichtiger sein müssen. Ach was! Er hätte überhaupt nicht in diese Situation kommen dürfen. Er warf sich gegen die Tür, die zu den Bussen und dem Taxistand führte. Leider lag nirgends ein überfahrener Langfinger herum. Schade.

Keuchend blieb Kurt stehen, schaute nach links und rechts. Da entdeckte er den Dieb ein ganzes Stück weiter voraus.

Der Kerl rannte auf den leeren Taxistand zu. Dabei sah er sich mit wild herumfliegendem Kopf mehrmals um. Offenbar wollte er mit einem Taxi fliehen, nur war weit und breit kein Wagen in Sicht.

Kurt grinste. Glück muss man haben, dachte er und schlenderte betont gemächlich hinüber. Jetzt nur keine hektischen Bewegungen, sonst rennt der Mistkerl gleich weiter.

Jeder Meter, den er unauffällig näher kam, zählte.

Da bog ein Taxi von der Hauptstraße in die Zufahrt ein und rollte zum Stand. Das Schild auf dem Dach leuchtete.

Sofort eilte der Dieb dem Auto entgegen.

Kurt fluchte leise und versuchte, dem Kerl den Weg zum Wagen abzuschneiden, bevor er ins Taxi springen konnte. Nur noch ein paar Meter, und der junge Mann würde auf Nimmerwiedersehen verschwunden sein. Die Autonummer, dachte Kurt, wenigstens die Autonummer muss ich …

In diesem Moment sah er den Dieb einen Haken schlagen, um dem Zusammenstoß mit einer Reisenden zu entgehen, die ihm auf Stöckelschuhen in den Weg lief, während sie konzentriert auf ihr Handy starrte und dabei einen Hartschalenkoffer hinter sich herzog. Ein Pizzabote auf einem Fahrrad rollte nun auch noch herbei. Alle schienen sie auf denselben unsichtbaren Punkt zuzuhalten.

Der Dieb konnte der Frau gerade noch rechtzeitig ausweichen, stieß bei dem Manöver jedoch unversehens gegen das Rad des Pizzaboten, der mit einem Aufschrei zu Boden ging.

Auch der junge Mann geriet ins Straucheln, stolperte zur Seite, wo das Taxi ihn um Haaresbreite erwischt hätte. Das Rad indes landete mitsamt der Transportkiste auf dem Pizzaboten, woraufhin der Deckel aufsprang und mehrere flache Pizzakartons ins Freie entließ, die sich auf dem Weg verteilten. Die Tasche eng an sich gepresst, versuchte sich der Dieb wieder aufzurappeln.

Mit neuer Kraft in den Beinen verschärfte Kurt sein Tempo. Er mobilisierte alles, was sein alter Körper noch im Angebot hatte.

Der Dieb versuchte zu fliehen, dabei verzog er voller Schmerz das Gesicht. Er hatte sich also verletzt. Kurt lief schneller.

Der Pizzabote und die Frau mit dem Koffer schimpften derweil auf den Dieb ein. Der Pizzabote, weil jemand für die Pizzen im Dreck aufkommen sollte, und die Frau, weil ihr bei dem Beinahe-Zusammenstoß vor Schreck das Handy aus der Hand gefallen war und das Display einen Riss zeigte.

Zehn Meter noch, acht, sechs. Japsend blieb Kurt neben dem Dieb stehen, der das Taxi beinahe erreicht hatte. Die Kapuze des Hoodies war ihm vom Kopf gerutscht, und Kurt blickte in ein pickliges, trotzig dreinblickendes Jungengesicht.

Siebzehn und 'n Keks, dachte er und griff nach der Sporttasche.

»Das ist meine«, knurrte er den Jugendlichen an und steuerte auf das Taxi zu. Er stieg ein.

Schwer atmend lehnte er sich in den Rücksitz des Wagens. Wer war der Kerl? Hatte er nur eine Gelegenheit beim Schopf gepackt, oder hatte er ihn gezielt überfallen?

»Eigenartig«, murmelte er, während er hinausblickte.

Es hatte zu schneien begonnen.

26

Das Klackern ihrer hochhackigen Schuhe auf dem Betonboden hallte von den Wänden wider. Es war das einzige Geräusch im Parkhaus um diese Zeit. Sie sah auf ihre Uhr. Einundzwanzig Uhr zehn.

Sie war noch einmal ins Härtling gefahren, um das Päckchen zu suchen. Nichts. Es war nirgends zu finden. Er hatte sie angelogen.

Wenigstens hatte Andi endlich die verdammten Kartons in sein Ferienhaus gebracht. Sie hätte diese gesonderte Lieferung nicht unbemerkt in den Warenbestand schmuggeln können, nicht jetzt, wo dieser Orsini im Haus war. Dass sie über das renommierte Kaufhaus heimlich gestohlene Waren verkauften, musste ja keiner wissen.

Mit einem leisen Piepen öffneten sich die Türen ihres BMW. Corinna Rudloff stieg ein. Sie warf die Handtasche auf den Beifahrersitz und schnallte sich an. Doch statt den Anlasser zu drücken, blickte sie hinaus in die Dunkelheit. Zum ersten Mal fragte sie sich, wie sie nur in diese Situation hatte geraten können, die ihr zunehmend schlaflose Nächte bereitete. Und wie sie da wieder herauskommen sollte.

Es war am Weihnachtsabend vor zwei Jahren gewesen. Sie war in einer Bar mit dem verwegenen Namen »Donna Corleone« hängen geblieben. Das klang nach Mafia und gefährlich. Woher hätte sie denn bitte wissen sollen, dass es das auch war!

Sie hatte gerade erfolgreich mit einigen Martinis die Einsamkeit in ihrem Appartement und ihrem Leben weggespült, als der Barkeeper sie in ein Gespräch verwickelte. Ob sie in den Urlaub fahre, und wenn ja, wohin? Er schwärmte ihr von Costa Rica vor, den Stränden, dem Meer, dem Urwald, den Cocktails. Betrunken, wie sie war, dachte sie, er wolle etwas von ihr. Er war weitaus jünger als sie, und sie hatte sich geschmeichelt gefühlt. Erst später war ihr aufgegangen, dass er die ganze Zeit genau gewusst hatte, wer an seiner Theke saß.

Bei ihrem nächsten Besuch fing er an, von »Nebengeschäften« zu reden, die einem »gewisse finanzielle Möglichkeiten« verschafften, mit denen man sich seine größten Träume erfüllen könne. Dann wollte er wissen, was ihre Träume seien.

»Eine Villa mit weißem Strand davor«, hatte sie halb im Scherz geantwortet. Als er sich ein wenig dichter zu ihr beugte, um ihr zuzuraunen, dass er jemanden kenne, der ihr dabei helfen würde, hätte sie gehen sollen. Spätestens aber, als er sie breit angrinste und meinte, es gebe übrigens kein Auslieferungsabkommen zwischen Costa Rica und Deutschland. Die Alarmglocken in ihrem benebelten Hirn waren da allerdings bereits stummgeschaltet.

Sie hatte gelacht, schließlich war sie in einer coolen Bar mit einem Mafianamen. Da gehörten Gespräche wie diese sicherlich zur PR. Und auch der Zettel mit der Telefonnummer, den der Barmann ihr rüberschob, war bestimmt nichts anderes als ein Gag gewesen.

Sie hatte insgeheim gehofft, dass es seine Nummer war. Nein, war es nicht. Dennoch machte die Stimme in der Leitung ihr drei Tage später ein recht attraktives Angebot. Eines von der Sorte, die man einfach nicht ablehnen konnte. Als sie irgendwann zur Polizei gehen wollte, hatten Müller und seine Leute sie schon längst an der Angel.

Ärgerlich schlug sie mit der flachen Hand auf das lederne Lenkrad.

Anfangs war es nur ein kleiner Gefallen gewesen, um sich bei Müller dafür erkenntlich zu zeigen, dass er ihr einen fast nagelneuen M5 zum unglaublichen Sonderpreis von nur dreißigtausend Euro besorgt hatte. Doch das änderte sich bald.

Es war alles so einfach gewesen. Zu einfach. Sie hatte nicht weiter gedacht als bis zu Müllers nächstem lukrativem Tipp. Das neue Auto, die neidischen Blicke ihrer Bekannten, die kostspieligen Kurztrips ins Ausland, die Clubbesuche, die Klamotten, all das war irgendwann zur Sucht geworden. Später kamen Wochenenden in London und Paris hinzu sowie das eine oder andere Weihnachtsshopping in New York.

Dann zog Müller die Schlinge enger. Die Geldquelle versiegte, sie hatte Schulden bei ihrer Bank genauso wie bei ihm. Müllers Zinsen waren horrend.

Bald schon gab er sich nicht mehr damit zufrieden, dass sie ihren Arbeitgeber in seinem Namen beklaute. Nein, jetzt nutzte Müller alias Chodzinski das Kaufhaus als Umschlagplatz für seine geklauten Waren. Er zwang Corinna, einen Teil der Luxuswaren bei seiner Fake-Firma zu kaufen. Ohne dass der Kaufhausbesitzer es wusste, war das Härtling zu einem Ort für Hehlerware geworden.

Zum Glück hielt sich Corinnas Chef aus dem Tagesgeschäft heraus. Von ihm hatte sie früh gelernt, wie man gewisse Dinge an den Büchern vorbei disponierte. Dennoch war ihr bald klar geworden, dass sie diese Masche nicht ewig durchziehen konnte.

Vor allem deswegen nicht, weil sie für diesen Deal mit Chefeinkäufer Pingel eine Affäre hatte beginnen müssen, damit der nicht misstrauisch wurde. Eine Liaison mit ihm hatte sie nicht viel Überredung gekostet. Sie hatte ihm ein neues Leben in Costa Rica in Aussicht gestellt. Mit Villa, Pool, Strand, Diener und allem Pipapo. Natürlich nicht mit seiner Frau, die er nach fünfzehn Jahren Ehe längst über hatte, sondern mit ihr. Das hatte ihn überzeugt.

Gleichzeitig hatte sie dafür gesorgt, dass auch er in Müllers Fänge geriet, denn sie wusste, dass Pingel gern Blackjack spielte.

Jetzt waren sie beide Fliegen in Müllers Netz. Doch nur sie würde wieder herauskommen. Ohne Andi. Sie hatte für sich eine Absicherung ersonnen, die ihr die ersehnte Freiheit bringen sollte.

Ärgerlicherweise drohte der Coup zu scheitern.

Zum wohl hundertsten Mal an diesem Tag blickte sie auf ihr Handy. Seit Freitag hatte Müller sich nicht mehr gemeldet. Ob das ein gutes Zeichen war, wusste sie nicht.

Sie ließ den Motor an, der wie eine zufriedene Katze zu schnurren begann, und legte den Rückwärtsgang ein. Gerade wollte sie den Fuß aufs Gaspedal setzen, als sich plötzlich das Display ihres Bordcomputers verdunkelte. Wo eben noch das Kamerabild vom Boden des Parkhauses zu sehen gewesen war,

war nun eine schwarze Fläche. Ein quäkender Warnton ging durch ihren BMW.

Sie fuhr herum. Den Blick aus dem Rückfenster versperrte ein mächtiger SUV.

Ihr Puls sprang hoch, und das Herz begann zu rasen, als im nächsten Augenblick auch schon die Beifahrertür aufgerissen wurde.

»Donna Corinna! Welch angenehme Überraschung«, säuselte Müller sonor und setzte sich auf ihre Handtasche, die er anschließend umständlich unter seinem breiten Hinterteil hervorzog.

Sie ging direkt in die Verteidigung über. »Ich kann alles erklären.«

»Aber natürlich können Sie das. Sie sind klug. Ja, fast schon intelligent.« Er warf die Louis Vuitton achtlos auf die Rückbank. »Nicht so klug wie meine Katze oder der Chihuahua meiner neuen Freundin, aber recht passabel für eine Frau.«

Sie zwang sich zu einem schmalen Lächeln, statt die Antwort zu artikulieren, die sie ihm gern gegeben hätte. Müller behauptete, auf Sizilien geboren zu sein. Sie hielt ihn eher für einen Kroaten, der eine mittelmäßige italienische Schauspielschule besucht hatte. Und der Name Müller war mit Sicherheit ein Pseudonym.

Ihre Hände wurden feucht. »Die Ware ist weg«, sagte sie nur. Für mehr hatte sie keine Kraft.

»Ich weiß, *cara mia*.« Wieder einmal hatte er großzügig von seinem Aftershave Gebrauch gemacht. Corinna atmete flacher. »Sie schrieben es mir ja bereits.«

»Ich habe überall danach gesucht.«

»Soll das etwa heißen, dass Ihr Plan nicht funktioniert hat?« Müller wirkte untröstlich.

Sie griff mit beiden Händen ans Lenkrad, damit er nicht merkte, wie sehr sie zitterte. »Doch, natürlich. Nur kann ich diesen Kevin seitdem nicht mehr erreichen. Sie hatten ihn mir empfohlen. Können Sie ihn nicht fragen, wo er das Paket abgelegt hat?«

»Kevin? Ach, so hieß er?« Müller schaute auf seine manikürten Finger. »Den habe ich schon gefragt. Gleich nachdem Sie mir die Nachricht geschickt hatten.«

»Ja?«, rief sie halb erleichtert. »Was sagt er? Wo ist es?«

»Er schwor bei Gott, dass er die Ware am vereinbarten Platz abgelegt hat.«

»Aber da war sie nicht!« Panik machte sich in ihr breit. »Ich will mit ihm reden!«

Bedauernd hob Müller die Schultern. »Das wird nicht gehen. Es waren seine letzten Worte.«

Corinna Rudloff meinte, nicht recht gehört zu haben. »Haben Sie ihn etwa …«

»Bitte, Teuerste, verstehen Sie doch, ich kann nicht erlauben, dass man mich hintergeht! Was sollen die Leute von mir denken? Sie werden glauben, dass ich weich geworden bin.« Er lächelte schmal. »Und das geht doch nicht, oder?«

Schweiß lief über ihren Rücken.

»Da der liebe Kevin uns nun aber nicht mehr weiterhelfen kann, werde ich leider Sie zur Verantwortung ziehen müssen«, fuhr er fort.

»Mich? Ich habe die Ware nicht!«

Er warf theatralisch die Hände nach oben. »Nein? Dann finde sie.« Er beugte sich zu ihr, bis nur noch wenige Zentimeter ihre Gesichter voneinander trennten. »Sonst brauchst du ab nächstem Freitag keine Termine mehr zu machen. Wir werden dich beobachten. Was danach passiert, hast allein du zu verantworten, Donna Corinna.« Seine nasskalten Finger streichelten über ihre Wange. »Man denke nur an Kevin … und den Weihnachtsmann. So etwas kann jederzeit noch einmal passieren.« Er packte sie am Hinterkopf, zog sie zu sich und gab ihr einen Kuss auf den Mund.

Dann löste er langsam den Griff an ihrem Nacken.

»Das verstehst du doch, Donna Corinna, oder?« Zärtlich schob er eine Haarsträhne hinter ihr Ohr. »Ich verlöre mein Gesicht, wenn ich jedem Idioten erlauben würde, mich zu linken.« Er lächelte sie an. »Ist das klar?«

Stumm nickte sie.

Mit zufriedener Miene öffnete er die Tür. Kurz bevor er ausstieg, drehte er sich noch einmal zu ihr um. »Warum hat dein Liebhaber unsere Ware fortgeschafft?«

»Das Kaufhaus wird verkauft. Ein Prüfer aus der Schweiz ist im Haus. Ich darf kein Risiko eingehen.«

»Und wo ist mein Eigentum jetzt, Donna Corinna?«

Noch während sie überlegte, ob sie ihm die Adresse des Ferienhauses verraten sollte, grinste er.

»Ach ja, das Holzhaus an der Ostsee. Genau!« Er tippte sich mit der flachen Hand an die Stirn. »Die Ehefrau weiß noch immer nichts von euch?« Er stieg aus. Sein Lachen hallte von den Betonwänden des Parkhauses wider. Dann knallte er die Beifahrertür zu.

Corinnas Kehle war trocken wie Schmirgelpapier.

Müller hatte sie auf den Mund geküsst. In Mafia-Kreisen war das eine Todesdrohung. Das hatte sie im Film »Der Pate« gesehen.

Flucht war ihr erster Gedanke. Ihr Flug ging aber erst nach Weihnachten. Sie musste sich bis dahin irgendwo verstecken! Nur wo? Er wusste alles über sie, kannte sogar das Ferienhaus von Pingel.

Der Innenraum ihres BMW begann, sich um sie zu drehen. Ihr Leben war in Gefahr. Himmel, sie musste sehen, dass sie von Müller wegkam! Aber etwas sagte ihr, dass das nicht reichen würde. Der Kerl würde sie bis ans Ende der Welt verfolgen.

Sie musste unbedingt das verdammte Paket finden. Vielleicht würde er dann vergessen, dass sie existierte.

Da drängte sich ein Gedanke in ihren Kopf: Mehmel hatte gesagt, dass ihm die Gegenstände im Päckchen um die hunderttausend Euro Versicherungssumme einbrächten. Das bisschen Schmuck war doch kein Menschenleben wert! Zumal Müller ihr nicht wie jemand vorkam, der aus Spaß tötete.

Mit einem heftigen Ruck stieß Corinna ihre Fahrertür auf und sprang hinaus. »Was ist so wichtig an dem dämlichen Schmuck?«, schrie sie dem mit quietschenden Reifen um die Ecke fahrenden SUV hinterher. »Hey! Was ist in dem Paket tatsächlich drin?«

27

»Befragung des Zeugen Kurt Ebert durch Hauptkommissar Bodo Bronski und Oberkommissarin Maike Hennings.« Bronski blickte auf seine Armbanduhr. »16. Dezember, elf Uhr fünfzehn.«

Kurt grinste. »Das machst du ganz prima, Bronski. Die im Fernsehen können von dir eine Menge lernen.« Er nickte in Richtung des Aufnahmegeräts. »Jetzt musst du es nur noch einschalten.«

Bronskis Gesicht nahm eine rötliche Farbe an, während sein Blick an Kurt haftete. Dann wandte er sich langsam zu seiner Kollegin um, die eilig die Taste drückte. Eine grüne Lampe leuchtete auf.

»'tschuldigung«, hauchte sie.

Bronski wollte seinen einleitenden Standardsatz für Befragungen schon wiederholen, da fiel Kurt ihm ins Wort. »Frag mich einfach.« Er lehnte sich betont entspannt auf dem unbequemen Stuhl zurück. »Warum bin ich hier? Oder hattest du Sehnsucht nach mir?«

Bronski schnaufte. Dann setzte er sich gerader hin. »Wo warst du, als Eddi fiel?«

»Im ersten Stock. Ich stand in der Herrenabteilung bei den Hemden, und zwar direkt an der Balustrade.«

»Was hast du gesehen?«

»Liest du keine Zeugenaussagen? Das habe ich doch alles schon zu Protokoll gegeben.«

»Sag es noch einmal. Also?«

»Im Erdgeschoss warteten etwa hundert Kunden. Darunter rund fünfzig Kinder und ein paar Jugendliche.«

»Weiter.«

»›Schneeflöckchen, Weißröckchen‹ war gerade vorbei, und ›Vom Himmel hoch, da komm ich her‹ setzte ein.«

»Hör auf, meine Geduld zu strapazieren, Kurt.«

Kurt hob betont unschuldig beide Hände. »Ich sollte berichten. Also tue ich es.«

Bronskis Kollegin beugte sich schnell vor und tat, als notierte sie etwas auf dem Block. Deutlich war das Zucken ihrer Mundwinkel zu sehen.

»Also: Eddi stand oben im Vierten auf seiner Kiste, die Arme ausgebreitet, als wollte er fliegen. Etwa so.« Kurt streckte die Arme weit zur Seite aus. Es knackte in den Schultern. »Er rief sein übliches ›Ho, ho, ho‹ und legte los.«

»Was genau heißt das, Herr Hauptkommissar?«, mischte sich die Beamtin eifrig ein.

»Er ist kein Polizist mehr«, fuhr Bronski sie an.

»'tschuldigung.«

Sie tat Kurt leid.

»Also, das lief immer gleich ab, Frau Hennings«, wandte er sich an sie. »Eddi rief etwas zu den Zuschauern hinunter, und die antworteten. So nahm er Kontakt zu seinen Fans auf, wie er es nannte. Er fragte so blöde Sachen wie, ob sie alle brav gewesen seien. Die Leute liebten das. Und ihn. Er hatte sogar eine eigene Seite in diesem Internet.«

»Insta? Facebook? TikTok? LinkedIn?«

»Ähm, ja, oder so. Keine Ahnung. Ich bin absolut sicher, dass ich im Hintergrund einen Schatten sah, als er gerade nach unten gehen wollte. Im nächsten Moment verlor er erst den Kunstschnee in seiner Hand und dann das Gleichgewicht. Den Rest kennen Sie.«

Bronski räusperte sich. »Hast du sonst noch etwas bemerkt?«

Kurt schüttelte den Kopf.

»Bitte sprechen Sie es laut aus, Herr Ebert«, erinnerte ihn die junge Polizistin mit Blick auf das Diktiergerät, das mitlief.

»Nein, habe ich nicht.«

»Weißt du, ob jemand aus dem Kaufhaus was gegen Eddi Hempel hatte? Wie stand eure Chefin zu ihm?«

»Keine Ahnung. Die hätte ihn bestimmt nicht so kurz vor Weihnachten umgebracht. Falls sie derartige Absichten hegte, hätte sie bis nach dem Weihnachtsgeschäft gewartet.«

»Warum?« Die Polizistin blickte ihn interessiert an.

Kurt grinste. »So kurz vor dem Fest bekommt man nirgends einen Ersatz.«

»Was ist mit der Putzfrau?« Bei dieser Frage beugte Bronski sich unwillkürlich ein wenig vor.

Ach, dachte Kurt, darum geht es also.

»Du hast sie noch immer in Verdacht?«

Bronski schwieg.

»Von da, wo ich war, konnte ich sie nicht sehen. Wahrscheinlich stand sie hinterm Baum und wartete darauf, dass sie loslegen konnte.«

»Womit?«

»Mit dem Fegen. Der Glitzerschnee lag nach Eddis Show überall herum.« Kurt entschied sich zu einer Gegenfrage. »Was hat die Untersuchung des Besens sonst noch ergeben? Sind wirklich nur ihre Fingerabdrücke darauf?«

»Wo waren die anderen Mitarbeiter?«

Der Kerl ließ einfach nicht locker.

»Unser Hausmeister Elyas kam gerade mit der Buchhalterin Silja Wedemeyer und ihrer Tochter Tami durch die Drehtür. Elyas erzählte mir, die drei wären im Café Wien gewesen.« Er wollte von Pingel erzählen, den er ebenfalls nicht gesehen hatte. Da unterbrach Bronski ihn.

»Was wollte eure Putzfrau in Eddis Wohnung?«

Kurt zuckte unwillkürlich zusammen. Bronski wusste es also. Oder ahnte es zumindest. »Keine Ahnung. War sie denn dort?«, fragte er unbedarft.

»Der Nachbar konnte die angebliche Schwester des Opfers sehr gut beschreiben.«

Dieser miese, übereifrige Kerl, fluchte Kurt innerlich. »Ach, und du denkst, dass es Frau Majewski war?«

Bronski begann, die Unterlagen auf dem Tisch hin und her zu schieben. »Waren die beiden näher miteinander bekannt?«

Kurt grinste. »Die Beschreibung des Nachbarn war wohl nicht gut genug, oder? Sonst hättet ihr Magda doch längst abgeholt.«

Bronski blickte auf. »Das machen wir noch. Ich habe dich gefragt, ob die beiden sich gut kannten.«

»Eddi und Magda?«

»Ja, Eduard Hempel und deine Putzfee.«

»Woher soll ich das wissen? Sie haben bei der Arbeit kaum miteinander geredet. Zumindest habe ich das nie gesehen.«

»Wie kann das sein? Man unterhält sich doch unter Kollegen.«

»Sie mochte ihn wohl nicht sonderlich.«

»Wie kommst du darauf, Kurt?«

Er überlegte. »Nun ja, sie verließ meistens die Personalküche, wenn er reinkam.«

Mist.

Kurt ärgerte sich, denn Bronski verdächtigte Magda, und gerade hatte er sie in eine unangenehme Lage gebracht, indem er ihm verraten hatte, dass sie immer gegangen war, wenn Eddi hereinkam.

Bronski würde sie bestimmt noch einmal befragen. Das hatte er nicht gewollt. Doch nun war es zu spät.

»Was weißt du über Magdalena Majewski?«

Kurt lehnte sich zurück. Ja, was wusste er eigentlich? »Sie ist Witwe und kommt aus Polen, hat einen Sohn und scheint mir eher der bescheidene Typ zu sein. Sie kann sehr gut backen. Hilft das?«

Bronski schlug eine dünne Mappe auf, die vor ihm auf dem Tisch lag. »Magdalena Majewski, geboren am 12. Februar 1970 in Krakau als Magdalena Klamka. Heiratete 1992 Tomasz Majewski, einen Werftarbeiter aus Danzig. Sie kamen 2010 nach Deutschland. Er fand einen Akkord-Job am Fließband in einer Bäckerei. Sie arbeitete in einem Krankenhaus als OP-Schwester. Seit drei Jahren ist sie Witwe und putzt die Böden bei Härtling. Ich frage mich, warum.«

Kurt schwieg.

Bronski beugte sich über den Tisch. »Was weißt du über sie?«

»Nichts.«

»Und eure Geschäftsführerin?«

Kurt lachte. »Die? Putzfrauen interessieren sie nicht. Umsatzzahlen schon eher.« Er wurde das Gefühl nicht los, dass sich die Schlinge um Magdas Hals gerade zuzog. Dass sie kurz vor Eddis Sturz gewünscht hatte, er möge sich den Hals brechen, behielt er für sich.

28

Bronski öffnete die Haustür seiner Doppelhaushälfte. Dreieinhalb Zimmer mit Terrasse und Balkon. Die neuen Nachbarn kannte er nicht. Sie wohnten erst seit einem Jahr nebenan.

»Bin zu Hause!«, rief er in die Wohnung, zog seinen nassen Mantel aus und hängte ihn auf. Draußen schneite es schon wieder. Ordentlich stellte er seine Stiefel auf den Lappen, den seine Frau bei schlechtem Wetter neben die Tür legte, damit er den frisch gewischten Boden nicht schmutzig machte.

Ein kurzer Blick in den Spiegel genügte, und er wusste, dass es heute Abend zwei Bier sein mussten statt eines.

»Du glaubst gar nicht, wen ich schon wieder getroffen habe, Schatz.« Er ging in die Küche, um das Abendbrot für sich und seine Frau zu machen. Seit sie krank geworden war und ständig liegen musste, hatte er die Hausarbeiten übernommen.

Er zog die Kühlschranktür auf und lugte hinein. »Es ist noch Hühnerfrikassee von gestern übrig. Möchtest du? Ich kann es schnell warm machen. Dazu ein Gläschen Grauburgunder?«

Er meinte, ein »Ja« zu hören. Also nahm er die Flasche heraus und holte zwei Gläser aus dem Schrank. Den Topf mit dem Hühnerfrikassee stellte er auf den Herd und drehte den Regler auf drei. Dann ging er mit Wein und Gläsern ins Wohnzimmer, wo seine Frau auf dem Sofa lag.

»Möchtest du dich aufsetzen?«

Sie lächelte ihn an. Die Chemotherapie machte ihr mächtig zu schaffen. Aber sie war eine Kämpferin. Der Krebs hatte gegen sie keine Chance.

Er goss ein und prostete ihr zu. »Dein Ex, der Kurt, war heute zur Befragung bei mir. Störrisch wie immer.« Er nahm einen Schluck. »Oh, es geht ihm gut. Dick ist er geworden.« Er lächelte sie an. »Das wird dir bei mir nicht passieren, Schatz. Wenn ich in zwei Jahren in Pension gehe, suche ich mir ein sportliches Hobby. Bogenschießen oder Kanufahren vielleicht.« Er trank. »Doch,

doch, lach nicht. Ich werde mir ein richtiges Hobby zulegen. Und dann kaufe ich uns ein Wohnmobil, und wir schauen uns all die Orte an, die du schon immer sehen wolltest.« Er trank noch einen Schluck, damit sie nicht merkte, dass seine Augen feucht wurden. Er musste ihr Fels in der Brandung sein. Da waren Tränen das falsche Signal.

Schnell erhob er sich. »Ich muss das Frikassee umrühren, sonst brennt es an.«

Er ging zurück in die Küche. »Wie bitte? Den Kurt zum Essen einladen?«

Nur über meine Leiche, dachte er im Stillen, antwortete ihr aber, dass er ihn fragen würde. Was er natürlich nicht vorhatte. So weit kam es noch, dass er diesen Besserwisser in sein Haus holte. Hätte er sich vor vielen Jahren nicht so ins Zeug gelegt, seine Frau wäre heute mit Kurt verheiratet. Und auch wenn sie sich für ihn entschieden hatte, so befürchtete er dennoch, dass sie noch immer heimlich Gefühle für Kurt hegte. Warum sonst fragte sie nach ihm?

Er deckte den Esstisch nebenan. Sogar eine Kerze stellte er auf den Tisch. Im Fernseher lief ein Weihnachtsfilm.

»Kennst du den nicht schon auswendig?«, fragte er sie, als er sich zu ihr setzte. Zärtlich blickte er zu ihr hinüber. Dann lachte er. »Ja, ja, du hast recht. Ich bin es, der die Kiste beim Essen immer laufen lässt. Verzeih mir, aber es hilft mir, das Hirn abzuschalten. Der Tag heute war wieder stressig. Prost, meine Liebste«, sagte er leise und hob sein Glas.

Sie aßen schweigend das Frikassee, und er war ein wenig glücklich. Man musste nach so vielen Jahren Ehe keine großen Worte machen. Das war ihm ganz lieb so.

Anschließend schauten sie gemeinsam noch eine Weihnachtsgala im zweiten Programm, wobei Bronski sicher war, dass man die bereits im Sommer aufgenommen hatte, denn so mancher im Publikum wirkte sonnengebräunt.

Er ging in die Küche, um sich ein Bier aus dem Kühlschrank zu holen, und meinte, sie lachen zu hören.

»Was ist?«, rief er ins Wohnzimmer und erfuhr, dass die Frisur des Moderators sie an einen ondulierten Pudel erinnerte.

»Das hast du letztes Jahr auch schon über ihn gesagt!«, rief er und öffnete die Flasche. Seine Elisabeth hatte ein wunderbares Lachen.

Als es Zeit war, ins Bett zu gehen, brachte er alles in die Küche, trank ihren Wein aus, den sie nicht angerührt hatte, und befüllte den Geschirrspüler. Er war zu einem richtigen Hausmann geworden.

Bald darauf legte er sich zu ihr ins Bett und löschte die Nachttischlampe.

»Schatz«, sagte er leise und suchte neben sich ihre Hand, »du musst mehr essen, sonst fällst du noch vom Fleisch.« Dann schloss er die Augen. Seine Frau war tapfer. Sie würde den Krebs besiegen.

29

Magda war nicht zur Arbeit gekommen. Krank, hieß es.

Das war nicht gut. Er hatte gestern noch mit ihr reden wollen, aber es war ständig etwas dazwischengekommen. Und heute war sie krank. Mist.

Kurt hatte in der Nacht kaum schlafen können. Bronski schien sich auf Magda einzuschießen.

Er musste sie warnen. Nervös suchte er nach einer Ausrede, warum er gleich nach Öffnung des Kaufhauses seinen Platz wieder verlassen musste, obwohl er in seinem Job in den letzten Tagen vor Weihnachten alle Hände voll zu tun hatte. Er nahm den Hörer und informierte Frau Köhler darüber, dass sein Erscheinen bei der Kriminalpolizei dringend vonnöten sei, man habe ihn ins Kommissariat zitiert. Eine Lüge, die hoffentlich nicht herauskam.

»Schon wieder? Das wird Frau Rudloff aber nicht gefallen. Können Sie nicht nach Dienstschluss dorthin gehen?«

»Frau Rudloff ist es bestimmt lieber, wenn ich freiwillig dort erscheine, als wenn die Polizei ins Kaufhaus kommt, um mich zu holen.«

»Auch wahr.«

Kurt grinste, legte auf und machte sich auf den Weg zu Magdas Wohnung.

Als er vor dem Haus aus dem Wagen stieg, öffnete sich dort gerade die Haustür. Kurt hielt inne. Für eine Kranke wirkte Magda auf ihn verdammt gesund.

Über ihrer Schulter hing eine sichtlich schwere Reisetasche, die sie zu einem alten Fiat schleppte, der zwei Wagen weiter am Straßenrand parkte.

Magda hatte kein Auto. Wer also half ihr bei der Flucht? Denn um etwas anderes konnte es sich kaum handeln.

Wie es aussah, hatte Magda kalte Füße bekommen. War Bronski ihr noch einmal auf die Pelle gerückt? Jedenfalls hatte sein Ex-Kollege ausnahmsweise recht gehabt: Magda hatte Dreck am Stecken. Mist. Kurt war enttäuscht. Weniger von ihr als von sich selbst. Es war ihm schon ein bisschen komisch vorgekommen, dass sie unbedingt mit zum Bahnhof hatte kommen wollen. Und das mit Eddis Wohnung war ebenfalls ihre Idee gewesen. Sie hatte ihn zu dem Einbruch irgendwie überredet. Und jetzt das.

Kurt setzte sich auf die Motorhaube seines Wagens und beobachtete, wie Magda die Tasche in den Kofferraum wuchtete und den Deckel zuwarf.

»Wo soll es denn hingehen?«, rief er ihr zu.

Sie erstarrte. »Oh.«

»Genau. Oh.« Er ging zu ihr.

»Ich kann es erklären, Kurt. Meine Mutter in Polen. Sie ist plötzlich krank geworden.«

»Ach.« Er blieb vor ihr stehen und schob die Hände tief in seine Hosentaschen.

»Ja, sie ist alt. Das Herz.«

Aus dem Augenwinkel sah Kurt, wie ein junger Mann in blauem Hoodie aus dem Haus trat. Die Kapuze hatte er weit über den Kopf gezogen. In der Hand hielt er einen großen Koffer, den er nun zum Wagen rollte.

Als er Kurt bemerkte, blieb er erschrocken stehen.

Kurt spürte, wie Wut in ihm hochstieg. »Das ist die Kröte vom Bahnhof!«, brüllte er und wollte auf das Jüngelchen zustürmen, als Magda ihn am Arm festhielt.

»Ich kann das erklären, Kurt!«

Das dürre Kerlchen mit dem blassen Gesicht stierte Kurt ängstlich an, während seine Beine offenbar an Flucht dachten, aber nicht so recht wussten, wohin. Panisch drehte er sich abwechselnd nach links und nach rechts, ohne den Koffer loszulassen.

»Das ist mein Sohn. Er wollte dir nichts Böses tun.«

Kurt riss sich los. »Er hat mich bestohlen.«

»Du hast die Tasche doch zurückbekommen.«

»Steckst du etwa dahinter, Magda?« Wütend blickte er sie an. »Was spielst du hier für ein Spiel?«

Beschämt sah sie zu Boden. »Ich hatte Dawid gebeten, dir nachzugehen, um zu sehen, was du im Schließfach findest.«

Sprachlos richtete Kurt sich zu voller Größe auf und verschränkte die Arme vor der Brust. »Darf ich das als Geständnis verstehen?«

Ihr Kopf fuhr hoch. »Geständnis? Nein, ich bin keine Mörderin.«

»Aber du willst dich aus dem Staub machen. Warum, wenn du unschuldig bist?« Seine Wut schwappte jetzt in pure Enttäuschung um. Dabei war es weniger die Tatsache, dass er sich in ihr getäuscht hatte, als der Fakt, dass er nicht wahrhaben wollte, eine gänzlich andere vor sich zu haben. Magda eine Lügnerin und, Gott bewahre, Mörderin? Er war intuitiv von ihrer Unschuld überzeugt gewesen. Doch das, was er sah, sprach eine andere Sprache als sein Gefühl.

Mit dem Zeigefinger wies er auf das Hoodie-Männchen. »Du hast deinen Sohn auf mich angesetzt, um an die Tasche zu kommen. Ich frage mich, warum.«

Ihr Atem ging schnell. »Ich … also, das …«

Er winkte ab. »Klar, es ist alles anders, als es aussieht. Warst du auf das Geld aus? Woher wusstest du davon?«

»Geld? Was für Geld?« Entsetzt starrte sie ihn an. »Bitte, Kurt, Herr Ebert … Lassen Sie uns nach oben gehen und alles in Ruhe besprechen.«

Kurt lachte. »Haltet ihr mich für so blöde?«

Langsam, ja ängstlich, trat der junge Mann zu seiner Mutter und legte den Arm um sie. Er war ein Strich in der Landschaft, ein halbes Kind noch.

Es begann zu schneien.

»Ich warte. Warum wolltest du die Tasche haben?« Aus schmalen Augen musterte er die beiden.

Magda kämpfte mit den Tränen. »Ich wusste doch gar nichts. Ich wollte nur wissen, was du findest. Was Eddi verheimlicht hat.«

»Was, verdammt, interessiert dich so sehr an Eddi?«

»Dein Freund, der Kommissar, hält mich für …«

»Ach, komm mir nicht damit. Da ist noch etwas anderes. Was ist hier los?«

Er konnte sehen, wie sie mit sich kämpfte. Früher hätte er während einer Befragung geduldig gewartet, was passieren würde, jetzt aber hatte er keine Lust mehr auf dieses Taktieren. Er knallte die Faust auf das Dach des Kleinwagens. »Verdammt, sag endlich die Wahrheit, Magda!«

Die beiden zuckten zusammen.

»Wir … also, mein Mann Tomasz und ich, wir sind vor einigen Jahren einem Betrüger aufgesessen.«

Kurt stutzte. »Eddi?«

Sie nickte. »Er schwatzte uns alles Ersparte ab.«

»Was hat er euch verkauft? Einen Bauerngarten auf dem Mond? Einen Eisberg vor Hawaii?«

Sie ignorierte seinen Sarkasmus. »Es ging um ein Bauprojekt. Vierundzwanzig Häuser nördlich von Stettin, direkt an der Ostsee. Wir nahmen Kredite auf. Tomasz schob Doppelschichten in der Bäckerei.« Ihre Stimme versagte.

»Mama«, meldete sich der Hänfling erstmals zu Wort und drückte sie an sich.

Kurt ließ sich von dem Schluchzen nicht beeindrucken. Shows dieser Art hatte er in seiner aktiven Zeit mehr als genug erlebt. Er war gespannt auf den Rest der Lügengeschichte, denn schließlich logen sie alle, bis man ihnen Schicht für Schicht die Wahrheit vom Fell zog, indem man sie mit den Fakten konfrontierte. Dumm nur, dass er keine Fakten hatte. »Für ein Haus im Grünen habt ihr euch also verschuldet?«

»Ja. Aber noch schlimmer ist, dass wir unsere Familien in Polen mit hineingezogen haben.« Sie sah ihn an. »Eddi hatte uns erzählt, dass diese Anlage einmalig sei. Mindestens vierzehn Prozent Rendite.«

»So einen Müll habt ihr geglaubt?«

Betrübt nickte sie.

»Lass mich raten: Es wurde niemals gebaut.«

Sie schluchzte auf. »Wir waren so dumm.« Ihre Schultern bebten. »Alles sah vollkommen seriös aus.«

Kurt schloss die Augen. Das klang tatsächlich sehr nach Eddi. Vielleicht war die harte Strafe, die der Richter damals verhängt und wegen derer Kurt ein schlechtes Gewissen gehabt hatte, doch nicht zu lang gewesen.

Magda löste sich von ihrem Sohn und schlang die Arme um ihren Oberkörper, als fröre sie. »Damals hieß er übrigens nicht Eduard Hempel, sondern Ernst August Graf von Sölderlin-Kraszinski.«

»Du musst verdammt wütend auf ihn gewesen sein.« Kurt sah den Hänfling an. »Und dein Sohn auch.«

Sie fuhr herum. »Nein, nein! Dawid war es doch, der sagte, ich solle endlich aufhören, an gestern zu denken. Außerdem waren wir ja nicht ganz unschuldig. Wir waren naiv, und Eddi hat es ausgenutzt.« Sie versuchte zu lächeln, doch es misslang. »Ich zahle noch heute an dem Kredit ab, den wir damals seinetwegen aufgenommen habe.«

Kurt verzog keine Miene. Sie redete sich gerade um Kopf und Kragen.

»Tomasz, mein Mann ...« Sie stockte. »Er war danach ein anderer Mensch.«

Kurt atmete tief ein. Jetzt kam die Mitleidstory. Wie üblich.

»Alle, die wir mit ins Unglück gestürzt hatten, unsere Familien in Polen, die Nachbarn, das halbe Dorf ... fast jeder hatte in das Projekt investiert. Trotzdem, sie alle hatten Tomasz verziehen. Nur er selbst konnte es nicht. Er schämte sich unendlich für seine Dummheit.« Sie hielt inne, als sähe sie ein trauriges Bild vor sich, von dem sie den Blick nicht lösen konnte. »Ich fand ihn, als ich von der Nachtschicht nach Hause kam. Sein Herz schlug noch.« Sie verbarg das Gesicht weinend in ihren Händen. »Ich dachte, ich könnte ihm noch helfen. Ich bin doch Krankenschwester ... aber es nutzte nichts. Als der Notarzt eintraf, war er tot.«

»Und du?« Kurt sah den Sohn streng an. »Wolltest du Rache nehmen?«

Stumm schüttelte der Hänfling den Kopf.

Schnell stellte Magda sich vor ihn. »Nein! Er könnte keinen Menschen töten. Sieh ihn dir an!«

»Aber du, Magda.«
»Ich? Niemals.«
»Das sagen alle.«
Erschrocken sah sie ihn an. »Ich war Krankenschwester. Ich habe Leben gerettet, nicht zerstört. Das musst du mir glauben.«
Falsch, das musste er nicht. Dennoch tat er es.
»Magda, wo warst du, als Eddi herunterfiel?«
»Denkst du wirklich, ich hätte ihn gestoßen?« Ihre Stimme klang schrill. »Davon wäre Tomasz nicht zurückgekommen.«
»Es ist unwichtig, was ich glaube. Bronski musst du überzeugen. Du hattest ein Motiv. Doch hattest du auch die Gelegenheit?«
In diesem Moment rollte ein Streifenwagen um die Ecke.
Magda zuckte zusammen. Der Fahrer hielt direkt auf sie zu.
»Hast du sie gerufen?«, fragte sie und klammerte sich ängstlich an Kurts Arm. Der antwortete nicht, sondern beobachtete das Polizeifahrzeug, das sich langsam näherte. Kurz blickten die Beamten zu ihnen herüber, als der Wagen vorbeirollte.
Erleichtert holte Magda tief Luft. »Mein Gott, ich dachte, der Bronski kommt, um mich zu holen.«
»Es tut mir leid.« Kurt drehte sich zu ihr um. »Du musst ihm alles sagen.«
Sie trat einen Schritt zurück. »Ich will nicht!«
»Dafür ist es zu spät. Er wird das mit dir und Eddi herausfinden, und dann sieht es noch schlechter für dich aus.« Kurt sah sie eindringlich an. »Hör zu, Magda. Bronski darf keine falschen Schlüsse ziehen. Nimm dir einen Anwalt und geh ins Präsidium.« Er versuchte, aufmunternd zu lächeln. »Ich kenne da noch einige aus meiner früheren Zeit als Polizist. Man wird dich gut behandeln.«
»Wirst du mich begleiten?«
Kurt überlegte einen Moment, kam jedoch zu dem Schluss, dass seine Anwesenheit Bronski nur noch voreingenommener machen würde. »Ich schicke dir den Namen eines Anwalts. Ruf ihn an. Spätestens morgen früh musst du deine Aussage machen. Versprichst du mir das?«

Sie nickte stumm. Dann gingen Mutter und Sohn zurück zum Haus.

»Kleiner!«, brüllte Kurt dem jungen Mann hinterher, als sie bereits in der Haustür standen.

Magdas Sohn drehte sich erschrocken um.

»Der Wagenschlüssel!« Kurt hielt ihm die offene Hand entgegen.

Kurz zögerte Dawid. Dann griff er in die Hosentasche und zog den Schlüssel für den Fiat hervor. Im hohen Bogen warf er ihn Kurt zu, der ihn mit der linken Hand auffing und einsteckte. »Ist nur, damit ihr nicht auf dumme Gedanken kommt.«

30

Am Mittwochmorgen stand Kurt an exakt jener Stelle, an der er gestanden hatte, als Eddi gefallen war. Den Moment vor Augen, in dem sich ihre Blicke trafen. Auch jetzt hörte er wieder die Endlosschleife mit den Weihnachtsliedern, die liefen, als der Weihnachtsmann zu Tode stürzte.

Kurt sah Eddi, der oben im vierten Stock seine Zigarette ausdrückte, in den roten Mantel schlüpfte und die Kiste zum Geländer schob. Eddi, der sich die weißen Handschuhe überstreifte und das Säckchen mit Kunstschnee zur Hand nahm. Eddi, der auf die Kiste kletterte und die Arme weit öffnete. Eddi, der glücklich lachte, als seine Fans ihm zujubelten.

Seit einer Woche war Eddi tot.

Kurt seufzte.

Unten in der Halle des Kaufhauses wies längst nichts mehr auf das Unglück hin. Nur ein paar ramponierte Zweige des Tannenbaums erinnerten an die Tragödie. Jemand hatte alles mit viel Lametta und weiteren Glitzerkugeln kaschiert. Kurz fragte Kurt sich, ob es das Werk der hauseigenen Dekorateure war oder das der kleinen Tami, die er in diesem Moment um den Baum herumschleichen sah. Das Kind versuchte offenbar, sich vor Magda zu verstecken, die mit blassem Gesicht ihren Putzwagen hinter sich herzog. Beide hatte er um diese Zeit nicht im Härtling erwartet. Die eine müsste in der Schule sein, die andere bei Bronski.

Kurt fluchte.

Gerade wollte er sich vom Geländer entfernen, um beiden eine Standpauke zu halten, als eine Gruppe Jugendlicher hereinkam. Zwei Jungs, ein Mädchen. Tami war also nicht die Einzige, die den Unterricht schwänzte.

Die Kids trugen weiße Hosen und identische Daunenjacken. Ihre ebenfalls weißen Sneaker strahlten förmlich aus der Menge heraus. Kurt erinnerte sich, diese Aufmachung schon einmal gesehen zu haben. Letzte Woche, als er sich über Eddis toten Körper gebeugt hatte. Da waren die Kids auch im Härtling gewesen. Er eilte nach unten. Dort zerrte Magda gerade Tami hinter dem Christbaum hervor. »Was machst du hier?«, schnauzte sie die Kleine an.

Kurt hatte die Putzfrau noch nie so übellaunig erlebt. Die letzten Tage hatten offensichtlich sehr an ihren Nerven gezerrt. Normalerweise mochte sie Tami.

»Warum bist du nicht in der Schule?«, verlangte sie zu erfahren. »Willst du dumm bleiben und später als Putze enden wie ich?«

Kurt trat näher. »Na, na, du bist doch nicht dumm, Magda ... Leider aber etwas unzuverlässig, wie mir scheint.«

Wütend starrte sie ihn an. »Was soll das heißen?«

»Gestern hattest du mir versprochen, heute Morgen eine Aussage zu machen. Hast du?«

»Noch nicht. Ich will nämlich nicht, dass die Rudloff mich auf die Straße setzt. Selbst wenn der Job hier keinen Spaß macht, ich brauche ihn. Kümmere dich lieber um das Kind. Die Kleine treibt sich ständig hier herum, statt in die Schule zu gehen.« Wütend schob sie ihm Tami entgegen, als sie die Jugendlichen bemerkte, die ihre Handys auf sie gerichtet hatten. »Hört sofort damit auf!«, rief sie.

Doch die Kids machten keine Anstalten, ihre Geräte einzustecken. Magda fuhr zu Kurt herum. »Sag ihnen, dass sie aufhören sollen! Ich will nicht, dass sie mich filmen.«

»Ey! Warum nicht?«, rief der Größte der Gruppe. »Angst vor Fame? Unsere Fanbase will mehr sehen.«

»Genau!«, stimmte sein Kumpel zu. »Erst ein toter Weihnachtsmann, und jetzt Kindesmisshandlung. Voll geil, das bringt Traffic!«

Mit ernster Miene trat Kurt auf die Teenager zu. »Soll das heißen, ihr habt Eddis Sturz gefilmt?«

»Ähm, wieso?« Ein wenig unsicher geworden, senkten die drei ihre Smartphones. »Ist 'n freies Land. War doch cool, wie er da so den Abflug gemacht hat.«

»Voll schräg«, stimmte der andere Junge zu. Er war der Kleinste von ihnen und hatte einen Frettchenblick. »Echt krass.«

»Zeigt mir bitte eure Handys.« Kurt streckte auffordernd seine Hand aus.

»Nope. Kein Bock«, entgegnete der Große und versteckte sein Handy hinter dem Rücken, während die anderen beiden eilig einige Schritte zurücktraten und die Szene filmten.

»Ich habe euch höflich gebeten.«

»Sie können uns nicht zwingen«, piepste das Frettchen.

»Stimmt. Aber ich kann die Polizei holen. Wusstet ihr, dass Schuleschwänzen mit einer Geldstrafe von bis zu hundertachtzig Tagessätzen oder einer Freiheitsstrafe von bis zu sechs Monaten geahndet werden kann? Ihr wärt dann vorbestraft. Immer noch cool?«

Überrascht sahen die Jugendlichen sich an.

»Oder soll ich lieber gleich euren Eltern Bescheid sagen, damit sie euch hier abholen kommen?«

»Ey, wir haben nichts gemacht, klar? Nicht geklaut und so!« Die Stimme des Anführers kippte vor Aufregung. Das Mädchen indes trat zurück, drehte ihnen den Rücken zu und hielt ihr Mobiltelefon mit ausgestrecktem Arm vor sich in die Höhe.

»Hallo, ihr Lieben, ich berichte wieder live aus dem Kaufhaus Härtling«, quäkte sie in die Kamera, legte ihren Kopf zur Seite und machte eine alberne Kussmundpause, bevor sie weitersprach. »Ihr wisst bestimmt noch … die Sache mit dem völlig zerschmetterten Weihnachtsmann vor ein paar Tagen. Blut, Hirnmasse, Knochen überall. Ihr habt die Bilder ja gesehen. Heute werden meine Freunde und ich von einem alten Kerl bedroht, der …«

»Schluss jetzt.« Kurt ergriff den Arm des Mädchens. Sie protestierte. »Wie wäre es, wenn ihr eure ›Follower‹ zur Abwechslung damit beeindruckt, dass ihr bei der Aufklärung eines Mordes helft?«, schlug er vor.

»Cool«, meinte der Große.

»Geil«, plapperte sein Freund nach.

Einzig das Mädchen traute Kurt anscheinend nicht über den Weg. »Was müssten wir dafür tun?«

»Zeigt mir, was ihr am Tag des Unfalls aufgenommen habt.«

»Ist alles im Netz.«

Kurt sagte kein Wort, starrte die Kleine nur an, die er für die eigentliche Chefin der Schwänzer-Clique hielt. Sie hielt seinem Blick stand.

»Was bekommen wir dafür?«, wollte sie wissen.

»Die Frage ist: Was bekommt ihr nicht?«

»Hä?« Die Jungen sahen sich fragend an.

»Wenn auf euren Filmen der Mörder zu sehen ist und ihr die Polizei nicht informiert ...« Kurt ließ den Satz unbeendet, damit seine Worte Wirkung entfalten konnten.

Langsam senkte das Mädchen ihren Blick und strich auf dem Display ihres Handys herum. »Okay, das Reel ist eh raus.«

Sie reichte Kurt das Gerät.

Der schluckte, als er das Video abspielte und Eddi sah, wie er oben im Vierten stand und ein letztes Mal lachte. Im Hintergrund dudelte »Schneeflöckchen, Weißröckchen«. Dann stob eine weiße Wolke auf, hinter der Eddi sich zum Gehen umwandte. Im nächsten Moment verlor er erst den Sack mit dem Kunstschnee, dann das Gleichgewicht und fiel hinunter.

Kurt spulte zurück. Einmal, zweimal. Er hielt das Display dicht vor seine Nase. Da, da war etwas. Ein Schatten. Zu unscharf, um Genaueres erkennen zu können. Er ließ den Film weiterlaufen. Die Schreie des Publikums gellten aus dem kleinen Lautsprecher des Telefons.

Die Aufnahme wackelte, aufgeregte Stimmen waren zu hören, das Bild wanderte über Rücken, Schuhe, Teile vom umstürzenden Tannenbaum und ... Eddi.

Kurt spürte, wie seine Finger eiskalt wurden. Er wischte über das Display und betrachtete die Sequenz davor. Das Mädchen, das mit diesem dämlichen Kussmund in die Kamera lächelte und dabei irgendetwas Belangloses sagte, die Jungen, die mit Sprüchen und Albernheiten Eddis Auftritt kommentierten.

Die Aufnahmen waren nur Sekunden vor dem Sturz gemacht worden.

Da! Hinter dem einen Jungen konnte Kurt die Tür erkennen, die zu dem Gang führte, an dessen Ende Magdas Putzraum lag.

Sie schwang auf, ehe ein Besucher des Kaufhauses ins Bild trat und die Sicht verdeckte.

Kurt ließ das Video weiterlaufen. Schreie, Schuhe, Tannenbaum … und die Tür, die jetzt offen war. Davor Magda, die starr vor Schreck dastand. In der Hand hielt sie einen Besen. Ohne Schleife.

Erleichtert atmete er durch.

Sie hatte also nicht gelogen.

Er ließ das Handy des Mädchens in seine Jackentasche gleiten.

»He, was soll das? Ich will mein iPhone zurück«, empörte sie sich.

Kurt holte sein Handy aus der anderen Tasche.

»Wen rufen Sie an?«, wollte einer der Jungs alarmiert wissen.

»Meine Fanbase«, antwortete Kurt und horchte auf das Freizeichen in der Leitung. Als abgehoben wurde, ließ er dem Angerufenen keine Zeit, sich zu melden, sondern fiel ihm sogleich ins Wort. »Bronski!«, rief er breit grinsend. »Du hast mal wieder Mist gebaut.« Er drehte sich zu Magda um. »Und Frau Majewski möchte eine Aussage machen.«

31

Die Tür zur Personalküche ging auf, und Elyas lugte herein. »Ist Silja gar nicht zur Mittagspause gekommen?«

Kurt löste den Blick von seiner offenen Brotdose. Gouda und Mettwurst wollten ihm heute überhaupt nicht schmecken. »Nein, sie hat vor zehn Minuten mit einem Zwei-Meter-Kerl das Haus verlassen.«

Überrascht trat Elyas ein. »Ach, und wer war das?«

Kurt zuckte mit den Schultern. »Keine Ahnung. Hab den noch nie gesehen.« Er klappte den Deckel seiner Brotdose zu. Heute würde er diäten.

Elyas setzte sich zu ihm an den Tisch und starrte betrübt auf den Teller mit den köstlich riechenden Brownies, der direkt vor seiner Nase stand.

»Alles klar?«, fragte Kurt.

»Ja, logo, was sollte sein?« Der Hausmeister griff nach einem der kleinen dunklen Kuchen und biss herzhaft hinein. Sogleich besserte sich seine Stimmung sichtlich. »Hmm, heute hat sich Ihre Verehrerin aber selbst übertroffen.«

»Die sind nicht von Frau Sievers.«

»Nein?« Elyas nahm noch einen Brownie. »Ach ja, die sind nicht in Herzform.« Er grinste, und der zweite Brownie verschwand in seinem Mund. »Hat sie gesagt, wann sie zurückkommt?«

»Wer?«

»Na, Silja.«

Kurt massierte seine Schläfen. Er hatte letzte Nacht kaum geschlafen.

»Nein?« Elyas sah ihn unglücklich an und legte das dritte Kuchenstück zurück auf den Teller.

»Was ist?«

»Keinen Hunger mehr.«

Verwundert schaute Kurt den sonst stets gut gelaunten Hausmeister an, der sich jetzt erhob und mit hängenden Schultern den Raum wieder verlassen wollte.

»Ist es wegen des Kerls, mit dem sie wegging? Das muss nichts bedeuten«, rief Kurt ihm nach.

Elyas drehte sich um. »Doch, weil nämlich alles irgendetwas bedeutet.«

Kurt lachte. »Sentimentaler Quatsch.« Er erhob sich vom Stuhl, warf der Brotdose einen verächtlichen Blick zu und griff nach seiner Jacke, die am Haken neben der Tür hing. »Los, Elyas, ziehen Sie sich etwas über. Ich gebe eine Bratwurst und einen Glühwein auf dem Weihnachtsmarkt aus.«

»Nein! Das geht doch nicht. Alkohol während der Arbeitszeit ist verboten.«

»Ich weiß, aber dies ist ein Notfall. Sie haben Liebeskummer.«

»Habe ich überhaupt nicht.«

»Auch gut. Kommen Sie trotzdem mit. Oder möchten Sie in Ihrem Zustand lieber arbeiten?«

Elyas zögerte einen Moment. »Okay, aber nur einen.«

Zehn Minuten später standen sie an einem der vielen Glühweinstände. Beide Männer hatten bereits einen dampfenden Becher vor sich stehen.

»Danke, Herr Ebert.«

»Ich denke, es ist an der Zeit, dass du mich Kurt nennst.«

Elyas nickte.

»Ich brauche übrigens deine Hilfe, Elyas.«

»Wobei?«

Kurt räusperte sich. Er atmete die klare Winterluft ein. Es roch nach frischem Schnee. Seine Kopfschmerzen verschwanden allmählich. »Ich habe in Eddis Wohnung einen Schlüssel gefunden. Er gehört zu einem Bahnhofsschließfach.«

»Wie bitte?«

Kurt ignorierte Elyas' Frage. »Fakt ist, Eddi wurde ermordet, und Bronski ermittelt mit angezogener Handbremse.«

Elyas, der gerade im Begriff war, einen Schluck von seinem Glühwein zu trinken, setzte den Becher wieder ab.

Kurt sah sich verstohlen zu beiden Seiten um, bevor er leise weitersprach. »Im Fach war eine Tasche mit Geld, Zeitungsausschnitten und einem USB-Stick. Du kennst dich doch mit Computern aus.«

»Ich?«

»Ja. Du bist jung. Für mich sind das graue Kisten mit gefährlichem Eigenleben. Trotzdem will ich wissen, was auf diesem Stick ist.« Kurt schob ihm das kleine Ding über den Stehtisch zu. »Danach werde ich die, äh … Fundsachen der Polizei geben.«

Misstrauisch musterte Elyas den USB-Stick. »Ach. Und die wird nicht wissen wollen, wie du an die Tasche gekommen bist?«

»Doch. Das ist mein zweites Problem.«

»Und ich soll dabei helfen?«

»Ja.«

»Echt jetzt?« Elyas beugte sich vor. »Das ist illegal.«

»Wem sagst du das, Junge? Aber Bronski glaubt, Magda hätte den Eddi auf dem Gewissen.«

»Unsere Magda?« Elyas lachte. »Unsinn.«

»Sage ich ja. Kannst du mir helfen?«

Elyas grinste, nahm den Datenträger und steckte ihn ein. »Immer locker bleiben.«

»Witzbold. Ich stehe bereits mit einem Fuß im Knast.«

Der Hausmeister schlug Kurt aufmunternd auf die Schulter. »Ich werde dich dort besuchen«, scherzte er. Dann hielt er auf einmal inne und blickte auf etwas in Kurts Rücken.

Kurt drehte sich um und folgte seinem Blick zum Karussell auf der anderen Seite des Marktplatzes. Nicht weit entfernt stand Silja Wedemeyer in Begleitung des Mannes, mit dem er sie vorhin gesehen hatte. Groß, gut aussehend, der hatte das Zeug zum Hollywoodstar.

»Ist das der Typ, mit dem sie das Kaufhaus verlassen hat?«, wollte Elyas wissen.

Silja lachte über irgendetwas, das der Mann ihr gerade zugeraunt hatte. Gleichzeitig konnte Kurt sehen, wie Elyas die Hand zur Faust ballte.

»Ach, das hat nichts zu bedeuten, Junge.«

»Nein, natürlich nicht.« Elyas sah wieder zu Kurt und schob den Becher von sich weg. »Ich schlage vor, heute Abend lädst du mich zu einem richtigen Essen ein, Kurt. Bis dahin weiß ich, was auf dem Datenstick ist.« Wütend ging er zurück zum Kaufhaus.

32

Silja schlenderte neben Orsini durch die Gassen der Innenstadt. Dicke Schneeflocken tanzten im Schein der Laternen. Die Geschäfte hatten bereits geschlossen, doch überall blinkte und blitzte es weihnachtlich. Nach ihrer unverhofft erfreulichen ersten Begegnung mit dem angekündigten Gast hatte Silja dem Schweizer heute in der gemeinsamen Mittagspause eine kleine Stadtführung nach Feierabend versprochen. Es war ihr leichtgefallen, denn Veit Orsini war ein sehr angenehmer Mensch mit besten Umgangsformen. Bereits nach kurzer Zeit waren sie per Du gewesen.

Mit einem üppigen Bouquet im Arm hatte er sie vor einer guten Stunde zu Hause abgeholt. Für einen so großen Strauß hatte sie gar keine passende Vase. Letztendlich musste Silja die Blumen in einem Eimer zwischenlagern.

Jetzt liefen sie von einer Sehenswürdigkeit zur nächsten, und sie erzählte ihm alles, was sie über die Geschichte ihrer Heimat und die Bauwerke wusste. Es war nicht sehr viel, aber dennoch wirkte er interessiert.

Langsam begannen ihre Füße, kalt zu werden, und auch die Handschuhe schienen nicht halb so gut vor Wind und Schnee zu schützen, wie sie beim Kauf vor ein paar Wochen gedacht hatte. Sie erreichten den Platz vor dem Dom und blickten zum Turm hinauf, dessen Spitze im Schneegestöber verschwand. Da begann das Glockenspiel über ihnen zu schlagen, es läutete achtmal.

»Wie wäre es mit einer Kleinigkeit zu essen? Ich habe Hunger. Du auch?« Veit deutete auf ein Restaurant, in dessen Fenstern kleine Lampen zwischen Weihnachtsdeko standen. »Ein Italiener. Angeblich sogar ein echter, wenn man der Tafel neben dem Eingang glauben darf.« Er reichte ihr seinen Arm und führte sie über den Platz. Dann hielt er ihr die Tür auf, damit sie als Erste eintreten konnte.

Silja lächelte. So etwas war sie nicht gewohnt. Aber es fühlte sich sehr gut an, mit einem so galanten Begleiter ein Restaurant zu betreten.

Der Wirt kam ihnen entgegen. Veit wechselte einige Sätze auf Italienisch mit ihm, die Silja nicht verstand. Sichtlich erfreut, einen Landsmann vor sich zu haben, nickte der Wirt und ging voraus, um sie und Veit zu einem freien Tisch am Fenster zu geleiten. Sie hatten Glück, ohne Reservierung einen Platz ergattert zu haben, denn das Restaurant war fast bis auf den letzten Stuhl besetzt.

Zuvorkommend half Veit ihr aus dem Mantel, den der Wirt mit einer Verbeugung entgegennahm und zur Garderobe brachte. Dann schob er ihr den Stuhl zurecht, damit sie sich setzen konnte, bevor auch er Platz nahm.

»Ich habe Wasser bestellt und eine Flasche seines besten Rotweins.« Er beugte sich zu ihr und ergänzte mit einem Augenzwinkern: »Nicht der für die Gäste.«

Silja mochte keinen Rotwein, aber sie sagte nichts.

Vor ihnen lagen blütenweiße Stoffservietten auf der rot-weiß karierten Tischdecke. Ein kleiner Tannenzweig mit bunten Kugeln war um einen silberfarbenen Kerzenhalter drapiert. Der Wirt kam zurück und zündete die Kerze darin an. Er sprach mit Veit italienisch und schenkte Silja einen wohlwollenden Blick. Sie meinte, so etwas wie »Bella Donna« aus seinem Redeschwall herauszuhören. Entweder war das ein Kompliment, oder er wollte sie vergiften, denn der Genuss der Tollkirsche war ihres Wissens tödlich, überlegte sie und nahm die Speisekarte zur Hand.

Veit ließ seine Karte liegen. »Ich habe für uns Vitello tonnato und Involtini alla Romana bestellt. Emilio behauptet, er sei für diese Spezialitäten berühmt.«

Sie stockte. Eigentlich hatte sie Appetit auf eine Pizza Hawaii oder eine Quattro Formaggi und zum Nachtisch Tiramisu. Und dazu ein Bier. Nun, dachte sie, falls er mich einlädt, muss ich wohl nehmen, was auf den Tisch kommt.

Sie sah sich um. Im hinteren Teil des Raums entdeckte sie einen Steinofen. Bestimmt waren die Pizzen hier göttlich. Sie seufzte.

Da sah sie, wie zwei Männer in den Gastraum traten. Es waren

Kurt und Elyas, der seine dunklen Locken gerade wie ein Hund schüttelte, um den Schnee darin loszuwerden.

Der Wirt begrüßte auch sie und führte die beiden zu einem Tisch in der Nähe, von dem sich eben ein Paar erhoben hatte.

Schnell nahm Silja die Menükarte zur Hand, um sich dahinter zu verstecken.

»Nanu, meine Liebe. Möchtest du noch etwas anderes bestellen?«, wollte Veit wissen.

»Ich? Nein, warum?«, flüsterte sie hinter der Speisekarte.

»Ist alles in Ordnung?«

»Aber klar, ich …«, sie räusperte sich, »habe nur einen Frosch im Hals.«

Veit lachte laut auf. »Ein Frosch im Hals! Herrlich. Die Deutschen sind so unglaublich kreativ mit ihren Redensarten.«

Zögerlich lugte sie über die Karte. Ihr Blick traf auf den von Elyas. Kurz blieb er stehen, als überlegte er, ob er wieder gehen sollte. Dann folgte er Kurt mit versteinertem Gesicht zum Tisch und setzte sich.

»Bist du dir sicher, dass alles in Ordnung ist?«, erkundigte sich Veit noch einmal, nun jedoch hörbar besorgt.

»Ja, bestimmt.« Sie klappte die Karte zusammen und sah ihn an. »Ich habe nur gerade jemanden entdeckt, dem ich heute lieber nicht begegnet wäre.«

Veit drehte sich um und sah zu den anderen Tischen.

Silja wünschte, er würde das lassen. Sie wusste nicht, warum es ihr unangenehm war, dass Elyas sie hier mit dem Schweizer sitzen sah. Zwischen ihnen war ja nichts passiert. Sie waren zusammen auf dem Weihnachtsmarkt gewesen, mehr nicht. Dummerweise erinnerte sie sich auch an seine Blicke und daran, dass es sich an dem Nachmittag seit Langem mal wieder angefühlt hatte, als hätte sie eine Familie. Schnell schob sie den Gedanken beiseite. Zwischen ihr und Elyas war nichts.

Sie widmete sich wieder Veit, damit er sie nicht für unhöflich hielt. Gleichzeitig fragte sie sich, was der Kaufhausdetektiv und der Hausmeister des Härtlings hier wollten. Dass die beiden auch privat Kontakt pflegten, hatte sie gar nicht gewusst.

Elyas trat an ihren Tisch. »Wo ist eigentlich Tami?«, fragte er, ohne Veit zu beachten.

»Zu Hause«, antwortete sie schnippisch.

»Allein?«

Silja sah ihn empört an. »Natürlich nicht. Außerdem geht es dich nichts an.«

Elyas musterte Veit. »Stimmt.« Er drehte sich um, ging zurück zu seinem Tisch und setzte sich zu Kurt.

»Wer ist Tami?«, fragte Veit interessiert.

Sie runzelte verwundert die Stirn. »Meine Tochter. Du hast sie doch vorhin kennengelernt.« Er hatte sogar mit ihr gesprochen, während sie für den übertrieben großen Blumenstrauß eine Vase gesucht hatte.

»Ach ja, aber natürlich. Tami.« Veit lächelte breit. »Nettes Kind.« Er blickte zum Nebentisch hinüber. »Und wer sind die?«

»Kollegen.«

»Kollegen?« Er schien ihr nicht zu glauben.

Sie nickte. »Der Ältere ist unser Kaufhausdetektiv, Herr Ebert.«

»Und der Jüngere?«

Schwang da etwa Eifersucht in seiner Stimme?

»Das ist unser Hausmeister, Elyas.«

Jetzt strahlte Veit sie wieder an. Er hob das Weinglas, um mit ihr anzustoßen. »Sehr schön.« Dabei ließ er offen, was er genau damit meinte. Irgendetwas sagte Silja aber, dass in Veits Kopf soeben eine Notiz über zwei Kündigungen geschrieben wurde.

Wortreich servierte der Wirt den ersten Gang. Während sich die beiden Männer glänzend und mit viel Gestik unterhielten, betrachtete Silja widerwillig die gräuliche Vorspeise auf dem Teller vor sich. Kalbfleisch mit Thunfischsoße. Eine Pizza Hawaii wäre ihr wirklich lieber gewesen.

»Was hast du Weihnachten vor?«, sprach Veit sie unerwartet an. Sie schreckte hoch.

»Nun, ich werde es mir mit Tami gemütlich machen. Heiligabend gehen wir in die Kirche, danach ist Bescherung, und am Abend essen wir Kartoffelsalat mit Würstchen. Am ersten und zweiten Feiertag werden wir Disney-Filme im Fernsehen schauen, Kekse backen und die Ruhe genießen. Eventuell kommt eine Freundin vorbei. Dann spielen wir gemeinsam Brettspiele oder Karten.« Tapfer probierte sie das Vitello und musste gestehen, dass es gar nicht so schlecht schmeckte. Trotzdem spülte sie es mit einem Schluck Wein hinunter, der besser war, als sie erwartet hatte.

»Kartoffelsalat? Würstchen?« Veit ließ die Gabel sinken. »Ihr Deutschen seid eigenartig.«

»Ach, warum denn das?«

»Weihnachten, das muss man doch mit der ganzen Familie feiern!«

Kurz überlegte sie, ob sie ihm sagen sollte, dass Tami ihre ganze Familie war.

»Wie feiert ihr denn das Fest?«

»Mit allen. Wir verbringen die Feiertage im Hotel meiner Eltern in den Bergen. Ich habe drei Schwestern und zwei Brüder. Sie kommen mit ihren Familien. Das Haus ist nicht groß, nur dreiundvierzig Zimmer, aber es ist wunderschön gelegen. Natürlich gibt es dort zu Weihnachten immer Schnee. Nicht so wie bei euch in Deutschland.«

Silja meißelte ein Lächeln in ihr Gesicht.

»Zur Christmette gehen wir in eine kleine Wallfahrtskirche im Dorf. Am nächsten Tag gibt es einen Rehbraten und andere Köstlichkeiten, die unser Koch zubereitet. Manchmal fahren wir Ski oder machen am Abend eine Schlittenfahrt mit den Kindern.«

Vor Siljas innerem Auge erschienen ein verschneites Bilderbuchdorf, eine Kapelle im tiefen Schnee und darüber ein funkelnder Sternenhimmel. Sie spürte eine gelbe Welle Neid über sich hinwegschwappen. Immerhin gab es in diesem Jahr ein wenig Weiß auch in ihrer Stadt. Es blieb zwar nicht lange liegen, und zum Schlittenfahren reichte es kaum, aber es war deutlich mehr als all die Jahre zuvor, in denen es nur geregnet hatte.

»Du isst ja gar nicht«, sagte Veit ein wenig anklagend.

»Die Portion ist recht üppig.«

Ihr Blick wanderte wieder zum Tisch von Elyas und Kurt

hinüber, wo der Wirt gerade zwei Biere abstellte. Ein Bier hätte sie jetzt auch gern gehabt. Noch lieber hätte sie jedoch gewusst, worüber die beiden dort redeten. Mit zusammengesteckten Köpfen flüsterten sie so leise, dass man einfach neugierig werden musste.

»Hast du keine Familie?«

»Wie bitte?« Nur ungern richtete Silja ihre Aufmerksamkeit wieder auf Veit.

»Eine Familie.«

»Ach so. Doch, natürlich. Meine Eltern sind geschieden und wohnen zu weit weg, als dass ich hinfahren könnte.« Das war eine Ausrede. Sie war die ständigen Streitigkeiten zum Fest irgendwann leid gewesen.

»Was unternimmst du an Silvester?«, fragte er weiter.

»Nichts Besonderes.«

»Ich verstehe. Die Freundin. Disney-Filme. Brettspiele. Richtig?«

So, wie er es sagte, klang es banal. »Vielleicht sind wir experimentierfreudig und wagen uns ans Bleigießen«, entgegnete sie schroffer als beabsichtigt. Sie trank noch einen Schluck Wein, der ihr langsam zu Kopf stieg. »Irgendwie traue ich mich nicht, dich zu fragen, was du unternimmst.« Sie linste erneut zu den beiden Männern hinüber. Vor Elyas stand ein Holzbrett mit einer großzügig belegten Pizza und vor Kurt ein tiefer Teller mit dampfenden Spaghetti. Silja lief das Wasser im Mund zusammen. Wie gern hätte sie ihr Essen dagegen getauscht.

»Der Silvesterball im Hotel meiner Eltern ist immer sehr stilvoll«, erklärte Veit.

»Ein Ball. Natürlich.«

Er lächelte. »Nur ein kleiner.«

33

Elyas nahm einen großen Schluck von seinem Bier. Dabei beobachtete er aus den Augenwinkeln Silja und die Schmalzlocke an ihrer Seite.

»Isst du nicht?«, wollte Kurt wissen und drehte seine Gabel in dem Berg Spaghetti, der auf seinem Teller lag.

»Keinen Hunger mehr.«

»Du wirst es bezahlen müssen. Also iss.«

»Falsch, Kurt, du hast mich eingeladen.«

»Habe ich?«

»Ja.«

»Na, dann iss, ansonsten wäre es deinem Gastgeber gegenüber sehr unhöflich.«

Elyas nahm Messer und Gabel zur Hand. »Letzte Woche hat Eddi übrigens versucht, mich anzupumpen. Er wollte einen Hunderter.«

Kurt lachte trocken auf. »Der Mann war reicher als du und ich zusammen. Auf dem Kommissariat habe ich gehört, wie jemand sagte, sie hätten in den Tiefen von Eddis Weihnachtsmannmantel zwei nagelneue Fünfhundert-Euro-Scheine gefunden.«

Elyas pfiff leise durch die Zähne. »Aber mich armen Hausmeister anpumpen. Und was war in der Sporttasche?«

»Mindestens hunderttausend.«

»Wow. Weihnachtsmann müsste man sein.« Elyas schnitt ein Stück von der Pizza ab. Er hatte sie mit einem Fingerzeig in die Speisekarte versehentlich bestellt. Eigentlich mochte er die mit Parmaschinken in der Zeile darunter lieber. Egal, er hatte eh keinen Appetit.

»Willst du den Job wechseln?«, fragte Kurt und schob die Nudeln in seinen Mund.

»Möglich. Irgendwie denke ich, es wird Zeit, das Härtling zu verlassen.« Bei diesen Worten schaute er kurz zum Tisch von Silja. »Man muss wissen, wann man verloren hat.«

Kurt hatte den Blick bemerkt. »Dein Liebeskummer in Ehren, mein Freund. Trotzdem musst du die Pizza nicht erstechen. Sie ist unschuldig, glaube mir. Ich kenne mich mit so etwas aus.«

Elyas blickte auf das Messer in seiner Hand und das Pizzamassaker auf dem Teller. Er legte das Besteck beiseite. »Warum hast du diesen Italiener vorgeschlagen? Wusstest du etwa, dass Silja sich hier mit diesem Eros-Ramazottel-Verschnitt trifft?«

Kurt hob beschwichtigend eine Hand und wedelte mit der Gabel. »Ich? Nee.« Dann aß er weiter. »Aber deine Flamme ist nicht unser Thema. Konzentriere dich, Junge. Wir sind nicht zum Spaß hier.«

»Wem sagst du das?«

Gekonnt drehte Kurt die Spaghetti auf. »Also, was ist auf dem Stick?«

»Es wird dir nicht gefallen.« Elyas griff in die Innenseite seiner Lederjacke und holte einen Stapel Zettel heraus, den er zwischen sich und Kurt auf den Tisch legte. »Da. Ich habe dir das Wichtigste ausgedruckt.«

»Erzähl. Was steht drauf?«

Da Kurt sein Essen nicht unterbrach, beugte Elyas sich vor. »Dein Freund Bronski hatte Schulden bei Eddi.«

Kurt ließ die Gabel fallen. Tomatensoße spritzte auf die Tischdecke. »Wie bitte?«, rief er so laut, dass sich einige Gäste, darunter Veit und Silja, zu ihm umdrehten. »Bist du dir sicher?«

Elyas nickte und tippte mit dem Finger auf eine Zahlenkolonne. »Dreißigtausend.«

»Heiratsschwindler, Betrüger und nun auch noch Kredithai. Ich glaube es nicht. Nee, ich glaube es doch. Verdammt. Wann war das?«

»Das ist zweieinhalb Jahre her. Sechs Monate später hat er alles zurückgezahlt.«

»Ach.«

»Sag nicht immer ›Ach‹, das macht mich nervös.«

Kurt zögerte. Dann griff er erneut zu seinem Besteck und aß weiter. »Wahrscheinlich brauchte Bronski schnell und unbürokratisch Geld.«

»Ist es denn für einen Polizisten okay, wenn er sich Geld bei einem Kredithai leiht?«

»Seine Sache. Aber verdammt unklug«, brummte Kurt.

»Ist dieser Bronski verheiratet?«

»Warum?«

»Er könnte eine teure Geliebte haben oder so etwas.« Elyas warf Silja einen bösen Blick zu, den sie nicht bemerkte, weil sie gerade mit dem Kerl anstieß und dabei auch noch lachte. »Frauen sind so, weißt du?«

»Bronskis Frau heißt Elisabeth. Sie ist ein Prachtexemplar von Frau. Ich Idiot habe sie ihm damals vorgestellt.«

»Ehrlich? Und weiter?«

Kurt heftete den Blick auf seinen Teller. »Geht dich nichts an.«

»Los, Kurt, ich verrate dir dann auch ein Geheimnis von mir.«

Kurt musste grinsen. »Wir waren verlobt«, gestand er ein wenig widerwillig.

»Du und Bronski?«

»Witzbold.«

»Im Ernst. Erzähl. Ich habe es mir verdient.« Elyas legte seine Hand auf die Ausdrucke. »Ich sage nur: illegal.«

Kurt murmelte etwas. »Da gibt es nicht viel zu erzählen. Bronski legte sich ihretwegen mächtig ins Zeug, und am Ende hat sie ihn geheiratet.«

»Wow, heftig. Und mit dem hast du jahrelang zusammengearbeitet?«

Kurt nickte und bestellte noch ein Bier.

»Das hätte ich nicht gekonnt. Ich hätte ihm eins auf die Zwölf gegeben.«

»Habe ich auch. Hat nur nicht geholfen. Im Gegenteil. Danach wollte sie mich nicht mehr sehen.« Kurt beugte sich über seinen Teller und schaufelte weiter Spaghetti in sich hinein. »Ist aber lange her.«

Elyas blickte zu Silja. Was hatte er sich nur eingebildet? Die Sache auf dem Weihnachtsmarkt war für sie wohl nicht dasselbe gewesen wie für ihn.

»Und jetzt du«, forderte Kurt. »Was ist dein Geheimnis?«

Elyas zuckte zusammen. »Ach so, ja, also: Ich studiere.«

»Nee, echt?«

Elyas nickte. »Ja, hab vor einem Jahr angefangen. Betriebswirtschaft an einer Fernuniversität. Vier Jahre, und ich habe meinen Master.«

»Neben dem Job? Alle Achtung.« Kurt nickte anerkennend. »Was war noch drauf?«

Erst war Elyas irritiert, dann begriff er, was Kurt meinte. »Ach so. Der Stick.« Er begann, in den Ausdrucken zu blättern. »Dein Eddi verlieh Geld zu halbwegs günstigen Konditionen. Zehn Prozent sind zwar happig, doch echte Kriminelle nehmen garantiert mehr. Quasi ein Kredithai mit Herz.«

»Ich fasse es nicht. Mannomann, Eddi, habe ich dich so wenig gekannt?« Kurt legte das Besteck beiseite und presste seine Hand gegen die Stirn.

Elyas sah ihn mitfühlend an und blätterte zu einer Tabelle, die mehrere Seiten umfasste. In der ersten Spalte standen Klarnamen, Namenskürzel oder alberne Pseudonyme wie »Oktopussy« und »Herrmännchen«. In der daneben konnte man Jahreszahlen lesen. Danach kamen Spalten mit Zahlen. »Ich vermute, dass dies hier die Summe ist, um die es jeweils geht.« Elyas wies mit dem Zeigefinger auf die erste davon. »Das hier könnten Abschläge sein. Zwischendrin sind immer wieder Geldeingänge verzeichnet, bei denen es sich nicht um die Rückzahlung von Krediten handeln kann. Teils ziemlich hohe Summen.«

Kurt nahm die Seiten zur Hand. »Mich würde interessieren, warum er Bronskis Namen nicht auch mit einem niedlichen Pseudonym versehen hat. ›Brüllaffe‹ zum Beispiel.« Er blätterte um.

»Keine Ahnung. Eddis Einträge reichen zurück bis in die Neunziger, also in eine Zeit, als es noch gar keine Computer gab«, sagte Elyas.

Kurt sah ihn an. »Keine Computer? In den Neunzigern? Na, das nenne ich die Arroganz der Jugend, mein Lieber.«

»Warum denn das?«

»Sagt dir der Name Konrad Zuse etwas?«

Elyas runzelte die Stirn.

»Der baute 1941 völlig im Alleingang den ersten programmgesteuerten Computer der Welt mit der Bezeichnung ›Z3‹. Neunziger, kein PC – dass ich nicht lache.«

Elyas verschränkte beleidigt die Arme vor der Brust. »Und trotzdem brauchst du mich, um den Stick auszulesen, alter Mann.«

»Stimmt.« Kurt blätterte weiter. Sein Finger glitt an den Zeilen entlang, bis sein Blick auf einen bestimmten Eintrag fiel: »Potemkin/Ostsee. Das hier ist Magda.«

»Sie auch?« Elyas nahm das Blatt von ihm entgegen. »Die Summe ist in Zloty angegeben. Das müssen mindestens dreihunderttausend Euro gewesen sein. Und wofür hat sie ihm das Geld gegeben? Wieso Potemkin?«

»Er hatte ihr einen Traum verkauft. Ein Häuschen an der Ostsee. Ihr, ihrer Familie und dem ganzen Dorf.« Kurt nahm den Zettel zurück. »Potemkinsche Dörfer. Orte, die nicht existieren. Wie die Attrappen, die Feldmarschall Potemkin angeblich aufstellen ließ, um der Zarin Katharina großen Wohlstand vorzugaukeln. Alle Eingänge ohne Kreditsumme sind mit Decknamen versehen. Ich schätze, das sind die illegalen Geschäfte unseres Weihnachtsmannes.« Kurt nahm einen kräftigen Zug von seinem Bier. »Eddi war vielseitiger, als ich dachte.« Er sagte es so leise, dass Elyas es kaum verstehen konnte.

»Hör zu, Kurt. Du hast mich hier in eine Sache hineingezogen, die nicht nach einem Kavaliersdelikt aussieht. Ich habe dir geholfen, ohne Fragen zu stellen. Aber etwas mehr musst du mir schon sagen.« Elyas lehnte sich zurück.

Kurt griff in seine Jackentasche und zog einen Umschlag heraus. »Da sind alte Zeitungsausschnitte drin. Die waren auch in der Tasche.«

Interessiert öffnete Elyas das Kuvert und besah sich den Inhalt. »Erpressung?«

Kurt schüttelte den Kopf. »Glaube ich nicht. Eine jüngere Version von Eddi ist auf manchen Bildern zu sehen. Hier …« Er wies auf einen Ausschnitt mit Foto, auf dem Eddi noch volles lockiges Haar hatte. In seinem Arm hielt er eine frisch gekürte Schönheitskönigin mitsamt Krönchen und Schärpe, die voll Glück in die Kamera strahlte. »Sieht mir eher nach einer kleinen Sammlung von Andenken an seine prestigeträchtigsten Projekte aus.«

»Der Bildunterschrift zufolge nannte er sich zu der Zeit Ed Hemm«, sagte Elyas. »Anscheinend hat er 1986 unter diesem Namen in irgendeinem niedersächsischen Kaff bei Oldenburg einen Miss-Rose-Wettbewerb veranstaltet. Die kleine Schönheit heißt …« Elyas ging mit der Nase dichter ran. »H Punkt Seester oder so.«

»Is doch egal, wer die war. Dein Bier wird warm.«

Elyas blickte auf und nahm einen Schluck aus seinem Glas. »Was hatte Eddi davon, einen Schönheitswettbewerb zu starten? Damit lässt sich nichts verdienen.«

Kurt hob die Augenbrauen. »Wenn du mich fragst, ist der gute Ed Hemm mit der Abendkasse abgehauen.«

Elyas blätterte weiter. Eddi, mit buntem Anzug im Neunzigerjahre-Stil neben einer älteren Dame, deren Finger von Klunkern nur so funkelten. Eddi vor einem teuren Auto, ein Champagnerglas in der Hand.

Kurt lachte. »Ja, so kannten wir ihn im Kommissariat. Für Eddi gab es nur zwei Zustände im Leben: reich oder demnächst reich.« Auf einmal zuckte er zusammen. »Schnell, nimm alles vom Tisch. Beeil dich.«

Elyas warf seine Serviette über die Bilder und folgte Kurts Blick zur Tür. Eine in einen dicken Wintermantel gehüllte Gestalt hatte soeben den Gastraum betreten. Im Arm trug sie eine rote Tasche. »Was will die denn hier?«, flüsterte er.

Lore Sievers' Blick wanderte durch den Raum. Als sie Kurt entdeckte, marschierte sie schnurstracks auf ihn zu. Dem Detektiv entwich ein Stöhnen.

»Was immer auch passiert, mein Junge, lass mich nicht mir ihr allein!«

Lore Sievers hatte sie fast erreicht, als am Nachbartisch jemand aufsprang. Siljas Begleiter stellte sich ihr in den Weg.

»Madame Marceau!«, rief er. »Ich hatte ja keine Ahnung, dass Sie in der Stadt sind! Was für eine Überraschung.« Orsini ergriff Lores Hand und hauchte einen Handkuss darauf. Sie erstarrte. »Sie haben ein Engagement in der Stadt? Wo geben Sie Ihr Konzert? Chansons? Couplets? Mozart? Puccini?«

Energisch entzog sie ihm die Hand. »Sie irren sich, mein Herr.« Ihre Stimme klang krächzend. »Ich kenne Sie nicht.« Schon wollte sie sich an ihm vorbeidrängeln, als Veit sich ihr wieder in den Weg stellte.

»Der Liederabend im Hotel meiner Eltern war unvergesslich. Seitdem verehre ich Sie aus tiefstem Herzen, gnädige Frau.« Er musterte irritiert ihren grauen Mantel und den falschen Fellkragen, den halblangen Rock und die dottergelbe Bluse, dann räusperte er sich. »Die Brille ist neu, oder?« Verlegen lachte er auf. »Ach ja, die Zeit, die Zeit. Sie lässt keinen von uns in Ruhe.«

Im Restaurant war es still geworden. Alle Blicke waren auf Lore Sievers und den Schweizer gerichtet. Sie sah sich ängstlich um.

»Verehrte Madame Marceau, darf ich Sie bitten, uns an unserem Tisch Gesellschaft zu leisten?« Er griff nach ihrem Ellenbogen.

Lore Sievers erwachte aus ihrer Reglosigkeit. Energisch zog sie ihren Arm zurück. »Nehmen Sie Ihre Finger weg. Was fällt Ihnen ein, mich zu belästigen?« Sie bedachte den sichtlich erschrockenen Veit Orsini mit einem vernichtenden Blick und fuhr herum. Fluchtartig verließ sie das Restaurant und ließ eine überraschte Gästeschar zurück.

»Verzeihen Sie, Madame!«, rief er ihr nach. »Ein Irrtum. Ich hielt Sie für …«

Aber Lore Sievers war schon hinausgestürzt.

»Wow, was für ein Auftritt. Deine Lore hat ja richtig Feuer.«

»Sie ist nicht ›meine Lore‹, verstanden?«

Schweigend beobachteten Elyas und Kurt, wie Siljas Begleiter wieder Platz nahm und sich ein Glas Wein einschenkte, das er in wenigen Zügen leerte. Die Angelegenheit war ihm sichtlich peinlich. Mit entschuldigendem Lächeln beugte er sich über den Tisch und flüsterte Silja etwas zu.

»Da möchte ich jetzt gerne Mäuschen spielen«, sagte Kurt.

Elyas teilte seine Neugier nicht. »Ich kann den Kerl nicht leiden.«

34

Am nächsten Tag versuchte Kurt, Silja für einen Moment ohne den Schweizer zu erwischen. Mittlerweile wusste er über den Flurfunk, dass das Kaufhaus Härtling zum Jahreswechsel an einen Schweizer Investor verkauft werden sollte und dass der Mann, Veit Orsini hieß er, Buchprüfer des neuen Eigentümers war. Leider nur ließ besagter Orsini die Buchhalterin keine zwei Minuten aus den Augen. Ständig schwirrte er um sie herum, besprach Dinge mit ihr, die enorm wichtig sein mussten, wenn man seinem Gesichtsausdruck glauben durfte, und hielt sie dermaßen auf Trab, dass Silja keine Zeit für ein Gespräch hatte. Es war bereits Nachmittag, als Kurt sie in der Personalküche antraf, wo sie gerade einen Kaffee für Orsini zubereitete.

»Ich bin neugierig, Frau Wedemeyer. Was war das gestern mit diesem Herrn Orsini und unserer Lore Sievers?«

Sie lachte. »Ein Missverständnis. Mehr nicht. Veit war sicher, sie zu kennen.«

»Ist er ihr denn schon einmal begegnet?«

»Ja, im Hotel seiner Eltern. Dort war vor einigen Jahren eine Sängerin zu Gast. Er verwechselte Frau Sievers mit dieser Madame Marceau. Es war ihm sehr unangenehm, dass er sich offenbar getäuscht hatte. Den ganzen Abend sprach er von ihr. Er schickte mir später sogar ein Foto. Wollen Sie sehen?« Sie holte ihr Handy aus der Jackentasche, wischte ein wenig darauf herum und hielt es ihm dann hin. »Da.«

Kurt beugte sich vor. Und musterte das Bild der Sängerin. Die Größe und die Statur stimmten mit Lore überein. »Nun, da besteht tatsächlich eine gewisse Ähnlichkeit.« Er zog seinen Kugelschreiber aus der Innentasche seines Jacketts und griff nach einer Papierserviette, die auf dem Tisch lag. »Wie schreibt sich die Dame?«

»Frau Sievers?«

»Nein, die andere.«

Silja buchstabierte. »Ob das ihr richtiger Name ist, weiß ich aber nicht. Vermutlich heißt sie gebürtig einfach nur Michaela Meier oder so. Warum wollen Sie das wissen?«

Kurt stopfte die Serviette in seine Tasche. »Berufliche Neugier. Ich kann nichts dagegen tun. Außerdem: Was hat ein alter Mann wie ich sonst vom Leben, als in denen anderer Leute zu wühlen?«

»Aber Herr Ebert! Sie sind doch nicht alt. Und schon gar nicht so wie andere in Ihrem Alter.«

Kurt grinste. »Danke. Trotzdem kann ich es nicht leiden, wenn ich etwas nicht verstehe.«

»Vielleicht hat diese Sängerin ja eine Website, oder es gibt Zeitungsartikel über sie. Da könnte man sicherlich mehr herausfinden«, überlegte Silja laut.

Kurt verließ die Küche, um in seinem Kabuff, auch Büro genannt, am altersschwachen Computer ein wenig zu recherchieren. Bronski hätte das im Präsidium mit drei Klicks gemacht, er selbst brauchte dafür voraussichtlich Stunden. Egal. Die Szene gestern beim Italiener war gelinde gesagt irritierend gewesen. Vor allem, nachdem Kurt begriffen hatte, dass er über Lore Sievers rein gar nichts wusste. Weder hatte er eine Ahnung, wo sie herkam, noch, wer ihre Familie war. Er kannte nicht einmal ihre Adresse, weil sie es stets geschickt verstanden hatte, um eine Anzeige herumzukommen.

Natürlich hätte er sie einfach fragen können, aber etwas in ihm schrie laut, dass sie das bestimmt falsch verstehen würde. Nein, er wollte sich lieber an die andere Frau halten, die eine gewisse Ähnlichkeit mit Lore Sievers hatte. Vielleicht waren sie verwandt? Auf alle Fälle sah die Marceau besser aus. Und sie war mindestens zehn Jahre jünger.

Es war bereits halb sechs, als Kurt den PC ausschaltete. Die Rechercheergebnisse waren ziemlich dürftig, und sein Magen knurrte. Martine Marceau war tatsächlich eine Sängerin, allerdings nicht sonderlich bekannt. Sicherlich füllte sie keine Konzerthallen, von denen Kurt schon einmal gehört haben könnte. Sie trat bei kleinen Charity-Events auf oder spielte Nebenrollen in Filmen, die niemals in die Kinos kamen. Bis vor einiger Zeit war sie hin und wieder in Werbespots zu sehen gewesen. Vor zwei Jahren, so schrieb die Osnabrücker Zeitung in einem Artikel, hatte sich die Künstlerin aus ihrem anstrengenden Leben als Sängerin zurückgezogen und beschlossen, sich nur noch ihren privaten Interessen zu widmen. Sie würde in ihrer Villa am Genfer See wohnen, stand dort.

Seither war es still um Madame Marceau geworden.

Kurt hatte sich einige Fotos der Frau im Netz angesehen. Die Marceau im dunkelblauen Abendkleid, neben einem Flügel stehend. Die Marceau im hellen Sommerkleid auf einer Gala, singend. Die Marceau mit großer Sonnenbrille und breitkrempigem Hut nebst Seidenschal am Genfer See, lachend. Die Marceau in einem Werbespot für Handseife, duftend. Die Marceau am Rande irgendwelcher Filmfestspiele, strahlend. Alle Bilder waren mindestens zwei Jahre alt.

Hübsch war sie, die Marceau. Und elegant, ganz anders als Lore Sievers, so viel stand fest. Wie hatte dieser Orsini sie mit ihr verwechseln können? Lore im Faltenrock. Lore mit Hornbrille. Lore mit roter Tasche. Lore im plumpen Wintermantel, durch Gänge schlurfend und alles mitnehmend, was nicht niet- und nagelfest war. Lore, die phantastisch Kekse backen konnte.

Und dennoch. Auch Kurt war eine Ähnlichkeit zwischen den beiden Frauen aufgefallen, die ihn an einen eigenartigen Zufall oder Verwandtschaft denken ließ.

Er hatte im Internet nach besagter Villa am Genfer See gesucht, konnte sie jedoch nicht finden. Einzig ein ziemlich heruntergekommenes Haus in einem kleinen Dorf, vierzig Kilometer vom See entfernt, wurde auf einem Portal als »Villa Marceau« für wenig Geld als Ferienhaus angeboten. Kurt vermutete, dass der Name Marceau im französischen Teil der Schweiz öfter vorkam. Ansonsten: Sackgasse.

Als er sein Büro abschloss, wurde ihm klar, dass er Bronski brauchte. Der Gedanke gefiel ihm nicht, aber nur der ehemalige Kollege konnte den Namen »Lore Sievers« durchs System laufen lassen. Er war auf Bronski und dessen Passwort angewiesen.

Schade nur, dass der sich eher eine Hand abhacken würde, als ihm einen Gefallen zu tun.

Kurt sah auf seine Uhr. Gleich Feierabend. Eine leckere Bratwurst auf dem Weihnachtsmarkt, dann ab nach Hause.

Er zog die Jacke an und machte sich auf den Weg. Da entdeckte er Bronski im Verkaufsraum. Der Kommissar stand beim Weihnachtsbaum, die Hände in die Hosentaschen versenkt, und starrte nach oben.

Kurt grinste. Glück muss man haben, dachte er und trat neben den Kommissar. So wie Bronski schob auch er die Hände in die Hosentaschen und blickte hoch, dorthin, wo Eddi …

»Ist der Mord jetzt doch wichtiger als ein paar geklaute Klunker?«, fragte er beiläufig.

»Ebert. Stör mich nicht beim Denken.«

»Nie im Leben! Einen so seltenen Moment würde ich nicht ruinieren.«

Bronski schnaufte. »Sind wir heute wieder lustig?«

Kurt ging nicht darauf ein. »Kommst du mit raus? Ich hole mir eine Bratwurst. Lade dich ein.«

»Geht nicht. Elisabeth hat gekocht.«

»Auch gut, dann esse ich etwas und du trinkst einen Glühwein. Ich zahle.« Er musste den Kerl irgendwie davon überzeugen, sich eine Sängerin namens Marceau genauer anzusehen und Lore Sievers in der Datenbank suchen zu lassen. Warum, wusste er selbst nicht so genau. Geschweige denn, wie er sein Anliegen Bronski gegenüber begründen sollte, falls – nein, *wenn* – dieser nach dem Warum fragte. Es war einfach so, dass Kurt ein gewisses Gefühl in der Magengegend hatte, ganz so wie früher.

Allerdings könnte es auch Hunger sein, überlegte er.

»Komm, Bodo, hab dich nicht so. Damals sind wir nach der Schicht mit den Kollegen immer noch auf ein Bier gegangen.«

Misstrauisch sah Bronski ihn an. »Du willst mich doch nur aushorchen.«

Stimmt, dachte Kurt, sagte aber mit unschuldiger Miene: »Ich? Niemals.«

Bronski zögerte, dann willigte er ein. »Okay, aber nur kurz.«

Zehn Minuten später standen sie mitten im abendlichen Gedränge des Marktes. Es roch nach Lebkuchen und Glühwein. Aus dem Himmel rieselten kleine, fusselige Schneeflocken. Das Karussell drehte sich blinkend und glitzernd zur Musik, und ein Stück entfernt spielten drei Trompeter Weihnachtslieder, während Bronski und Kurt mit ausgefahrenen Ellenbogen ihren Stehtisch an der Wurstbude verteidigten.

Vor ihnen standen zwei dampfende Becher Glühwein.

Kurt mampfte seine Thüringer. »Wirklich lecker, du verpasst was, Bronski. Ich hole mir gleich noch eine Portion Pommes. Willst du nicht auch?«

»Damit ich so dick und träge werde wie du? Außerdem hat Elisabeth gekocht.«

»Ich bin nun einmal ein hungriger Single.« Kurt wandte sich an den Wurstverkäufer. »Machst du mir noch eine Pommes rotweiß?«

»Zwei!«, rief Bronski hinter ihm.

Kurt grinste. »Na, siehst du? Geht doch. Ich verrate es auch nicht Elisabeth.« Er hob seinen Glühweinbecher und prostete Bronski zu. Dann nahm er die beiden Portionen Pommes entgegen und stellte sie auf den Tisch. »Macht ihr im Dezernat eine Weihnachtsfeier?«

»Die war schon. Das Übliche. Schrottwichteln, Grünkohlessen. Die jungen Kollegen saufen heutzutage bis zum Umfallen. Nee, danke, nicht mit mir. Da bin ich lieber bei meiner Frau zu Hause.«

Kurt hieb die Holzgabel in die Fritten. »Du brauchst mir nicht ständig unter die Nase zu reiben, dass du sie abbekommen hast und nicht ich.«

»So meinte ich das nicht«, murmelte Bronski und bestellte an der Bude noch zwei Glühwein. »Eigentlich trinke ich ja gar nicht.«

Einige Zeit später hatten sie sich vom Wurststand zum Glühweinstand bei der Waffelbude vorgearbeitet, wo Bronski jetzt am Stehtisch ein wenig schwankte.

»Ist echt nett von dir, Kurti, dassu mich mitgenomm' hast.« Seine Worte gingen langsam in ein Nuscheln über.

»Kein Ding, Bodo, ein viel beschäftigter Hauptkommissar wie du muss auch mal entspannen dürfen.«

»Da hassu recht, Freund.«

Kurt betrachtete seinen Ex-Kollegen mit hochgezogenen Brauen. Bronski hatte einen Glühwein mit Amaretto probiert und für zu süß befunden. Der mit Rum schmeckte ihm besser. Kurt hingegen war nach dem zweiten Glühwein auf Kaffee umgestiegen.

Obwohl Bodo immer gesprächiger wurde, hatte Kurt das Thema Sängerin und Lore Sievers bisher nicht anschneiden können.

»Wie läuft es eigentlich mit deinem Raub?«

Bronski gab ein verächtliches Schnaufen von sich. »Der Herr Oberstaatsanwalt ruft mich ständig an. Nur weil das Dings von seiner Gattin weg is. Diese … Brosche von der Marie-Anna …«

»Heißt die Frau vom Oberstaatsanwalt nicht Clarissa?« Kurt erinnerte sich noch gut an die Dame von ihrem weihnachtlichen Raubzug im Härtling, dem er erst vor wenigen Tagen mit einer Anzeige und Hausverbot ein Ende bereitet hatte.

Bronski winkte ab. »Schon, aber die Schabracke mein ich nicht. Die andere, Marie-Anna. Die Brosche hatte 'ne kaputte Schieße … Schließe. Hab 'n Foto gesehen. Potthässlich, das Teil.«

»Die Gattin vom Ober…«

»Neee«, unterbrach Bronski ihn. »Die Brosche. Fetter grüner Stein in Herzform, total kitschig, und viele Di…dings, Diamanten drum rum.«

»Und wer ist Marie-Anna? Arbeitet sie beim Juwelier?« Kurt hatte noch nie von einer Mitarbeiterin dort gehört, geschweige denn jemand anderen als Juwelier Mehmel den Laden öffnen oder schließen sehen.

Bronski wischte mit der Hand durch die Luft, wobei er fast das Gleichgewicht verlor. »Ach du, du verstehst doch überhaupt garnienichts. Der Marie-Dings hat das Teil doch gehört. Vor über sweihundert Jahren!«

»Wie bitte?« Kurt glaubte, sich verhört zu haben. Na prima. Bodo war schon stockbesoffen. Er fasste den schwankenden Bronski an den Schultern. »Vor zweihundert Jahren? Und diese Marie hat den Schmuck als gestohlen gemeldet? Respekt! Wie soll das gehen?«

Bodo kicherte mit halb geschlossenen Augen. »Ma-rie-An-toi-nette«, sagte er langsam und überakzentuiert. »Die mit dem Hals.« Er fuhr sich mit dem Zeigefinger über die Kehle.

Kurt nahm die Hände von Bodos Schultern, als hätte er sich verbrannt. »Das Schmuckstück ist von Marie-Antoinette? Von *der* Marie-Antoinette?« Er pfiff leise, als Bodo nickte.

Bronski wandte sich dem Verkäufer am Glühweinstand zu. »Noch mal swei für den Kollegen und mich. Mit swei Schüssn für jedn. Wir sind nämlich Polisisten, jawoll!« Umständlich fummelte er sein Portemonnaie aus der Jackentasche, während er »O Tannenbaum« summte.

Dass Bronski ihn als Polizisten bezeichnete, zeigte Kurt, wie betrunken der Mann war. Elisabeth würde ihm den Kochlöffel über den Schädel ziehen, wenn er so nach Hause kam. Der Gedanke gefiel Kurt. Er griente. Andererseits …

»Das ist dein fünfter oder sechster Glühwein, Bodo. Was wird Elisabeth sagen, wenn du stockbesoffen zur Tür hereinfällst?« Zwar war es ihm mehr als recht, dass der Alkohol die Zunge seines schwankenden Gegenübers löste, aber Bronski sollte noch in der Lage sein, auf seine Fragen zu antworten.

Der Verkäufer reichte ihnen das Gewünschte.

Bronski schnupperte am Inhalt des Bechers. »Hmm, Kurti, riech mal. Wie das duftet! Genau wie früher.« Mit versonnenem Gesichtsausdruck hob er den Glühwein an die Lippen und trank.

»Wie viel ist die Brosche denn wert?«, fragte Kurt, um ihn zum Thema zurückzubringen. Die gestohlenen Stücke hatte Bronski nach dem Raub mit hunderttausend Euro Gesamtwert beziffert. Kurt kannte sich mit Schmuck nicht besonders gut aus, aber eine Brosche, die einst der französischen Königin gehört hatte und aus einem großen Smaragd mit Diamanten bestand, wäre doch bestimmt schon allein so viel wert.

Bronski kniff misstrauisch die Augen zusammen. »Brosche? Was für 'ne Brosche? Wer hat dir davon erzählt? Das is Staats… heimnis, is das.«

Es wurde wirklich Zeit, dass der Mann nach Hause kam.

»Also? Wie viel ist das Ding wert?«

»Smirdochegal.«

Kurt legte seine Absicht, mit Bronski über Sievers und Marceau zu reden, für heute ad acta. Der singende Mann neben ihm war dafür zu hinüber. Schade.

»Komm, Kurtilein, einen trinken wir noch.« Bronski wankte schwer bei dem Versuch, sich zum Verkäufer umzudrehen. »Einer geht noch, einer geht noch rein«, lallte er.

Kurt zog ihn mit sich. »Du hast genug, Bodo. Ich setze dich jetzt in ein Taxi, damit Elisabeth sieht, was für einen Helden sie geheiratet hat.«

»Ich will nicht nach Hause«, protestierte Bronski bockig.

»Doch, sie macht sich bestimmt schon Sorgen. Du hättest sie anrufen sollen.«

»Elisabeth. Dolle Frau. Weißt du das?«

»Ja. Leider weiß ich das nur zu gut.«

Bronski und er waren einmal gute Freunde gewesen, bis das mit Elisabeth passiert war. So war am Ende aus beidem nichts geworden.

Kurt schob den Kommissar zum nächsten Taxistand.

Leider weigerte sich der Fahrer, den Betrunkenen allein mitzunehmen. Wahrscheinlich hatte er Angst um seinen Wagen und dass ihm niemand den Schaden bezahlen würde, wenn Bronski sich womöglich übergeben musste. Also stieg Kurt ebenfalls ein. »Lindenallee 17b.«

Sie erreichten Bronskis Doppelhaushälfte nach zehn Minuten Fahrt. Kurt zahlte und half dann Bronski, der mittlerweile eingeschlafen war, aus dem Wagen.

Die linke Seite des Hauses glänzte im weihnachtlichen Lichterschmuck. Im Garten blinkte ein Rentier, eine Tanne war mit weißen LEDs geschmückt. Vom Dach hingen flackernde Eiszapfen, und in den Fenstern glimmten die Lichter hölzerner Schwibbögen. Die von Elisabeth und Bronski bewohnte Seite des Doppelhauses hingegen lag im Dunkeln. Kein Lichterschmuck in den Fenstern, kein Tannenkranz an der Tür, nichts wies auf die Festtage hin.

Das sieht Elisabeth gar nicht ähnlich, dachte Kurt. Er schob Bronski den Weg zum Haus hinauf. »Wenigstens das Außenlicht hätte sie für dich anlassen können«, murmelte er und vermutete, dass Elisabeth, stinkwütend auf ihren verspäteten Mann, bereits ins Bett gegangen war.

Hoch konzentriert versuchte Bronski, den Schlüssel ins Schlüsselloch zu stecken. Kurt sah ihm eine Weile dabei zu. Dann nahm er ihm den Bund ab und schloss auf.

Er schob den Kommissar in den dunklen Flur und klopfte ihm auf die Schulter. »Trink zwei Gläser Wasser und nimm eine Aspirin. Schlaf dich aus.«

Er wollte nach Hause gehen, da hielt Bronski ihn am Ärmel fest. »Nich weggehen. Komm rein, wir nehmen noch einen Absacker.«

»Du bist abgesackt genug. Geh zu deiner Elisabeth.«

Bodo krallte sich an Kurts Arm. »Is nich da. Übernachtet bei einer Freundin.«

»Sicher?« Der Gedanke, seiner großen Liebe von damals zu begegnen, die einen anderen geheiratet hatte, gefiel Kurt überhaupt nicht.

Bronski hickste.

Vielleicht war es wirklich besser, ihn in diesem Zustand nicht allein zu lassen. »Na gut, überredet.«

Er trat in den Flur.

Kurt hob den Mantel auf, den Bronski einfach auf den Boden hatte fallen lassen, um ihn in den Wandschrank zu hängen. Dort hingen bereits ein Herrenmantel, zwei Jacken, eine Wolljacke und ein Pelzmantel, der sicherlich Elisabeth gehörte.

»Was willssu trinkn?«, rief Bronski aus der Küche.

»Einen Kaffee.«

»Quatsch!«

Flaschen klirrten.

Während der Kommissar in der Küche lautstark etwas suchte, betrat Kurt das Wohnzimmer. Er machte Licht.

Das also war Elisabeths Zuhause.

Gemütlich sah es aus, mit den beigefarbenen Polstermöbeln und dem hellen Schrank. Auf den Fensterbänken standen Pflanzen mit bunten Blüten. Elisabeth hatte Blumen schon immer geliebt. Einen grünen Daumen habe sie, hieß es damals. Kurt ließ seinen Blick durch den Raum wandern. Auf dem Tisch stand ein kleines Adventsgesteck mit einer dicken roten Kerze. Der weiße Docht verriet, dass sie nicht ein Mal angezündet worden war. Dabei war der dritte Advent schon vorbei.

Kurt ließ sich aufs Sofa fallen. Bronski kam mit zwei Bierflaschen ins Zimmer geschlingert. Sie stießen an und tranken.

»Und? Was habt ihr beide Weihnachten vor?«

»Nix.«

»Tja, bei mir wird es auch eher ruhig«, meinte Kurt unverbindlich. »Das Video von den Kids. Seid ihr da weitergekommen?« Diesen letzten Versuch, etwas über den Fall zu erfahren, wollte er noch unternehmen, bevor Bronski schnarchend vom Sofa rutschte.

Der Kommissar nickte mehrmals wie ein Wackeldackel auf der Hutablage eines alten Mercedes. »Viel war ja nich zu sehen. Aber einige Abi...libis konnten bestätigt werden.«

Kurt horchte auf.

»Euer Hausmeister, die Buchhaltefrau mit dem Kind und du.«

»Das wusste ich schon, Bodo. Was ist mit Magda?«

»Wer?«

»Die Putzfrau.«

»Ach ja ...« Er schloss die Augen, und sein Kopf sackte langsam nach vorn.

Schnell schüttelte Kurt ihn am Arm. »Hey! Was ist mit Magda?«

Bronski riss die Augen auf. »Die is auch drauf.«

Erleichtert nahm Kurt einen großen Schluck aus der Flasche. Magda war aus dem Schneider, sie wurde nicht mehr verdächtigt. Gleich morgen würde er es ihr sagen.

»Aber weissu, welcher Film richtig doll war?«

Kurt schüttelte den Kopf.

»Der bei dem Juwelier von der Ü… Ü…« Bronski beugte sich vor.

»Überwachungskamera?«

»Ja, die.«

»Erzähl.«

»Aalso, das lief alles viel zu vizili… zivilisiert ab. Viel zu zivilisiert. Der Typ kommt rein …«

»Der Dieb?«

»Ja, also der kommt rein, mit Sturmmaske und Baseballcap. Total bescheuert, ein Käppi über der Schlupfmütze, egal.« Er leerte seine Flasche.

»Und Mehmel?«

»Mehmel?«

»Der Juwelier.« Kurt hatte Mühe, Bronskis Konzentration aufrechtzuerhalten. Vielleicht war es doch keine gute Idee gewesen, den Mann betrunken zu machen.

»Genau! Der! Also der guckte vorher die ganze Zeit zur Tür. Und schwitzte. Boah, hat der geschwitzt. Ständig Taschentuch raus, Hände abwischen, Tuch weg. Ich frage dich, hat ein Juwelier nichts Besseres zu tun?«

Das wusste Kurt nicht.

»Also, dieser Mehmel guckt so, und dann kommt der Typ rein …«

»Mit Sturmhaube und Käppi auf dem Kopf«, half Kurt aus.

»Genau. Und dahann sagt der Typ irgendwas.«

»Der Dieb?«

»Genau. Mehmel nickt, greift in eine Schublade, legt die Klunker auf den Tresen. Alle auf einmal. Dann, und jetzt kommt's: Dann packt er alles als Geschenk ein!« Bronski ließ sich nach hinten fallen. »Ha! Was sagste nu?«

»Als Geschenk?«

»Jepp. Mit Goldschleifchen.«

»Mehmel hatte den Schmuck gesammelt in einer Schublade liegen? Auch die kaputte Brosche? Und verpackt alles?«

»Ja! Mit dem Paket unterm Arm ist der Dieb ganz gemütlich weggelatscht.«

»Und dann?«

»Dann guckte er wieder raus, also der Mehmel, und wischte sich ständig die Hände an den Hosenbeinen ab. Drei Mal.«

»Er wollte dem Mann einen Vorsprung geben.«

Bronski grinste mit geschlossenen Augen. »So isses. Morgen holen wir ihn zur Befragung ab.«

»Klingt nach Versicherungsbetrug«, überlegte Kurt laut, doch etwas sagte ihm, das die Dinge nicht so einfach lagen, wie es schien. »Und der Täter?«

»Kann man sich am Bahnhof für ’nen Füffi kaufen. Ob die Klunker echt waren, können wir auf dem Video auch nicht erkennen.«

»Das ist wirklich äußerst seltsam.«

»Jawoll. Noch ’n Bier?«

Kurt winkte ab. »Nee, bin schon betrunken genug. Ich ruf mir ein Taxi.«

»Quatsch. Du pennst hier auffer Couch.«

Kurt musterte das Möbel, auf dem er saß. Breit, lang und mit weichen Kissen belegt. »Warum nicht? Dann her mit dem Bier.«

Kurt war sicher, noch nie in seinem Leben einen so schweren Kopf gehabt zu haben. Seine Zunge fühlte sich pelzig an wie der Nerzmantel seiner Oma.

Außerdem wusste er nicht, wo er war. Mit einer Hand tastete er das weiche Kissen unter seinem brummenden Schädel ab. Die Wolldecke über dem Bauch gehörte ihm auch nicht.

Vorsichtig öffnete er die Augen.

Als der Schmerz sich legte, erkannte er durch die geschlossenen Vorhänge einen Lichtschein. Straßenlaterne. Keine Sonne. Das war gut, weil ihm so vielleicht noch Zeit genug blieb, um einigermaßen nüchtern zu werden, bevor er zur Arbeit musste.

Jetzt fiel ihm alles wieder ein. Bronski. Das Doppelhaus. Die Biere. Elisabeth, die bei einer Freundin war.

Vorsichtig setzte er sich auf und wartete auf Schwindel oder

Übelkeit. Zum Glück blieb beides aus. Nur die Kopfschmerzen hämmerten in seinem Schädel.

Er knipste die Stehlampe neben sich an. Irgendwo wird Bronski Tabletten haben, dachte er. Und eine volle Leitung mit eiskaltem Wasser. Er wollte aufstehen, fiel aber sogleich zurück aufs Sofa. Also blieb er einen Augenblick sitzen, um sich zu sammeln.

Sein Blick blieb an den Blumentöpfen auf der Fensterbank hängen. Die Pflanzen waren aus Plastik und zudem von einer dicken Staubschicht überzogen. Das hatte er gestern gar nicht bemerkt.

Elisabeth ist wohl schon länger bei ihrer Freundin, sinnierte Kurt. Wahrscheinlich hat Bodo die echten Blümchen vertrocknen lassen und durch welche aus Plastik ersetzt. Na, die wird sich freuen, wenn sie wiederkommt. Er stand vorsichtig auf und schlurfte ins Bad.

Im Vorbeigehen sah er in die Küche, wo ihm beim Anblick der vielen Flaschen auf dem Küchentisch dann doch übel wurde.

Im Bad ließ ihn die Wahrheit im Spiegel schwören, nie wieder in seinem Leben einen Abend mit Bronski zu verbringen. So einen Mist hatte er nicht einmal auf der Polizeischule gemacht.

Er öffnete den Spiegelschrank. Irgendwo mussten doch Kopfschmerztabletten zu finden sein. Kurt prüfte die Fächer. Rasierer, Rasierschaum, Deo, Aftershave, ein Tiegel Nivea-Creme, ein Zahnputzbecher mit Pasta und einer Zahnbürste. Ein Nageletui, Kamm, Haarbürste, das Übliche. Kurt stutzte. Wo waren Elisabeths Sachen?

Er sah sich aufmerksam im Bad um. Hier gab es kein Fläschchen Nagellack, kein Zopfgummi, keine Schminke oder Salbentiegel, keinen Bademantel.

Kurt wusste, wie indiskret er war. Er redete sich ein, nur eine Aspirin zu suchen. Doch die kriminalistische Neugier hatte längst über sein Taktgefühl gesiegt. Entschlossen zog er die Schubladen im kleinen Schränkchen unter dem Fenster auf. In einer davon fand er Tabletten.

Er fingerte eine Packung heraus. Sie war halb leer. Stirnrunzelnd las er den Namen des Präparats. Alkylanzien. Es gab weitere Medikamente, die vor X und Y nur so strotzten. Er kannte keines davon. Vorsichtig zog er den Beipackzettel aus einer Schachtel, in der Hoffnung, etwas gegen seinen dröhnenden Kopfschmerz gefunden zu haben.

Dann sog er scharf die Luft ein.

Das Medikament gehörte zu einer Krebstherapie. Er las weiter, ohne es wirklich zu wollen. »Palliativ«, stand da. Er wusste, was das bedeutete.

Vorsichtig faltete er den Zettel wieder zusammen und schob ihn zurück in das Päckchen. Er nahm eine andere Packung aus der Schublade. Auch sie war fast leer und enthielt ein Mittel zur Krebsbehandlung.

Mit zitternden Fingern schloss Kurt das Schränkchen und setzte sich auf den Rand der Badewanne. Erschöpft stützte er seinen Kopf in die Hände und versuchte zu verstehen.

Irgendwann – er konnte nicht sagen, wie lange er so dagesessen hatte – verließ er leise die Doppelhaushälfte mit dem Namen »Bronski« auf dem Türschild und schloss sachte die Haustür hinter sich.

Auf der Straße endlich kamen die Tränen.

35

Er meldete sich für heute krank. Sollte die Rudloff ihn doch rausschmeißen. Er hatte seine Pension und brauchte das Geld, das er hier verdiente, eh nicht.

Kaum zu Hause, hatte er sich einen starken Kaffee gemacht. Und dann noch einen und noch einen. Er hatte mit der ersten Tasse zwei Kopfschmerztabletten hinuntergespült und darauf gewartet, dass das Hämmern in seinem Kopf ein Ende fand.

Jetzt stand Kurt am Fenster und blickte hinaus.

Es schneite. Elisabeth hatte Schnee geliebt.

Warum hatte Bronski ihm nichts gesagt? Und warum tat er so, als würde sie noch leben? Wann war sie überhaupt gestorben? Es musste Monate her sein.

Kurt ließ die Schultern hängen. Manchmal konnte das Leben verdammt unfair sein.

Er beobachtete noch eine Weile die Schneeflocken vor dem Fenster auf ihrem letzten Weg. Dabei tröpfelte die Erkenntnis in sein Hirn, dass Bronski Elisabeth wirklich geliebt haben könnte. Vielleicht war das damals ja gar nicht aus einem dämlichen Konkurrenzdenken heraus passiert, sondern weil zwischen den beiden mehr gewesen war, als Kurt all die Jahre hatte wahrhaben wollen. Er erinnerte sich, dass sein Ego einen mächtigen Knacks abbekommen hatte, als Elisabeth sich für Bronski entschied.

»Scheiße«, zischte er sein Spiegelbild in der Fensterscheibe an, denn das, was Bronski gerade durchmachte, wäre sonst wohl ihm passiert.

Er trank den letzten kalten Schluck aus seinem Kaffeebecher und begann, sich Frühstück zu machen. Dabei dachte er darüber nach, wie seine Jahre stattdessen ausgesehen hatten, und stellte fest, dass er dermaßen mit seiner Eifersucht beschäftigt gewesen war, dass er irgendwie vergessen hatte zu leben. Jeder Mensch musste seinen eigenen Weg gehen, doch einige führte er immer im Kreis herum, so wie ihn.

Dennoch fand er, dass die Jahre nicht gänzlich vertan gewesen waren, schließlich hatte er einmal eine besondere Frau geliebt. Elisabeth. Er hatte einfach nur länger gebraucht als andere, um seinen Liebeskummer zu überwinden. Wer wusste, ob er nicht auch jemanden hätte finden können, der ihn liebte? Aber sie wäre eben nicht Elisabeth gewesen.

Auf einmal zog das Bild der Sängerin vor seinem inneren Auge vorbei. Elegante Kleider, seidenes Haar und ein trotziger Blick. Die Person hatte Schneid. Er versuchte, sie sich in Jeans und Stiefeln an einer Wurstbude vorzustellen, und war überrascht, wie mühelos ihm das gelang. Diese Marceau machte bestimmt überall eine gute Figur. Er stellte fest, dass er sie gern einmal kennenlernen würde.

Die Weißbrotscheiben hüpften neben ihm aus dem Toaster, und das Bild verschwand so schnell, wie es gekommen war.

Er schaltete das alte Kofferradio an, das auf der Fensterbank stand, und begann mit dem längst überfälligen Frühstück. Gerade endete ein schnulziger Weihnachtspopsong, und die Stimme des Radiomoderators war zu hören.

Kurt schaute auf seine Armbanduhr. Es war Punkt elf.

»Nachrichten aus der Region.«

Schon wollte er das Radio wieder ausschalten, als er stockte.

»Im Fall des Juwelenraubs in der Innenstadt am elften Dezember gab es vor wenigen Minuten eine unerwartete Wendung«, berichtete der Sprecher.

Kurt drehte die Lautstärke auf.

»Wie wir soeben aus informierten Kreisen erfahren haben, befand sich unter dem gestohlenen Schmuck eine besonders wertvolle Brosche …«

»Genau, von Marie-Anna, die im Juwelengeschäft arbeitet, auch bekannt als Marie-Antoinette«, sagte Kurt und schmunzelte ein wenig.

»… mit einem herzförmigen, von vierundzwanzig Brillanten eingefassten Smaragd.«

»Sieh an, keine Diamanten, sondern Brillis«, murmelte Kurt. »Bodolein, du lässt nach.«

»Diese Brosche wurde heute Morgen von Gräfin Katharina von Ebershausen als gestohlen gemeldet.«

»Eine Brosche, zweimal gestohlen gemeldet. Interessant.« Kurt hielt sein Ohr dichter an den Lautsprecher, um nichts zu verpassen.

»Die Gräfin ließ durch ihren Rechtsberater mitteilen, dass das Stück bereits vor drei Wochen bei einem Empfang in ihrer Villa aus ihren Privaträumen entwendet worden sei.«

»Und warum hat sie es erst jetzt gemeldet?«

Als hätte der Sprecher Kurts Frage gehört, antwortete er: »Sie bemerkte den Verlust am gestrigen Abend, als sie die Brosche für eine Gala anlegen wollte. Bis dahin wähnte sie das rund zwei Millionen Euro teure Schmuckstück noch in ihrem Besitz.«

Kurt schnalzte überrascht mit der Zunge. Zwei Millionen? »So etwas bewahrt man doch nicht im Nachtschränkchen auf, werte Gräfin.« Kopfschüttelnd erhob er sich vom Tisch. »So ein teures Glitzerzeug gehört in einen Tresor, sonst ersetzt Ihnen keine Versicherung den Verlust.«

»Aus ermittlungstaktischen Gründen wollte sich die Polizei unserer Reporterin gegenüber nicht zur Angelegenheit äußern«, orakelte der Sprecher.

»Die Sache ist doch ganz einfach«, erklärte Kurt nach kurzem Überlegen in Richtung Kofferradio. »Die Brosche der berühmten Marie-Antoinette gehört rechtmäßig der Gräfin. Die hat vor drei Wochen einen Empfang gegeben, zu dem der Oberstaatsanwalt nebst Gattin geladen war. Höchst fahrlässig. Nicht nur, dass Frau Gräfin den Schmuck offenbar weder am Körper trug noch im Safe aufbewahrte, sie hatte sich mit der Frau des Oberstaatsanwalts auch eine diebische Elster ins Haus geholt. Die Brosche wurde von ihr gemopst, der Oberstaatsanwalt hat die Brosche in der heimischen Schmuckschatulle gefunden, oder die Elster hat gestanden. Bodo sagte etwas von einer kaputten Schließe. Der Oberstaatsanwalt hat also den Schmuck zur Reparatur gebracht und als das Eigentum seiner Frau ausgegeben. Höchstwahrscheinlich wollte er das gute Stück auf eigene Kosten instand setzen lassen, um sich damit später bei der Gräfin zu entschuldigen, in der Hoffnung, sie möge seine Frau nicht anzeigen. Ich vermute, der Juwelier hat die Brosche sofort erkannt und die Gelegenheit beim Schopf gepackt.«

Kurt schob den letzten Bissen Toast in seinen Mund, drehte dem Sprecher, der jetzt langatmig über die Grafenfamilie berichtete, den Saft ab und marschierte in den Flur, wo sein Mantel hing. Bronski musste aus dem Koma geholt werden, und zwar flott. Da klingelte es an der Haustür.

Neugierig öffnete er. Er bekam normalerweise keinen Besuch, und schon gar nicht um diese Zeit.

Im Flur stand Bronski.

»Radio gehört?«, wollte er von Kurt wissen.

»Und wie.«

»Willste mit? Der Mehmel muss uns ein paar Fragen beantworten.«

»Und ob.« Kurt warf sich den Mantel über.

Gemeinsam gingen sie die Stufen hinunter. Es fühlte sich an wie damals.

Vor der Tür stand ein Audi in zweiter Reihe. Sie stiegen ein. Doch statt loszufahren, saß Bronski einfach nur da. Er machte keine Anstalten, den Wagen zu starten.

»Is was?«

»Hör zu, also wegen gestern … Ich muss dir da was sagen.«

Kurt winkte ab. »Ich weiß, du bist kein Mann für eine Nacht.«

Bronskis Mundwinkel verzogen sich. »Lass den Quatsch.« Er räusperte sich. »Also, ich …«

Kurt schnallte sich an. »Vergiss es, Bodo. Ich habe mir das mit Elisabeth längst zusammengereimt. War ja lange genug in dem Verein.«

»Ja?«

»Ja.«

Erleichtert nickte Bronski und warf den Wagen an. »Dachte nur, ich spreche es an.«

»Klar.«

»Gut.«

Sie rollten die Wohnstraße hinunter, bis sie sich an der Ecke in den Hauptverkehr einfädelten.

»Sie hätte nicht gewollt, dass du so leidest, Bodo.«

»Was habe ich denn noch?«

»Den Job. Wenigstens das.«

Sie hielten an einer roten Ampel.

»Den habe ich aber wohl auch nicht mehr lange.«

»Warum das denn nicht? Du gehst doch erst in zwei Jahren in Pension.«

»Ist eine politische Sache«, sagte Bronski.

»Red keinen Mist. Was ist los?«

»Ich wusste nicht, dass die Brosche schon einmal geklaut worden war. Wie hätte ich das ahnen sollen?«

Die Ampel sprang auf Grün, und Bronski fuhr an.

»Der Oberstaatsanwalt rief mich nach dem Raub bei Mehmel an und sagte mir, das Ding würde seiner Frau gehören. Er habe es für sie zum Juwelier gebracht, weil der Verschluss kaputt war. Ich Idiot habe es ihm geglaubt. Er hat so darauf gedrungen, alle Hebel in Bewegung zu setzen, um sie wiederzufinden, da hätte bei mir etwas klingeln müssen. Hat es aber nicht.«

Kurt schüttelte den Kopf. »Ich vermute ganz stark, dass die Frau des Oberstaatsanwalts die Brosche geklaut hat. Wahrscheinlich ist er ihr draufgekommen und wollte die kaputte Schließe reparieren lassen, um gut Wetter bei der Gräfin zu machen, damit sie die Sache nicht zur Anzeige bringt. Guck mich nicht so an, Bodo. Madame Oberstaatsanwalt hat im Kaufhaus Härtling seit letzter Woche Hausverbot, es läuft eine offizielle Anzeige gegen sie wegen Ladendiebstahls. Übrigens nicht die erste. Glaub mir, die klaut, was nicht niet- und nagelfest ist.« Er dachte an Corinna Rudloffs Reaktion, als er ihr mitteilte, dass er eine Promi-Schnepfe erwischt hatte. Ganz offensichtlich wäre ihr Lore Sievers lieber gewesen als diese diebische Upperclass-Elster. Dass die es allerdings bis zur Juwelendiebin bringen würde, hatte sie vermutlich nicht erwartet. Er ebenso wenig. Ihr Mann würde sich erklären müssen, so viel stand fest.

»Der Herr Oberstaatsanwalt deutete an«, fuhr Bronski sichtlich geknickt fort, »dafür sorgen zu wollen, dass ich Kriminalrat werde, wenn ich die Brosche schnell wiederfinde. Er habe Beziehungen, die er spielen lassen könne, meinte er.«

Kurt verzog grimmig das Gesicht. »Tja, die hat er aber nicht mehr lange, so viel steht fest.« Der Skandal würde biblische Ausmaße annehmen, wenn die Presse dahinterkam. »Darum warst du also so auf den Raub fixiert und wolltest nichts von Eddi wissen.« Er sah Bronski tadelnd von der Seite an. »Junge, Junge, Kriminalrat. Das hätte deine Pension mächtig aufgepeppt. Und gut für die Eitelkeit wäre es auch gewesen.«

»Hab ja sonst nix.«

»Doch, Bodo. Du hast mich.«

Sein alter Freund steckte in Schwierigkeiten. Wenn jemand herausfand, dass Bronski sich vom Oberstaatsanwalt vor den Karren hatte spannen lassen, wäre das ein gefundenes Fressen für die Interne.

Schweigend fuhren sie durch die Straßen Richtung Innenstadt.

»Man sieht dir die Glühweine von gestern übrigens kaum an.«

»Danke, Kurt.«

»Bitte, Bodo.«

36

Veit und Silja saßen nebeneinander vor den Monitoren und sahen sich die Zahlen von diesem Jahr an. Das Anlagevermögen hatten sie sich zuerst vorgenommen, jetzt waren sie beim Umlaufvermögen in der Kontoklasse 2 angekommen. In der Warengruppe 1 fiel Silja auf, dass die Summe erheblich höher war als in den vergangenen Jahren.

»Ich fliege übrigens am 23. zurück in die Schweiz«, sagte Veit Orsini unvermittelt.

Silja klickte in eine ältere Buchführungsdatei. Tatsächlich. Sie hatten in den letzten Monaten sehr viel mehr für den Einkauf von Waren ausgegeben als bisher.

»Wie gesagt, ich fahre dann bald.«

Sie nickte, während sie die Liste mit den Lieferanten öffnete. Die Kreditoren bearbeitete üblicherweise ihre Kollegin Mona, die aber schon seit mehreren Wochen krank war. Unter C entdeckte Silja eine Firma, die ihr unbekannt war. Sie rief die Einkaufspreise von Chodzinski Im- und Export KG auf. Verglichen mit den anderen Lieferanten waren deren Rechnungen eine Frechheit. Die Einkaufspreise lagen weit über dem, was sie sonst für Produkte dieser Kategorie ausgaben. Wieso gab es keine Rabatte, warum war kein Skonto vereinbart worden?

Sie rief eine Datei aus dem vorletzten Jahr auf, um zu sehen, was dort für entsprechende Waren bezahlt worden war.

»Darf ich hoffen, dass du mich ein wenig vermissen wirst?«

Veit schien nicht ganz bei der Sache zu sein.

»Hm«, murmelte sie, ohne den Blick vom Bildschirm zu nehmen. Wer hatte nur diese Konditionen ausgehandelt?

»Hörst du mir eigentlich zu, Silja?«

»Aber natürlich.« Sie klickte sich durch die Listen. Da spürte sie Veits Hand auf ihrem Rücken.

»Wie wäre es, wenn du mich begleitest?«

»Wohin?«

Er stockte einen kurzen Moment, dann lachte er. »Ich liebe deinen Humor. Du könntest im Hotel meiner Eltern wohnen. Wir halten immer eine Suite für besondere Gäste frei. Aber vielleicht …«

Silja hielt inne und sah ihn an. »Du möchtest, dass ich mit dir in die Schweiz fliege?«

»Sehr sogar. Du brauchst nur Ja zu sagen, dann mache ich das mit dem Flugticket klar. Erster Klasse, versteht sich.«

Silja dachte an die kleine Kirche in dem verschneiten Bilderbuchdorf, die Berge, eine Schlittenfahrt, knisterndes Feuer im Kamin und Schneeballschlachten mit Tami. Sie hatten Ewigkeiten keinen Urlaub mehr gemacht.

»Also, was sagst du?«

»Zeit hätten wir«, erwiderte Silja. »Tami hat morgen den letzten Schultag vor den Ferien. Aber es kommt ziemlich überraschend.«

Veit runzelte die Stirn. »Tami?«

»Meine Tochter. Du hast sie kennengelernt.«

»Ja, ja, ich erinnere mich. Reizendes Kind.«

Sie musterte ihn. Dann ging ihr ein Licht auf. »Die Einladung gilt nur für eine Person, richtig?«

»Wir werden eine Lösung finden.« Mit einem charmanten Lächeln versuchte er, sie zu überzeugen.

Um ihm nicht zu sagen, was sie dachte, widmete Silja sich wieder dem Monitor. Die Rudloff hatte sie anscheinend nicht grundlos beauftragt, Veit Orsini im Blick zu behalten. Wenn er die Zahlen bemerkte, die sie gerade gefunden hatte, würde er zu Recht Fragen stellen.

Etwas stimmte hier nicht.

Silja klickte auf »Drucken« und holte die nächste Warengruppe auf den Bildschirm. Sie erhob sich. »Entschuldige mich bitte, ich muss mal kurz zur Chefin. Bin gleich zurück.«

Veit Orsini sah zum Drucker, der ratternd einige Seiten Papier ausspuckte. »Hast du etwas gefunden, wovon ich wissen sollte?«, fragte er mit gerunzelter Stirn.

Sie lachte. »Aber nein! Ich habe nur eine Frage zu einem der

Lieferanten. Mehr nicht. Bin gleich zurück.« Hastig nahm sie die Papiere aus dem Drucker und verließ ihr Büro.

»Wir reden nachher noch einmal über mein Angebot, ja?«, hörte sie ihn rufen.

»Ja, klar.«

Silja schlug den Weg zu den Büros der Geschäftsleitung ein, als jemand neben ihr aus dem Treppenhaus trat.

»Silja? Ähm, warte mal kurz.« Elyas stellte sich in ihren Weg und lächelte. »Gehst du heute Mittag mit mir eine Waffel essen? Ich lade dich ein.«

Sie schüttelte den Kopf. »Veit und ich …«

»Veit, na klar. Ist die Schmalzlocke etwa immer noch da?«

»Hör zu, der Mann prüft die Bücher, und ich helfe ihm dabei.«

»Beim italienischen Candlelight-Dinner?«

»Er hatte mich eingeladen.«

»Das ist ja wohl das Mindeste«, brummte er.

»Sorry, Elyas, aber ich muss dringend zu Frau Rudloff. Weißt du, ob sie in ihrem Büro ist?«

Er verneinte. Als sie um ihn herumgehen wollte, hielt er sie am Arm fest.

»Ist es was Ernstes mit dir und ihm?«

»Mit Veit? Warum? Na ja, von seiner Seite aus vielleicht. Eben hat er mich über die Feiertage zu sich in die Schweiz eingeladen, ins Hotel seiner Eltern. Du weißt schon, Suite, Schlittenfahrt, Kamin, Berge, Ski, das ganze Programm.«

»Oh, klar.« Er ließ sie los und schob seine Fäuste tief in die Taschen seines Blaumanns. »Na, dann viel Spaß.« Sichtlich beleidigt gab er den Weg frei.

»Es tut mir leid, Elyas, aber ich muss wirklich los. Können wir das später klären?« Ohne eine Antwort abzuwarten, eilte sie weiter.

Elyas sah ihr nach. Veit Orsini. Ein reicher Schweizer Schnösel mit noch reicheren Eltern. Da konnte er natürlich nicht mithalten. Dass Silja Weihnachten lieber mit Orsini in den Bergen verbrachte als daheim mit einem einfachen Hausmeister, war nur zu verständlich. Trotzdem machte es ihn wütend. Er traute diesem aalglatten Mistkerl nicht. Der würde Silja nach Gebrauch doch einfach wieder fallen lassen. Solche Typen kannte er zur Genüge. Die rühmten sich auch noch damit.

Da ging die Tür von Siljas Büro auf, und Veit Orsini trat heraus. »Hallo, ich hörte Stimmen. Ist die liebe Silja in der Nähe?« Er blickte den Gang entlang.

Jetzt reicht's, dachte Elyas und hielt auf den Mann zu. »Sie ist nicht Ihre ›liebe Silja‹, verstanden?«, rief er und drängte den Schweizer zurück ins Büro. Mit beiden Händen packte er Orsini am Revers und drückte ihn rücklings gegen den Schrank. »Hören Sie mir gut zu, Sie Möchtegern-Casanova! Wenn Sie Silja wehtun, reiße ich Ihnen Ihr Toupet vom Kopf und schmeiße es in die nächste Kloschüssel!«

Orsini, dessen Gesicht keine Handbreit vor seinem war, starrte ihn entsetzt an. »Ich … ich trage kein Haarersatzteil«, stotterte er.

»Ist mir egal.«

Da wurde die Bürotür aufgestoßen, und Silja schaute herein. »Ich wollte euch nur sagen, dass ich nicht in die Schweiz fahren werde. Schon gar nicht ohne mein Kind«, erklärte sie knapp. Dann knallte sie die Tür wieder zu.

Stille.

»Oh«, hauchte Elyas. Er ließ den Schweizer los, trat einen Schritt zurück und versuchte, das verknitterte Hemd des Mannes glatt zu streichen, doch Orsini schlug seine Finger weg.

»Lassen Sie das!«

»Ja, also, das war wohl ein Missverständnis meinerseits«, sagte Elyas. Rückwärts ging er zur Tür und gab sich Mühe, nicht zu grinsen.

Orsini stopfte sein durch den Angriff halb aus der Hose gerutschtes Hemd wieder zurück und fuhr sich durchs Haar.

»Das da«, Elyas wies auf einen Riss am Ärmel, »tut mir auch irgendwie leid.« Tat es nicht, aber das würde er ihm lieber nicht auf die Nase binden. »Ich werde es selbstverständlich ersetzen, Herr … ähm.«

»Raus hier!«, brüllte Orsini. »Ich habe zu tun!«

Beschwichtigend hob Elyas beide Hände. »Kein Grund, gleich laut zu werden.« Er huschte hinaus auf den Flur und schloss die Tür hinter sich.

Glücklich ging er zurück an die Arbeit.

37

Ohne sich von Frau Köhler anmelden zu lassen, klopfte Silja an die Bürotür von Corinna Rudloff und ging hinein.

Die Chefin saß hinter ihrem Schreibtisch über Akten gebeugt. »Frau Wedemeyer? Haben wir einen Termin?«

Silja verneinte und trat vor den Tisch. »Herr Orsini und ich prüfen die Zahlen vom laufenden Jahr.«

Die Rudloff nickte. »Das ist mir bekannt. Sind Sie mit den vergangenen Abschlüssen schon durch?«

»Ja. Ich habe allerdings gerade etwas gefunden, das mich irritiert.« Silja hielt ihr einen Ausdruck hin. »Es geht um Herrn Pingel.«

Das Lächeln im Gesicht der Geschäftsführerin verschwand. »Was ist mit ihm?« Sie griff nach dem Papier und überflog die Zahlen.

»Seit elf Monaten erhalten wir Lieferungen von einer Firma namens Chodzinski Im- und Export KG. Herr Pingel scheint sich mit dieser Firma auf ungewöhnliche Einkaufskonditionen geeinigt zu haben.«

Die Rudloff räusperte sich und hustete. »Bitte genauer.«

»Nun, die Einkaufspreise liegen weit oberhalb dessen, was wir normalerweise bezahlen.«

»Wie darf ich das verstehen?«

»Diese Firma hat uns nur fünf Prozent Rabatt auf den Einkaufspreis gewährt. Das ist horrend wenig. Im Prinzip haben wir die Ware fast zu dem Preis eingekauft, den wir von den Kunden verlangen. Das ist unwirtschaftlich.« Silja verschränkte die Arme vor der Brust. »Wussten Sie davon, Frau Rudloff?«

Die Chefin griff nach einem Taschentuch, das sie aus einer Box auf ihrem Tisch zog, und schniefte hinein.

»Natürlich nicht.« Sie drückte einen Knopf auf ihrer Gegensprechanlage. »Frau Köhler, bringen Sie mir doch bitte einen Kräutertee. Ich glaube, ich werde schrecklich krank.«

Silja beugte sich vor. »Frau Rudloff«, sagte sie mit Nachdruck, »ich befürchte, Herr Pingel hat spezielle Absprachen mit dem Lieferanten getroffen, die zum Nachteil des Kaufhauses Härtling sind.«

Die Augen der Rudloff weiteten sich, als würde sie langsam begreifen, wovon Silja sprach. »Sie unterstellen ihm Betrug?«

Silja nickte.

»Was ist das für ein Lieferant, über den wir hier reden?«

»Das ist noch etwas, was mich stutzig macht: Er liefert alles, was teuer ist. Elektrogeräte ebenso wie Schmuck oder Wein.«

»Wo hat die Firma ihren Sitz?«

»In Oberpfaffenhofen.«

»Ist das nicht der Ort, an den die Kinder ihre Wunschzettel für den Weihnachtsmann schicken?«

»Nein, das ist Himmelpforten.«

»Ach so.«

Silja kämpfte mit ihrer Geduld. »Was werden Sie wegen der Lieferungen und Herrn Pingel unternehmen?«

Die Rudloff atmete tief durch, als müsste sie eine schwere Entscheidung treffen. »Weiß Herr Orsini von Ihrem Verdacht?«

»Noch nicht. Ich dachte, es ist besser, wenn ich Sie zuerst informiere.«

Corinna Rudloff schnaubte erneut in ihr Taschentuch. »Das haben Sie richtig gemacht. Bevor wir es ihm sagen, möchte ich die Daten prüfen und mit Herrn Pingel reden. Ich bin mir sicher, dass er die Angelegenheit aufklären kann.«

Silja nickte. Sie hatte getan, was nötig war. Von nun an lag es in den Händen der Geschäftsleitung.

Hinter ihr ging die Tür auf, und Frau Köhler kam mit einem Tablett herein, auf dem eine dampfende Tasse stand.

»Wir hatten leider keinen Kräutertee, Frau Rudloff. Ich hoffe, ein Weihnachtstee tut es auch.« Die Sekretärin stellte das Getränk vor die Chefin auf den Tisch. Dann verließ sie das Büro wieder. Als die Tür geschlossen war, sah die Rudloff Silja fragend an.

»Gibt es noch etwas, Frau Wedemeyer?«

»Ähm, nein.«

»Gut.«

So entlassen, ging Silja hinaus. Im Gang überlegte sie, welche Konsequenzen ihre Entdeckung für das Kaufhaus haben würde. Und vor allem für sie selbst. Denn etwas sagte ihr, dass es Zeit wurde, sich nach einem neuen Job umzusehen.

38

Corinna Rudloff starrte aus dem Fenster. Ihre Kehle war wie zugeschnürt. Nur lag das nicht an einer angeblichen Erkältung.

Alles lief aus dem Ruder. Verdammt! Dabei hatte sie den Ablauf detailliert geplant. Keiner konnte ihr eine Beteiligung nachweisen. An nichts! Darauf hatte sie geachtet. Die Ware befand sich in Pingels Ferienhaus. Sie würde leugnen, mit ihm zusammengearbeitet zu haben, schließlich war er der Einkäufer. Die Aufträge für Chodzinski alias Müller hatte er von seinem PC aus erteilt und bezahlt. Ihr Computer war sauber. Wenn überhaupt, würde sein Kopf rollen. Sollte man sie befragen, würde sie Pingel beschuldigen, ihr die Hehlerei in die Schuhe schieben zu wollen. Sie würde behaupten, er sei ein abgelegter Geliebter, der sich rächen wolle, weil sie das Verhältnis beendet hatte.

Trotzdem waren Veit Orsini und diese Wedemeyer eindeutig zu eifrig. Die Sache durfte erst auffliegen, wenn sie weg war.

Sie nahm einen Schluck von dem heißen Tee und verbrannte sich prompt die Zunge.

Ursprünglich hatte sie nach dem Diebstahl noch einige Zeit warten wollen, bis sich die Aufregung legte. Dann hatte sie abhauen wollen. Costa Rica. Ein Traum. Jetzt aber musste alles schneller gehen. Ihre Reisekoffer standen bereit, der Flug erster Klasse nach San José war gebucht. Bis man ihre Flucht bemerken würde, läge sie bereits mit einem Sonnenbrand am weißen Strand unter Palmen.

Verdammt, warum musste der alte Härtling auch gerade jetzt das Kaufhaus verkaufen! Er hatte ihren ganzen Zeitplan über den Haufen geworfen.

Sie versuchte, sich zu beruhigen. Darum nahm sie ihr Handy und rief die Bilder auf, die sie vor einiger Zeit darauf gespeichert hatte. Ein weißer Bungalow, direkt am Meer, blauer Himmel, Wellen, die an einen blendend weißen Sandstrand rollten, Palmen.

Sie wischte weiter. Die Lobby des Palace Hotels, die Dachterrasse mit dem phänomenalen Sonnenuntergang, exquisite Cocktails. Und überall schöne Menschen. Kein Pingel, der sich die gegelten Haare über den Schädel kämmte, um die kahle Stelle zu verdecken. Kein Mehmel, der ihr mit seiner Jämmerlichkeit auf die Nerven ging. Und, am wichtigsten, kein Mafia-Müller im Pelzmantel.

Sie legte ihr Handy beiseite. Heute hatten die Fotos leider nicht dieselbe beruhigende Wirkung auf sie wie sonst.

Corinna Rudloff schloss die Augen. »Konzentriere dich«, mahnte sie sich leise. Nicht die Polizei war ihr Hauptproblem, sondern Müller. Heute war Freitag. Um Mitternacht lief ihr Ultimatum ab, und sie hatte immer noch nicht die leiseste Ahnung, wo der verdammte Schmuck war. Ob er sie wirklich überwachen ließ? Vermutlich ja, denn er hatte von Andis Holzhaus an der Ostsee gewusst. Hinhalten konnte sie ihn aber nicht mehr. Sie schauderte. Müller würde sie verschwinden lassen, in irgendeiner Baugrube, einem algenverschmutzten See oder dem Totholz eines Waldes.

Ihr Mund wurde trocken.

Wenn stimmte, was sie vorhin im Radio gehört hatte, war ihr Müller-Problem zudem sehr viel größer, als sie ursprünglich gedacht hatte. Zwei Millionen! Müller, dieser Mistkerl, hatte genau gewusst, was in dem Päckchen war. Und er würde dafür über Leichen gehen. Ihre Leiche!

Wo, um Himmels willen, war der Schmuck?

Müller hatte gesagt, sein Mann habe die Ware an ihrem Bestimmungsort abgelegt. Also musste jemand aus dem Kaufhaus der Dieb sein. Außer dem toten Weihnachtsmann fiel ihr aber keiner ein, der die Möglichkeit dazu gehabt hätte.

Schade, dass sie Müller nicht mehr diesem Hempel auf den Hals hetzen konnte. Überhaupt war an allem nur der dämliche Eddi schuld. Wäre er nicht gestorben, hätte der Baum mit sämtlichen ordentlich von ihr sortierten Paketen bei Feierabend noch an Ort und Stelle gestanden. Sie hätte sich nur bedienen müssen. Es hätte sich keiner für das Kaufhaus interessiert, keine Polizisten wären hier ein und aus gegangen, und Kurt Ebert hätte seine Nase nicht in Dinge gesteckt, die ihn nichts angingen.

Der Gedanke, jemand könnte das Päckchen zufällig entdeckt haben, kam ihr nicht zum ersten Mal in den Sinn. Irgendein Kunde, der sich ein Souvenir gegriffen hatte, als Eddi leblos im umgestürzten Weihnachtsbaum lag, und jetzt um zwei Millionen reicher war.

Sie fluchte. Der Tod des Weihnachtsmannes hatte eine fatale Kettenreaktion ausgelöst.

Bleib cool, Corinna, ermahnte sie sich. Nicht den Kopf verlieren.

Alles war vorbereitet. Falsche Papiere, mehrere Konten auf den Cayman Islands, der weiße Bungalow am Strand. Sie musste nur noch hinfliegen.

Neben ihr stand der kleine Reisekoffer, den sie eilig gepackt hatte, als die Meldung im Radio kam und ihr klar geworden war, wie wichtig Müller die Beute war. Sie musste untertauchen. Sofort. Sie würde ein Zimmer in einem unauffälligen Hotel in der Stadt mieten, sich bei Frau Köhler krankmelden und das Zimmer bis zu ihrem Abflug nicht mehr verlassen. Geröchelt hatte sie ja schon wie eine Weltmeisterin. Oder sollte sie umbuchen und sofort verschwinden?

Unten auf der Straße hielt ein schwarzer Audi vor Mehmels Laden. Zwei Männer stiegen aus. Kurt Ebert und dieser Kommissar Bronski. Was machte ihr Security-Mann dort unten? Er hatte im Kaufhaus zu sein.

»Frau Köhler«, rief sie in Richtung ihres Vorzimmers. Als sie hörte, dass die Verbindungstür geöffnet wurde, drehte sie sich nicht um. »Warum sehe ich Herrn Ebert dort unten und nicht im Haus?«, fauchte sie die Sekretärin an.

»Er hat sich heute früh krankgemeldet. Vielleicht geht er gerade zum Arzt.«

»Machen Sie seine Papiere fertig. Er fliegt raus.« Sie lächelte, weil sie den Schnüffler jetzt endlich loswerden konnte. Er war ihr schon immer eindeutig zu neugierig gewesen.

»Sie wollen ihn entlassen? Sind Sie sicher?«

Corinna Rudloff fuhr herum. »Rede ich chinesisch?«

Die Sekretärin zuckte zusammen. »Nein.« Eilig schloss sie die Bürotür wieder.

Corinna Rudloff drehte sich zum Fenster zurück.

Unten fuhr jetzt auch noch ein Streifenwagen vor. Kein Blaulicht. Dennoch war ihr klar, was passieren würde, als die Uniformierten ausstiegen und auf Ebert und den Kommissar zugingen. Man besprach sich. Dann gingen die Männer in den Laden.

Nervös klapperten ihre Fingernägel auf der Fensterbank.

Würde Mehmel den Mund halten? Sie hatte ihn ausgiebig gebrieft. Und ihm gedroht, von »Gefängnis« geredet, von seiner Mutter, die dann allein wäre, vom Laden, der geschlossen werden müsste, seinem lächerlichen Lebenswerk und so weiter. Doch würde das reichen?

Sie nahm an, dass Kommissar Bronski sehr nachdrücklich sein konnte, wenn er wollte.

Vielleicht ist es besser, sofort zu gehen, dachte sie und griff eben nach ihrem Köfferchen, als die Bürotür ein weiteres Mal aufgestoßen wurde.

In der Tür stand Veit Orsini. Er hielt mehrere Zettel und einen Aktenordner in der Hand. Deutlich konnte sie auf seiner Stirn zwei tiefe Furchen erkennen.

»Frau Rudloff, auf ein Wort.« Er betrat den Raum.

Sie ließ den Griff des Koffers los und ging auf ihn zu, um ihn abzuwimmeln und die Tür zu schließen. »Ich habe leider keine Zeit, Herr Orsini.«

»Ich muss darauf bestehen«, sagte er und reichte ihr die Ausdrucke. »Ich habe Fragen zu einigen geschäftlichen Entscheidungen, die sich mir nicht recht erschließen wollen.«

Lächelnd schob sie ihn auf den Gang hinaus. »Später. Ich habe gleich eine wichtige Online-Konferenz.« Sie zwang sich, ihre Stimme nicht zittern zu lassen. »Danach können wir gern ausführlich miteinander sprechen. Haben Sie heute Abend schon etwas vor? Ich kenne einen wunderbaren Italiener am Marktplatz.« Dann schloss sie die Tür vor seiner Nase. »Der nicht auch noch!«, grummelte sie und eilte zurück zum Schreibtisch, um ihren Koffer zu nehmen und zu verschwinden, als das Klingeln des Telefons sie zusammenschrecken ließ. Sie ignorierte es, nahm ihre Sachen und wollte das Büro verlassen, als ihr Blick aus dem Fenster fiel.

Unten traten gerade die Polizisten aus dem Juweliergeschäft. In ihrer Mitte: Mehmel, ungesund weiß im Gesicht.

Corinna Rudloff schloss die Augen. »Scheiße!«

39

Sie kehrten sofort nach Mehmels Vernehmung in der Polizeidienststelle zum Härtling zurück, und Bronski wollte bereits durch die Drehtür ins Kaufhaus stürzen, als Kurt ihn am Arm festhielt. »Wir nehmen den Personaleingang an der Seite. Ist unauffälliger.«

Überrascht sah Bronski ihn an. »Seit wann bist du denn so weich, Kurti?«

Sie umrundeten das Gebäude. Juwelier Mehmel hatte mit seinem Geständnis nicht einmal bis zum Präsidium gewartet. Im Wagen jammerte er gleich los und war gar nicht mehr zu stoppen. Nachdem er dann alles ein weiteres Mal offiziell zu Protokoll geben hatte, war der kleine Mann vollkommen aufgelöst gewesen, hatte vor lauter Aufregung aus jeder Pore geschwitzt. Einen rechtlichen Beistand hatte er kategorisch abgelehnt. Dummkopf. Der Kerl steckte so tief in dem fingierten Raub, dass es für Kurt schlicht unverständlich war, wie Mehmel auf einen Anwalt verzichten konnte.

Für ihn und Bronski aber war etwas anderes wichtig: Der Juwelier hatte Corinna Rudloff schwer belastet, als er behauptete, es sei ihre Idee gewesen.

Darum waren sie zurückgekommen. Die Frau musste ihre Version der Ereignisse erzählen. Kurt war neugierig, wie sie sich aus diesen Anschuldigungen herauswinden würde.

Sie standen vor dem Fahrstuhl und warteten. Da bemerkte Kurt, dass Bronski seine Schläfen massierte.

»Tut's noch immer weh?«

»Was hast du mir da gestern nur eingeflößt, Kurti?«

»Schieb die Schuld nicht auf mich. Glühwein mit zwei Schüssen hast du bestellt. Mehrmals. Und die letzte Bestellung hast du gesungen.«

Bronski stöhnte. »Auweia. Hat das jemand gehört?«

»Die ganze Stadt, Bodo. Die ganze Stadt.«

Als die Kabine kam, traten sie ein und fuhren in den zweiten Stock. Mit einem melodiösen »Pling« öffneten sich die Türen.

Bronski marschierte ohne Anklopfen direkt in das Büro der Sekretärin. »Wir müssen Frau Rudloff sprechen.«

»Oh, da werden Sie kein Glück haben. Sie hat sich vorhin krankgemeldet. Ich glaube, es wird eine scheußliche Grippe werden.«

Sie kontrollierten das Büro der Chefin. Der Raum war leer.

»Ich befrage diese Frau Dingsda«, sagte Bronski.

»Köhler.«

»Ja, richtig.«

Während Bronski zurück ins Sekretariat ging, sah Kurt sich um. Keine Handtasche und kein Mantel an der Garderobe, der Bildschirm war dunkel, jedoch sagte ihm das rote Lämpchen am Gehäuse, dass das Gerät nicht heruntergefahren, sondern nur im Stand-by war. Er ruckelte an der Maus. Ein Foto ploppte auf. Weißer Strand, strahlend blaues Meer, kleine Fischerboote im seichten Wasser.

Die Maschine wollte ein Passwort von ihm.

Er sah sich weiter um.

Ein halb voller Teebecher stand auf der Fensterbank. Er nahm ihn hoch. Kalt. Draußen sprach Bronski mit der Sekretärin: »Wissen Sie, wo wir Frau Rudloff finden können?« Die Antwort verstand Kurt nicht. »Ob Sie so nett wären, für uns auf der Damentoilette nachzusehen?«

»Ist etwas passiert?«

Kurt ging nach nebenan. »Routine«, sagte er aus lauter Gewohnheit. Der Bulle steckte eben noch immer in ihm.

»Richtig. Reine Routine«, wiederholte Bronski und grinste.

Sie folgten Frau Köhler über den Flur bis zur Tür mit dem D, durch die sie verschwand.

Als sie zurückkam, schüttelte sie bedauernd den Kopf. »Da ist niemand.«

»Dachte ich mir.« Bronski zog sein Handy heraus. »Ich rufe bei der Staatsanwaltschaft an. Mal sehen, wer außer Lehmann momentan da ist.« Dann ging er ein Stück weiter, um zu telefonieren.

»Wo, denken Sie, könnte Frau Rudloff sein?«, wollte Kurt wissen.

Die Sekretärin richtete mit fahriger Geste ihr Haar. »Ich weiß es nicht. Vielleicht ist sie beim Arzt. Sie hat vorhin wirklich schrecklich gehustet und geschnieft. Sogar einen Kräutertee wollte sie haben. Dabei mag sie den gar nicht, sagt immer, der würde nach Matratze schmecken. Jedenfalls wirkte sie seit Tagen auf mich recht nervös, wenn ich das so sagen darf.«

»Sie dürfen, Frau Köhler.«

Zusammen gingen sie zurück ins Büro der Rudloff. Kurt stellte sich ans Fenster und sah hinunter auf die Straße, den etwas weiter hinten liegenden Weihnachtsmarkt und das Juweliergeschäft Mehmel. »Abgehauen, würde ich sagen«, murmelte er vor sich hin.

»Wie bitte?«, hörte er Frau Köhler fragen.

Kurt antwortete nicht, denn Bronski kam herein und stellte sich neben ihn. »Sie hat gesehen, wie wir vorhin den Mehmel abführten«, erklärte Kurt dem Kommissar und zeigte nach unten auf die Straße.

»Meinen Sie etwa den Juwelier, Herr Ebert?« Frau Köhler hatte gute Ohren. »Geht es um den Raub? Hat sie etwas damit zu tun?«

Bronski drehte sich zu der Sekretärin herum. »Aus ermittlungstaktischen Gründen dürfen wir keine …«, setzte er zu einer Antwort an.

»Quatsch«, unterbrach ihn Kurt. »Ja, es sieht ganz so aus, als hätte sie etwas mit dem Raub zu tun. Wissen Sie von irgendwelchen Treffen der beiden?«

»Nein!«

»Schade. Dann notieren Sie für uns bitte Orte, wo Frau Rudloff sein könnte.« Er wartete, bis Frau Köhler fort war, dann wandte er sich an Bronski. »Und nun? Fahndung?«

»Nein, erst einmal fährt eine Streife bei ihr vorbei.«

»Und wenn sie nicht da ist?«

»Fahndung.«

Kurt überlegte. »Weißt du, Bodo, ich denke, die Frau hatte ihren Abgang bereits vorbereitet. Die ist clever.«

»Was genau meinst du?«

Kurt sortierte seine Gedanken. »Nun, wir haben seit Kurzem einen Wirtschaftsprüfer im Haus, weil das Härtling verkauft werden soll. Etwas sagt mir, dass die Rudloff mit auf der Abschussliste der neuen Eigner gestanden haben könnte, aber das wird ihr egal gewesen sein. Sie wollte nur vorher ihre Schäfchen ins Trockene bringen.« Schnell setzte er Bronski über seine Vermutungen ins Bild.

»Du meinst, ein letzter dicker Reibach und dann absetzen?«

Kurt nickte.

Auf einmal hörten sie im Flur aufgeregte Frauenstimmen.

»Was ist denn da los?«

Sie traten auf den Gang hinaus, wo eine aufgebrachte Brünette stand und vor der Nase von Frau Köhler mit einer Haarbürste herumwedelte.

»Wo ist die Schlampe?«

Mit blassem Gesicht hob die Sekretärin abwehrend die Hände. »Ich weiß es doch nicht!«, rief sie.

Bronski trat vor. »Suchen Sie Corinna Rudloff, Frau …«

»Pingel! Petra Pingel.« Die Frau hatte vor lauter Aufregung rote Flecken am Hals. »Ich reiße dieser Bitch jedes einzelne ihrer gefärbten Haare raus. Überall!«

»Petra?« Einkäufer Pingel kam um die Ecke, wahrscheinlich hatte der Lärm auch ihn aus seinem Büro gelockt. »Was machst du denn hier?«

Einer Furie nicht unähnlich, rannte seine Ehefrau auf ihn zu. »Du! Du! Du hast mir versprochen, es sei aus! Und dann finde ich das hier!«

»Ähm.« Ängstlich starrte Pingel auf die Bürste in der Hand seiner Frau, die bei all dem Gefuchtel bedrohlich nah an seiner Nase vorbeischrammte.

»Und was machen all die Sachen in unserem Ferienhaus?«

»Du warst da?«

»Natürlich war ich da! Ich wollte ein romantisches Adventswochenende für uns vorbereiten. Es sollte eine Überraschung werden.« Sie jammerte auf und raufte sich die Haare.

Kurt und Bronski unterdrückten ein Lachen.

»Wo ist sie?«, schrie Petra Pingel noch einmal.

Ihr Mann sah zu Frau Köhler und dem Kommissar. »Ist sie weg?« Er wurde blass. »Ohne mich?«, hauchte er.

Bronski holte tief Luft. »Herr Pingel, Sie wollen verreisen? Darf ich Sie bitten, für eine Befragung mit uns ins Präsidium zu kommen?«

»Warum denn?«, krächzte der Einkäufer. »Ich habe doch gar nichts getan.«

Seine Frau starrte ihn sprachlos an. Donnernd fiel die Bürste zu Boden. »Wolltest du mich etwa ihretwegen verlassen?«, flüsterte sie, als könnte sie es nicht glauben.

»Ich, ähm …« Hilflos blickte Pingel von einem zum anderen.

Bronski trat auf ihn zu, um ihn mitzunehmen, als Kurt ihn davon abhielt.

»Ruf eine Streife. Die können ihn schon mal ins Kommissariat bringen. Wir haben Dringenderes zu tun.«

»Und was?«

Kurt grinste. »Ich denke, ich weiß, wo wir Corinna Rudloff finden können.«

40

Bronski hatte das Blaulicht aufs Autodach geknallt und raste Richtung Flughafen. Die Beamten vor Ort waren informiert und hielten bereits Ausschau nach Corinna Rudloff, einer eleganten Mittdreißigerin auf High Heels.

»Und du bist dir sicher, dass sie dorthin will?«

Kurt fühlte sich wie in alten Zeiten, wenn sie im Einsatz gewesen waren. Wohlig lümmelte er im Beifahrersitz. »Ja. Auf dem Sperrbildschirm in ihrem Büro war ein entsprechendes Foto. Du weißt schon, Strand, Meer, Palmen.«

Bronski überholte einen Laster. »Es ist nur leider so, dass die Südsee verdammt groß ist. Außerdem sehen diese Fotos alle gleich aus. Das könnte überall gewesen sein, von Hawaii bis Neuseeland.«

Kurt nickte. »Stimmt, nur hängen die in Neuseeland keine Flagge von Costa Rica an ihre Fahnenmasten. Und so ein Ding war auf dem Bild zu sehen.«

»Du kennst die Flagge von Costa Rica?«

»Jepp. Fünf Querstreifen. Blau-weiß-rot-weiß-blau.«

Bronski überfuhr eine rote Ampel. »Respekt. Du bist klüger, als ich dachte.«

»So ist es.«

Sie hatte Champagner trinken wollen, wenn sie erst einmal durch den Check-in war. Jetzt musste sie sich mit einem lauwarmen Caffè Latte in einem Pappbecher aus dem Automaten begnügen, saß statt in einer bequemen Lounge auf einer unbequemen Bank und starrte auf die Boarding-Anzeige.

Fünfzig Minuten Verspätung.

Mehmels Verhaftung hatte ihre überstürzte Abreise nötig gemacht. Die Hotelreservierung hatte sie noch im Fahrstuhl storniert und auf dem Weg zum Flughafen bei United Airlines ein Ticket für die nächste Maschine gebucht, Holzklasse, Gangplatz. Na ja, besser, als sich in einem Hotel verstecken zu müssen. Die Polizei war ihr eindeutig zu dicht auf den Fersen. Und Müller auch.

Ihr Handy hatte sie beim Verlassen des Kaufhauses in einen Mülleimer geworfen und das Prepaidgerät hervorgeholt, das sie sich schon vor Tagen besorgt hatte. Dann hatte sie ihren Designermantel aus Kaschmir in der Damenabteilung der Härtling-Konkurrenz gegen einen einfachen Wollmantel mit Kapuze eingetauscht und die Pumps gegen bequeme Sneaker. Den alten Reisepass hatte sie in einem Gully versenkt. Jetzt war sie endgültig Alicia Caine aus Kanada.

Unter diesem Namen hatte sie die Konten auf den Caymans eingerichtet und das Haus in San José gekauft, und unter diesem Namen gedachte sie, den Rest ihres Lebens zwischen Palmen am Strand zu verbringen. Es war nur eine Frage der Planung. Und darin war sie gut, sehr gut sogar.

Sie nahm einen Schluck von ihrem mittlerweile kalten Kaffee und lehnte sich zurück.

Einzig den Schneefall hatte sie nicht einplanen können. Die Verspätung kostete sie mächtig Nerven. Ihre Angst vor Müller wurde immer größer. Den Kommissar konnte sie einigermaßen einschätzen. Bis der spitzbekam, dass sie fort war, würde es einige Zeit dauern, denn clever, wie sie war, hatte sie sich ja krankgemeldet. Damit hatte sie etwa drei Stunden gewonnen. Wenn die Polizei dann irgendwann begriff, dass sie nicht bei einem Arzt war, sondern die Fliege gemacht hatte, würden die Beamten eine Corinna Rudloff suchen und keine Alicia Caine. Das verschaffte ihr weitere Stunden, wenn nicht sogar Tage. Und ein Auslieferungsabkommen mit Costa Rica hatte Deutschland noch immer nicht.

Sie konnte sich beruhigen. Leider nur tat sie es nicht. Ihr Puls lief auf Anschlag. Das Herz raste.

Vor der Glasfassade ging das Schneegestöber unvermindert weiter, bedeckte bereits die Rollbahnen und parkenden Flieger an den Gangways. Enteisungsfahrzeuge besprühten ein Stück entfernt jene Flugzeuge, die bald starten sollten.

Aufmerksam verfolgte sie die Ansagen aus den Lautsprechern.

Noch immer fünfzig Minuten bis zum Boarding von UA 421. Nirgends war Bodenpersonal zu sehen. Die Sekunden schlichen nur so dahin.

Sie stand auf, um sich einen weiteren Kaffee aus dem Automaten in der Ecke zu holen. Da sah sie einen Mann im Pelzmantel aus der Abfertigungshalle treten. In seiner Begleitung waren zwei Hünen, deren intelligenzfreie Blicke über die Wartenden an den Gates hetzten.

Corinna zuckte zusammen. Mist, sie hatte nicht damit gerechnet, dass Müller sie ausgerechnet hier suchen würde. Schnell zwängte sie sich hinter dem Getränkeautomaten in eine Wandnische. Mit etwas Glück gingen sie an ihr vorbei.

Sie hielt die Luft an und wartete.

Ihr war klar, dass sie sich unmöglich die nächsten fünfzig Minuten hier verstecken konnte. Eine Frau, keine drei Meter entfernt, schaute bereits zu ihr herüber. Corinna schob ein Lächeln in ihr Gesicht. Nein, sie musste eine andere Lösung finden.

Vorsichtig spähte sie über den Automaten hinweg. Müller und seine Gorillas besprachen sich. Dann teilten sie sich auf. Der eine ging links entlang, der andere folgte dem breiten Gang in Richtung der anderen Gates. Und Müller? Blieb stehen.

»Scheiße, Scheiße, Scheiße«, zischte Corinna leise in ihrem Versteck.

Die Frau neigte jetzt den Kopf zu ihrem Nachbarn und begann, mit ihm zu tuscheln. Auch er blickte neugierig zu Corinna. Nein, länger hierzubleiben war keine Option. Die beiden würden die Irre in der Ecke sonst noch vom Bodenpersonal einkassieren lassen. Aus ihrem Versteck heraustreten konnte sie aber auch nicht, weil sie dann Müller direkt in die Arme laufen würde.

»Konzentriere dich!«, ermahnte sie sich leise.

Sie sah sich um und entdeckte das Schild für die Damentoiletten auf der anderen Seite der Wartezone. Sie schätzte die Distanz auf rund zwanzig Meter. Sobald Müller ihr den Rücken zudrehte, würde sie hinübersprinten und sich dort verstecken, bis das Boarding begann. Mit ein wenig Glück hatte er vorher die Geduld verloren.

Sie lugte über den Rand des Automaten und wartete auf den geeigneten Moment. Als dieser kam, rannte sie los. Dass ihr Koffer noch bei der Bank stand, war im Moment das kleinste Problem.

Sie stieß die Tür auf und stürzte in den Waschraum. Dabei hätte sie fast eine ältere Dame umgerannt, die gerade ihre Hände abtrocknete. Schnell schloss Corinna sich in einer der Kabinen ein.

»Ist alles in Ordnung mit Ihnen, Kindchen?«, kam es von draußen.

»Ja, ja«, keuchte Corinna. »Mir ist nur übel geworden.«

»Oh, wie schön. Im wievielten Monat sind wir denn?«

Im ersten Moment verstand Corinna nicht. Dann aber begriff sie, dass die Frau sie für schwanger hielt und darum eine Übelkeitsattacke vermutete.

»Ähm, neunter?«

»Neunter? Sind Sie sicher? Sie sind so schlank.«

»Ähm, nein? Okay, vielleicht ist es auch ein anderer. Habe es vergessen.«

Sie hörte ein »Tsss« und dann eine Tür klappen. Corinna vermutete, dass die Alte wohl dachte, sie wollte sie auf den Arm nehmen. Egal, Hauptsache, die Frau war fort.

Jetzt war sie allein.

Langsam beruhigte sich ihr Puls, doch die Angst blieb. Über ihrem Kopf plärrten die Ansagen des Bodenpersonals. Still saß sie auf dem Klodeckel und blickte auf die Ziffern der Uhr in ihrem neuen Handy. Noch neunundvierzig Minuten.

»Ich bin reich, mein Leben liegt vor mir, ich kann alles schaffen, was ich mir vornehme, ich bin die Heldin meines eigenen Schicksals …«, murmelte sie vor sich hin. Leider funktionierte ihr allmorgendliches Mantra in ihrem gegenwärtigen Exil auf einer Flughafentoilette nicht recht. Sie fühlte sich weiter miserabel. Außerdem setzte ihr Herz jedes Mal aus, wenn die Tür geöffnet wurde, weil sie befürchtete, Müller könnte hereinkommen. Tat er aber glücklicherweise nicht. Noch nicht. Stattdessen hörte sie Frauen in allen möglichen Sprachen reden und vernahm, Geräusche, deren Ursachen sie sich nicht vorstellen wollte, gemischt mit den Ansagen aus dem Lautsprecher.

Endlich war es so weit. Das Boarding begann. Sie wartete, wollte im letzten Moment hinausschlüpfen, sich ihren Koffer schnappen, das Ticket vorzeigen und an Bord rennen.

Dann würde es noch ungefähr drei Minuten dauern, bis sie auf ihrem Sitz Platz nehmen konnte und alles vorbei war.

Sie horchte. Keiner im Waschraum. Vorsichtig lugte sie aus der Kabine. Alles leer. Gut. Mit vier Schritten war sie an der Tür. Sie schloss noch einmal kurz die Augen, betete, dass Müller nicht auf der anderen Seite stand.

Dann öffnete sie langsam die Tür. Draußen eilten Leute hin und her, auf ihrem Weg zum richtigen Gate. Niemand beachtete sie. Nicht weit entfernt wartete eine Stewardess am Counter auf Nachzügler für Flug UA 421. Von Müller und seinen Lakaien war nichts zu sehen.

Corinna öffnete die Tür zur Gänze und trat hinaus. Die Anspannung fiel von ihr ab wie Tautropfen von einer Lotusblüte.

»Sie haben etwas vergessen, Frau Rudloff«, sagte da eine Männerstimme neben ihr, und Corinna Rudloff zuckte zusammen. Jemand reichte ihr ihren Koffer.

»Herr Ebert. Kommissar Bronski«, krächzte sie. »Was machen Sie denn hier?«

Die beiden Männer lehnten an der Wand neben der Tür zur Damentoilette und grinsten sie breit an.

»Woher haben Sie gewusst …«

»Das Sie sich da drinnen verstecken?«, fragte der Kommissar. Er schaute den Kaufhausdetektiv an. »Ja, woher wussten wir das eigentlich, Kurti?«

»Eine sehr beliebte Zufluchtsstätte. Machen alle so, die abhauen wollen.«

»Ja?«, hauchte sie.

Die Männer nickten.

Gerade wollte der Kommissar etwas zu ihr sagen, als Corinna in der Menge der Fluggäste Mafia-Müller und seine Gorillas entdeckte. Aus schmalen Augen starrte er sie an.

Dann fuhr er mit der Handkante an seiner Kehle entlang.

Sie japste auf. Das war eine klare Drohung. Sie wandte sich dem Kommissar zu. »Was haben Sie eben gesagt?«

»Dass wir Sie wegen des Überfalls auf Juwelier Mehmel sprechen möchten.«

»Mehmel? Ja, genau.« Ihr Blick flog zu Müller. »Ich gestehe«, hauchte sie. »Alles.«

»Und was?« Die beiden Männer sahen sich überrascht an.

»Alles! Aber ich will in den Zeugenschutz.«

»Und der Grund dafür wäre?«, fragte der Kommissar verwundert.

»Dass ich Ihnen den da drüben ans Messer liefere!« Mit dem Zeigefinger wies sie verstohlen zu Müller hinüber.

»Wen? Da ist keiner.«

Sie fuhr herum. »Verdammt! Eben war er noch da. Mafia-Müller.« Sie suchte die Halle mit Blicken ab, konnte den Mann aber nirgends entdecken. »Sie müssen mir glauben. Er bedroht mich seit Monaten.«

Die Polizisten wirkten nicht überzeugt.

Corinna ergriff den Kommissar an der Jacke. »Ich liefere Ihnen Müller frei Haus. Versprochen. Er hat mich genötigt, den Raub zu planen, weil er die Brosche von Marie-Antoinette haben wollte. Seit Monaten schon zwingt er mich, seine Hehlerware im Kaufhaus zu verkaufen. Ich weiß alles über ihn.«

Der Kommissar verzog anerkennend seinen Mund. »Kurti, Kurti, da hast du ja mal wieder den richtigen Riecher gehabt.«

Kurt Ebert winkte ab. »Aber, Bodo, ich bitte dich, ohne dein Bauchgefühl wäre sie uns bestimmt entwischt.«

»Meinst du?«

»Natürlich, mein Freund.«

»Hören Sie auf, mich zu veralbern«, ging Corinna dazwischen. »Verhaften Sie mich endlich!«

»Wenn Sie es möchten, gerne.«

»Ja, ich will.« Sie hielt dem Kommissar ihre Hände hin, damit er die Handschellen anlegen konnte.

41

Es war Sonntag, der vierte Advent. Vor den Fenstern des Härtlings spazierte ab und zu jemand vorbei. Kurt stand drinnen vor dem Weihnachtsbaum und wartete. Elyas und Silja waren bereits da und saßen auf zwei der sieben Stühle, die Kurt vorhin im Erdgeschoss aufgebaut hatte, dort, wo bis vor wenigen Tagen noch Eddis Bühne gestanden hatte.

»Finden Sie es nicht etwas schräg, alle hierherzubitten?«, fragte Silja. »Ich meine, an den Ort, an dem Ihr Freund …«

»Nein. Es ist logisch.« Kurt überlegte kurz. »Wir wissen eine Menge über den Juwelenraub, Frau Wedemeyer, aber was Eddis Tod betrifft, gibt es noch einiges zu klären. Sie wollen doch sicher auch erfahren, was tatsächlich passiert ist, oder?«

Silja und Elyas wechselten Blicke. Die Buchhalterin nickte aufgeregt. »Heißt das, Sie wissen …«, hauchte sie.

Kurt nickte zufrieden und sah zum Eingang.

Andreas Pingel betrat durch die Drehtür das Härtling. Seine Ehefrau folgte ihm. Der ehemalige Chefeinkäufer wirkte wie ein Häufchen Elend. Noch am Freitag hatte Julius Härtling ihn entlassen. Fristlos.

»Setz dich!«, schnauzte seine Frau ihn an und wies auf einen der Stühle. Brav nahm er Platz, während Petra Pingel sich vor Kurt aufbaute. »Sie wissen, dass wir freiwillig hier sind?«

Kurt hob seine Augenbrauen. »Aber natürlich, Frau Pingel.«

»Sie können meinen Mann nicht beschuldigen, den Weihnachtsmann abgemurkst zu haben. Für so etwas ist er viel zu blöd.«

»Richtig, Frau Pingel. Würden Sie sich bitte ebenfalls setzen?«

»Seine Entlassung werden wir anfechten. Er hatte keine andere Wahl, als zu tun, was er tat. Diese gierige Person hatte ihn mit unlauteren Mitteln dazu gezwungen.«

Wie aufs Stichwort betrat in diesem Moment Corinna Rudloff das Foyer. Doch es war eine andere Rudloff als jene, die alle kannten. Ihre Haare waren straßenköterblond gefärbt und raspelkurz geschnitten. Sie trug einen Hoodie, der ihr viel zu groß war, sowie einen gesteppten 08/15-Billigmantel in Grau. Ihre Füße steckten in Moonboots, wie sie in den Neunzigern modern gewesen waren.

Corinna Rudloff nahm ihre große Sonnenbrille ab, als Frau Pingel auch schon aufsprang, um sich auf sie zu stürzen.

»Wer hat diese verlogene Schnepfe eingeladen?«, zeterte sie. Bronski konnte die aufgebrachte Gattin des ehemaligen Einkäufers gerade noch davon abhalten, Corinna Rudloff eine gepfefferte Ohrfeige zu verpassen.

Die musterte ihre Kontrahentin in Rudloff-Manier. Dann ließ sie sie einfach stehen.

»Herr Ebert, ich hoffe sehr, dass ich nicht umsonst hierhergekommen bin. Für ein lächerliches Possenspiel habe ich mein Versteck nicht verlassen.«

Als Kurt nichts sagte, nahm sie hocherhobenen Hauptes auf einem der Stühle Platz und ergänzte: »Es ist nämlich höchst gefährlich für mich, auf die Straße zu gehen.« Sie entdeckte Bronski, der aus dem Dunkel des hinteren Verkaufsraums trat und sich zu den Anwesenden begab. »Falls mir etwas passiert, werden Sie die Konsequenzen zu tragen haben, Herr Kommissar.«

»Es besteht keine Gefahr für Sie, Frau Rudloff«, erklärte Bronski knapp und lehnte sich mit vor der Brust verschränkten Armen an ein Regal mit glitzernden Christbaumkugeln. »Mafia-Müller scheint sich abgesetzt zu haben.«

»Das ist irrelevant«, widersprach die Rudloff. »Ich stehe auf seiner Liste, das reicht vollkommen aus.« Sie schlug umständlich die Beine übereinander. »Wann komme ich endlich ins Zeugenschutzprogramm?«

Bronski zuckte mit den Schultern. »Die Mühlen der Verwaltung mahlen langsam. Ich bin mir auch nicht sicher, ob das Programm in Ihrem Fall greift. Vor allem in der Weihnachtszeit.«

Jetzt betrat Magda Majewski das Härtling. Leise, ohne mit einem der anderen ein Wort zu wechseln, setzte sie sich auf einen der freien Stühle. Die Handtasche auf dem Schoß, blickte sie auf ihre Hände.

Nun war nur noch ein Stuhl frei.

»Wer fehlt?«, wollte Silja von Kurt wissen.

»Abwarten.«

»Vielleicht Frau Köhler? Oder der Mehmel?«, vermutete Elyas, aber Silja schüttelte den Kopf.

»Glaube ich nicht. Der ist im Krankenhaus. Er hatte wohl einen Nervenzusammenbruch.«

»Weichei.«

Kurt begann, vor den Stühlen auf und ab zu wandern, während Bronski ihn beobachtete. »Danke, dass Sie alle gekommen sind. Lassen Sie uns anfangen.«

»Ich will zuerst wissen, warum diese Person«, Frau Pingel zeigte auf Corinna Rudloff, »nicht im Gefängnis sitzt! Sie ist nachweislich eine Diebin und Betrügerin.«

Die Rudloff grinste sie an. »Ich arbeite mit der Polizei zusammen. Was man von Ihnen und Ihrem Mann ja wohl kaum sagen kann.«

»Unsinn! Sie wollen nur alles meinem armen Andi unterschieben.«

»Liebes, lass gut sein«, murmelte Pingel.

»Schweig! Du hast genug Mist gebaut«, fauchte sie ihn an, und er zuckte zusammen, während seine Frau kampflustig zu Corinna Rudloff hinübersah. Sie öffnete den Mund, um noch etwas zu sagen, als Kurt dazwischenrief: »Meine Damen! Meine Damen! Ich bitte Sie um Mäßigung.«

Bronski musste lachen. »Mäßigung? Du klingst wie ’n Priester.«

Kurt ignorierte ihn. Er gedachte nicht, sich aus dem Konzept bringen zu lassen. »Was wissen wir?«, hob er an. »Fangen wir mit dem sogenannten Überfall von gegenüber an. Der Raub des Schmucks bei Juwelier Mehmel war eine von langer Hand geplante Tat.«

»Sage ich doch! Die Rudloff war’s!«, ging die Pingel dazwischen.

»Sie streitet diese Tat auch nicht ab. Mit der Unterstützung ihres Komplizen Mehmel sollte die Beute als Päckchen getarnt ins Härtling geschafft werden. Leider kam es hier niemals an.«

Frau Pingel sprang auf. »Das sagt sie! Und wenn sie lügt? Vielleicht hat sie den Schmuck längst verkauft?«

»Unwahrscheinlich, da ihr Leben davon abhing, dass eben das nicht passiert.«

»Mafia-Müller?«, wollte Elyas wissen.

Kurt blieb stehen. »Richtig. Es gibt Leute, mit denen verscherzt man es sich besser nicht.«

»Warum fragen Sie nicht den Dieb, wo das Paket ist?«, schlug Silja vor. »Er muss doch wissen, wo er es hingetan hat.«

Kurt nahm seinen Weg wieder auf. »Der ist bedauerlicherweise unauffindbar.« Alle Blicke folgten ihm. »Es gibt Indizien, dass er nicht mehr lebt.« Er blickte zu Corinna Rudloff hinüber, die still nickte.

»Und was ist mit meinem Mann? Er ist unschuldig. In allen Punkten«, moserte Petra Pingel.

Langsam ging die Frau Kurt auf den Geist. Er bewegte den Kopf hin und her, als müsste er ihre Worte abwägen. Tatsächlich aber versuchte er nur, nicht unhöflich zu werden. »Wie man es nimmt. Ihr Gatte begann vor einigen Monaten zusammen mit Frau Rudloff, überteuerte Hehlerware von Mafia-Müller zu kaufen, um sie im Härtling zu veräußern.«

»Aber nicht freiwillig!«, schrie die Pingel dazwischen. »Die da hat meinen armen Andi mit Sex dazu gezwungen.«

»Petra …«, versuchte der arme Andi, seine erboste Frau zu mäßigen.

»Halt die Klappe, du Versager!«

Kurt fuhr ungerührt fort: »Das Geschäftsverhältnis der involvierten Parteien sicherte den Verkauf gestohlener Luxusartikel in sämtlichen Abteilungen.«

»Musstest du für diesen Quatsch eigentlich lange üben?«, raunte Bronski ihm leise zu.

Kurt ignorierte auch ihn. »Frau Rudloff und Herrn Pingel fiel dabei die Aufgabe zu, diese Transaktionen zu vertuschen.« Kurt blieb hinter der Rudloff stehen. »Und mich hatten Sie bezichtigt, ich würde nicht hinsehen, wenn geklaut wird. Sie unterstellten mir sogar, mit den Dieben gemeinsame Sache zu machen. Dabei waren Sie diejenige, die gestohlen und betrogen hat, Frau Rudloff.«

Sie zuckte theatralisch mit den Schultern. »Ach Gottchen, nun seien Sie doch nicht so nachtragend. Es war nur so dahingesagt. Jemand wie Sie klaut doch nicht. Ich wollte Sie nur ein wenig motivieren, besser zu arbeiten.«

»Wie viel haben Sie bei jedem Verkauf kassiert?«

Sie antwortete nicht.

»Wie viel, will ich wissen!«

»Fünfzehn Prozent«, flüsterte sie.

Andreas Pingel sprang auf. »Mir hast du gesagt, es seien fünf. Wir haben halbe-halbe gemacht.«

Genervt verzog sie ihren Mund. »Und wenn schon. Die zweieinhalb Prozent waren für deine Leistungen mehr als gerechtfertigt.«

Kurt nahm seinen Weg wieder auf. »Das Geschäft muss sich gelohnt haben.«

»Wie man es nimmt.« Sie setzte ihre Sonnenbrille auf.

»Wie recht Sie haben, Frau Rudloff.« Kurt verschränkte die Hände auf den Rücken und trat wieder nach vorn. Die Augen der Anwesenden folgten ihm. »Aber darum sind wir heute nicht hier.«

»Warum denn dann?«, fragte Magda ängstlich.

»Ich möchte Ihnen den Mörder von Eduard Hempel präsentieren.«

»Dass das klar ist«, die Rudloff erhob sich von ihrem Stuhl, »auch wenn ich für die Tatzeit kein Alibi habe, ich war es nicht!«

»Pah«, warf die Pingel böse ein. »Ich sage nur: Wer einmal lügt, dem glaubt man nicht …«

Kurt brachte sie mit erhobener Hand zum Schweigen. »Frau Rudloff, können Sie mir erklären, warum Eddi Hempel mir am Tag seines Todes sagte, er habe neuerdings einen besonders guten Draht zur Geschäftsleitung?«

Die Rudloff zögerte.

»Lassen Sie mich Ihnen auf die Sprünge helfen, Frau Rudloff.« Er zog ein Beweismitteltütchen mit zwei Fünfhundert-Euro-Scheinen darin aus der Jackentasche. »Eddi hatte diese Geldscheine bei sich, als er starb. Dabei hat er stets so getan, als sei er pleite. Ständig schnorrte er jemanden um Geld an, das er oft zurückzugeben vergaß. Wir wissen mittlerweile, dass Eddi ein Vermögen besaß. Geld, das er nicht ehrlich erworben hatte. Er war reich. Trotzdem hatte er nie Bares dabei. Es war ihm in Fleisch und Blut übergegangen, seine ›Einkünfte‹, wenn man es so nennen mag, auf die hohe Kante zu legen und andere Leute anzupumpen. Wo, so frage ich Sie, kommen also diese beiden Fünfhunderter her?« Als sie noch immer nichts sagte, erklärte Kurt, dass ihre Fingerabdrücke darauf zu finden seien. »Erinnern Sie sich jetzt?«

»Herrgott, er hat mich erpresst.«

»Ach.«

»Aber ich habe ihn deswegen nicht umgebracht!«, verteidigte sie sich.

»Womit hat er Sie erpresst?«

Fahrig wischte die Rudloff mit der Hand durch die Luft. »Er hatte wohl etwas aufgeschnappt, als ich mich mit Andi in meinem Büro über die letzte Lieferung von Mafia-Müller stritt.« Sie atmete tief ein. »Er wollte zweitausend. Ich konnte am Automaten aber nur tausend bekommen. Tageslimit.«

»Wann gaben Sie ihm das Geld?«

»Kurz vor seiner zweiten Show fuhr ich hoch in den Vierten.«

Bronski stieß sich vom Regal ab. »Sie stritten sich?«

Die Rudloff schwieg.

»Ich will wissen, ob Sie sich gestritten haben!«

»Ja, verdammt! Er wollte auch den Rest, der gierige kleine Bastard!«

»Sie hatten demnach ein Motiv, Frau Rudloff.« Kurts Stimme klang drohend, obwohl er leise sprach. »Erpressung.«

Sie drehte sich zu ihm um. »Wenn Sie denken, ich hätte ihn umgebracht, warum bin ich dann noch hier?«

»Auch wahr.« Kurt schlenderte an Bronski vorbei.

»Komm endlich zum Punkt, Kurt«, raunte dieser.

Da setzte sich mit einem leisen Rauschen die Drehtür in Bewegung, und eine weitere Person betrat das Härtling.

»Lore, wie schön, dass Sie es einrichten konnten.« Kurt eilte auf Lore Sievers zu und geleitete sie zum letzten freien Stuhl.

Elyas und Silja wechselten einen überraschten Blick. »Was will die denn hier?«

»Warum sollte ich hierherkommen, Herr Kurt?«, fragte Lore Sievers mit leicht zitternder Stimme.

»Um uns zu helfen«, erklärte er. »Es geht um den Tod des Weihnachtsmannes.« Er lächelte sie an. »Sie sagten mir, Sie seien nicht im Kaufhaus gewesen, als das Unglück passierte. Ich überlege, ob Sie sich möglicherweise irren. Vielleicht haben Sie doch etwas gesehen, das uns weiterhelfen könnte.«

Lore Sievers begann, an ihrem Schal zu nesteln. »Also, nein, denn Sie hatten mich doch fortgeschickt, nachdem wir uns in der Küche unterhalten hatten.«

Elyas machte ein wissendes Gesicht. »Das kann ich bestätigen. Frau Sievers stellt Herrn Ebert schon seit Wochen nach.«

»Tue ich gar nicht.«

»Doch«, sagte der Hausmeister, »aber das ist okay. Gegen Liebe im Alter ist nichts einzuwenden.«

Kurt beugte sich nah an sein Ohr. »Liebe im Alter? Vorsicht, Kleiner, das Eis wird dünn.« Er wandte sich an Lore. »Ich habe die Kekse immer nur als nette Aufmerksamkeit betrachtet.«

»Sie hatten Herzchenform«, widersprach Elyas ein wenig beleidigt.

Bronski schüttelte den Kopf. »Kurt! So führt man keine Vernehmung! Komm endlich zum Thema.«

Bei dem Wort »Vernehmung« fuhren einige in der Runde zusammen.

»Was ist mit Frau Madidingsda?«, ging die Rudloff dazwischen. »Sie war nicht da, als der Weihnachtsmann fiel.«

Magda fasste sich an den Hals. »Doch. Ich war nur zu spät, weil mir jemand meinen Besen geklaut hatte. Außerdem hatte ich keinen Grund, Eddi umzubringen. Ich wurde nämlich nicht erpresst, so wie Sie!«

Wieder bewegte Kurt seinen Kopf abwägend hin und her.

»Bist du unter die Schildkröten gegangen?«, flüsterte Bronski ihm zu.

»Liebe Magda«, begann Kurt, ohne sich vom Kommissar hetzen zu lassen. »Du hattest sehr wohl einen Grund, Eddi den Tod zu wünschen.«

Still fiel sie auf ihren Stuhl zurück und starrte wieder auf ihre Hände. »Ich hätte es dir nicht sagen sollen«, flüsterte sie.

Bronski räusperte sich. »Sie und Ihre Familie haben vor einigen Jahren Ihr gesamtes Erspartes verloren, als Sie auf eine von Eddi Hempels Betrügereien hereinfielen. Das ist ein überzeugendes Mordmotiv. Doch Sie liegen falsch, es war richtig, Kurt davon zu erzählen. Es braucht ein Motiv *und* eine Gelegenheit, um einen Mord zu begehen. Sie hatten nur eines davon, wie das Video, das im Moment von Hempels Sturz gemacht wurde, belegt.«

Kurt nickte. »So ist es, Bodo.« Dann ging er hinter den Weihnachtsbaum und holte eine Sporttasche hervor. Er reichte sie dem Kommissar. »Die ist für dich. Alles Gute zum Fest.«

Ratlos blickte Bronski auf die Tasche in seiner Hand. »Was ist das?«

»Eddis ... ähm, Erspartes. Außerdem hatte Eddi akribisch Buch geführt. Er hat Notizen über all seine Geschäfte auf einem USB-Stick gespeichert.«

Bronski sah ihn ungläubig an. Dann schaute er wieder auf die Tasche und wurde ein wenig blass.

»Haben Sie sich das im Restaurant angesehen?« Silja reckte den Hals. »Wo haben Sie das her? Und wie kommst du dazu, Elyas?«

Elyas zuckte bloß mit den Schultern und lächelte. »Lass Kurt weitererzählen.«

»Ich war in Eddis Wohnung, um ein bisschen herumzuschnüffeln«, sagte Kurt an Bronski gewandt.

Magda sah auf. »*Wir* waren bei Herrn Hempel in der Wohnung ...«

»Also doch!«, brauste Bronski auf. »Ich wusste es!«

»Ja, Bodo, damit hattest du recht.« Kurt stellte sich neben Magda. »Frau Majewski war zufällig in der Gegend und half mir dabei, widerwillig und nur auf mein Drängen hin, in Eddis Wohnung zu kommen.«

»Paragraf 132«, ergänzte sie.

»136 StGB, aber egal.« Kurt räusperte sich. »Wir fanden einen Schließfachschlüssel im Grieß.«

»Grieß.« Bronskis Kiefer klappte herunter.

»Man muss dir zugutehalten, lieber Bodo, dass du zum Zeitpunkt eurer eigenen Wohnungsbegehung noch nicht wusstest, dass du es mit einem Mord zu tun hast. Also, nicht so richtig. Jedenfalls nicht so, dass es sich gelohnt hätte, den Grieß durchzusieben.«

Bronski machte ein offizielles Gesicht. »Das ist Unterschlagung von Beweismitteln.«

Kurt schüttelte den Kopf und ging zu seinem Freund, dem er seine Hand auf den Arm legte. »Lass gut sein, Bodo. Ich weiß Bescheid.«

Der Kommissar hielt mitten in der Bewegung inne. »Worüber?«

»Über die Dreißigtausend, die du dir von Eddi geliehen hast. Ausgerechnet von ihm.«

Bronskis Schultern sackten herab. »Es war nur eine Überbrückungsfinanzierung, Kurt. Nur bis die Bank den Kredit für Elisabeths Therapie in den USA freigab. Vier Wochen. Mehr nicht. Nur vier Wochen.«

Die Pingel riss schockiert die Augen auf. »Dann war der Kommissar der Mörder?«

Ihr Mann zog peinlich berührt an ihrem Ärmel. »Kannst du nicht einfach mal die Klappe halten?«

»Andi!«

»Weißt du, Bodo«, fuhr Kurt fort, ohne auf das Ehepaar zu achten, »das mit dem geliehenen Geld war nicht klug, aber es ist kein Weltuntergang. Schlimmer war die Sache mit dem Oberstaatsanwalt.«

Silja legte beide Hände an den Kopf. »Jetzt verstehe ich gar nichts mehr.«

»Scht«, machte Elyas. »Nun wird es richtig interessant.« Er rutschte auf seinem Stuhl ein Stück nach vorn und beobachtete Kurt und Bronski genau.

»Willst du es den anderen sagen, oder soll ich?«

Bronski starrte auf die lindgrüne Sporttasche auf seinem Schoß. »Das geht keinen etwas an.«

»Vielleicht doch. Du hast dich vom Oberstaatsanwalt beeinflussen lassen, weil er dir eine Beförderung in Aussicht stellte, vorausgesetzt, du findest den gestohlenen Schmuck und damit die Brosche seiner Frau. Dass ein Familienerbstück gestohlen wurde, hat er unserem Kommissar weisgemacht, damit der dem Fall Priorität einräumt.«

Bronski ließ den Kopf hängen. »Ich war ein Idiot.«

Kurt schlug ihm auf die Schulter. »Wie immer genau auf den Punkt gebracht, Bodo.« Er wandte sich wieder den anderen zu. »Die Brosche, ein von Brillanten eingefasster riesiger Smaragd, war erlesen und wertvoll. Und ihr Wert weitaus höher, als in der Versicherungssumme angegeben, weil sie vor vielen Jahren einer gewissen Marie-Antoinette gehört hatte, der letzten Königin von Frankreich. Das wusste nicht jeder, doch Mehmel hat es sofort erkannt. Dieses extrem wertvolle Schmuckstück hatte die diebische Gattin des Oberstaatsanwalts drei Wochen zuvor bei einem Empfang in der Villa der Gräfin Ebershausen geklaut. Der Herr Oberstaatsanwalt brachte sie zu Juwelier Mehmel, um sie reparieren zu lassen. Anscheinend hatte das gute Stück beim Diebstahl gelitten.«

Bronski schaltete sich ein. »Nein, der Lehmann hatte die Brosche bei seiner Frau entdeckt. Er wollte sie ihr wegnehmen, um sie zurückzugeben. Es kam zum Streit. Dabei ging die Schließe kaputt«, sagte er. »Das gab er jedenfalls zu Protokoll, als ich ihn heute Morgen offiziell befragte. Seine Frau ist Kleptomanin. Kurt hat sie erst vor ein paar Tagen beim Klauen im Kaufhaus erwischt.«

Kurt nickte. »Ich hatte ja schon vermutet, dass der Oberstaatsanwalt die Brosche nicht behalten, sondern zurückgeben wollte, um seine Position nicht zu gefährden. Und als sie dann beim Raub verloren ging, wurde er verständlicherweise nervös. Deshalb drängte er dich, den Fall zu lösen, und stellte im Gegenzug die Beförderung in Aussicht.«

»Wow«, entfuhr es Elyas. »Sie sind also korrupt, Herr Kommissar.«

Bronski stürzte vor, als wollte er dem Hausmeister ans Schlafittchen, aber Kurt ging dazwischen.

»Ist er nicht, denn er hat ja – dank meiner Hilfe – erkannt, dass wir es bei Eddi mit einem Mord zu tun haben.« Kurt schob die beiden Männer, die nur noch eine Armlänge trennte, auseinander.

»Aber wer hat denn jetzt den Weihnachtsmann umgebracht?«, wollte Silja wissen. »Wenn es Magda nicht war und Frau Rudloff nicht, Weichei Pingel eh nicht und auch der Kommissar nicht …«

Aller Augen wanderten zu Lore Sievers.

»Da kommen wir zu einem wichtigen Punkt, liebe Frau Wedemeyer«, nahm Kurt seinen Vortrag wieder auf. »Und hier spielen Sie eine Rolle.«

»Ich?« Silja sah ihn ängstlich an. »Warum denn ich?«

»Sie aßen mit Herrn Orsini beim Italiener zu Abend.«

»Da war nichts!« Sie wandte sich an Elyas. »Wirklich.«

Kurt grinste. »Das meinte ich nicht. Sie erinnern sich doch sicherlich, dass es an dem Abend zu einem irritierenden Vorfall gekommen ist?«

»Sie meinen, als Veit versehentlich Frau Sievers für eine andere hielt?«

»Ja, das meine ich. Wen hatte Herr Orsini geglaubt zu sehen?«

»Er nahm an, Frau Sievers sei irgendeine Sängerin, die vor Jahren im Hotel seiner Eltern eine Vorstellung gegeben hatte.« Silja lachte. »Ich habe ihm gesagt, dass das nicht sein könne.«

Kurt schüttelte bedauernd den Kopf. »Ich befürchte, Ihr Freund hatte recht.«

»Er ist nicht Siljas Freund«, fuhr Elyas auf.

Sofort hob Kurt beide Hände. »Entschuldigung, natürlich

nicht.« Er räusperte sich. »Zurück zum Thema. Bronski, wärest du so nett, die Tasche zu öffnen?«

Bronski tat, wie ihm geheißen. Gleichzeitig erhob Elyas sich von seinem Stuhl.

»Wo willst du hin?«, raunte Silja ihm zu.

»Das ist mein Stichwort«, sagte er nur und stellte sich neben Kurt. »In der Tasche befindet sich eine Menge Geld. Außerdem der schon erwähnte USB-Stick mit Daten darauf. Eduard Hempel hat genau Buch darüber geführt, wem er etwas geliehen hatte ...«

Die Blicke der Anwesenden wanderten zu Bronski.

»... sowie über all jene, die er übers Ohr gehauen hatte. Wie unsere Magda hier.« Elyas wies in einer großen Geste auf die Putzfrau, woraufhin diese erneut ein wenig zusammensackte.

»Langsam«, raunte Kurt ihm zu.

»Es war eine schreckliche Schande«, rief Magda. »Alles Geld war weg. Mein Mann nahm Kredite auf, um den Schaden bei den Verwandten und Freunden wiedergutzumachen, aber es reichte nicht. Sie alle hatten investiert, weil Tomasz ihnen dazu geraten hatte ... Ach, egal. Ein falscher Traum.« Sie zog ein Taschentuch aus ihrer Manteltasche und schniefte hinein. »Mein Mann konnte die Schande nicht ertragen. Er nahm ein Seil und ... Noch heute zahle ich die Schulden ab.«

Silja legte ihren Arm tröstend um Magdas Schultern.

»Eddi hatte einen sehr großen Fehler«, gestand Kurt. »Nie begriff er, dass seine Betrügereien schlimme Folgen haben könnten.« Er wandte sich an Lore Sievers. »Nicht wahr, Frau Marceau?« Er drückte Bodo einen alten Zeitungsausschnitt in die Hand.

»Marceau? Wovon reden Sie?«, fragte Lore Sievers.

»Ach, jetzt sind wir wieder per Sie, Lore?«

»Reden Sie keinen Unsinn! Ich hatte niemals Interesse an Ihnen.«

Kurt winkte ab. »Das weiß ich doch.«

Bronski sah von dem Papier in seiner Hand auf. »Ähm. Was soll ich mit dem Artikel?«

»Eddi hat Trophäen gesammelt. Auf dem Foto hier siehst du

ihn in jungen Jahren als Veranstalter des Schönheitswettbewerbs zur ›Miss Rose‹. Die Gewinnerin ist eine hübsche junge Frau namens H. Seester. Süßes Lächeln, kastanienrote Haare, ein bezauberndes junges Mädchen. Die Sängerin und Schauspielerin Martine Marceau, eine Dame von Welt, hat ebenfalls kastanienrotes Haar. Ich habe mir die Bilder ihrer Karriere im Internet angeschaut und große Ähnlichkeiten festgestellt. Aus Eddis ›Miss Rose‹ könnte die Sängerin Martine Marceau geworden sein. Wenn man dann noch ein paar Jahre dazurechnet und eine graue Perücke und eine rote Samttasche drauflegt, wird aus der ehemaligen Schönheitskönigin H. Seester alias Martine Marceau eine unscheinbare Frau, die uns allen hier im Kaufhaus Härtling als Lore Sievers bekannt ist – genauer gesagt: Hannelore Sievers, geborene Seester. Schade nur, dass der Groschen bei mir nicht gleich gefallen ist. Habe ich recht, Lore?«

Alle starrten die Frau an.

»Natürlich steht es jedem frei, Perücken zu tragen, wenn er oder sie das möchte. Das gilt auch für Miss Rose alias Martine Marceau alias Lore Sievers. Aber was bezweckte sie mit der vorgeschobenen Kleptomanie?

Plötzlich sprang Lore Sievers auf, schubste den überraschten Kurt von sich weg, drehte sich um und rannte los.

Kurt stolperte rückwärts und ging zu Boden. Bronski hechtete hinter der Flüchtenden her, doch schon nach zwei Schritten fand er sich zu Füßen der Rudloff wieder, die ihn süffisant anlächelte.

»Sie haben mir ein Bein gestellt!«, empörte er sich wütend und rappelte sich auf, um die Verfolgung wiederaufzunehmen.

»Die Frau gefällt mir eben«, antwortete sie.

Lore Sievers hatte unterdessen die Drehtür erreicht. Mit aller Kraft stemmte sie sich gegen das Glas. Doch die Flügel wollten sich nicht bewegen. »Scheiße! Geh auf!«, brüllte sie.

Elyas erreichte die Flüchtende als Erster. Er zog sie aus der Drehtür heraus und überreichte sie Bronski.

»Lore Sievers, ich nehme Sie fest wegen …« Er stockte, drehte sich zu Kurt um, der sich mühsam wieder auf die Beine gestellt hatte, und fragte: »Wegen was eigentlich, Kurt?«

»Mord, Bodo. Dem Mord an Eduard Hempel, Weihnachtsmann im Kaufhaus Härtling.« Er humpelte näher, bis er vor Lore Sievers stand. »Und mein Freund.«

Bronski nickte. »Genau. Und sein Freund. Aber nicht sein einziger. Er hat nämlich zwei davon.«

»Drei«, keuchte Elyas. »Er hat drei Freunde.« Bevor sie Lore Sievers zurück zum Stuhl brachten, auf dem sie erneut Platz nehmen musste, streichelte er noch schnell die Drehtür. »Gut gemacht, meine Schöne. Sehr gut gemacht.«

Elyas und Bronski stellten sich links und rechts neben Lore Sievers alias Martine Marceau auf, die in Wahrheit Hannelore Sievers hieß. Schwer legten sie ihre Hände auf ihre Schultern.

»Bitte, Lore«, begann Kurt, »erklären Sie uns, warum Sie es taten. Er war doch nur ein kleiner Gauner.«

Lore Sievers lachte laut auf. »Kleiner Gauner? Er hat mein Leben ruiniert!«

Kurt holte einen weiteren Stuhl und stellte ihn vor sie hin. Er setzte sich, stützte die Unterarme auf die Beine, beugte sich vor und sah sie an. »Ja, er hat viele Leben ruiniert. Was war es bei Ihnen, liebe Lore?«

Deutlich sah er, dass sie mit den Tränen kämpfte, nur konnte er nicht erkennen, ob es Tränen der Wut waren oder der Reue.

»Ich hatte damals den Miss-Rose-Schönheitswettbewerb gewonnen.«

»Und er haute mit der Abendkasse ab!«, rief Elyas freudig.

Verwirrt sah sie ihn an. »Nein! Warum sollte er?«

Elyas überlegte. »Nun ja, ich dachte nur«, meinte er kleinlaut. »Kurt hatte das … egal.«

»Weiter, Lore.«

»Der Mistkerl sagte, ich könnte als Schauspielerin in Amerika groß herauskommen.«

Die Rudloff verdrehte die Augen. »Ach je, wie klassisch.«

»Ed Hemm. So nannte er sich. Er behauptete, er kenne da jemanden«, fuhr Lore fort, »der sei der Produzent von ›Crocodile Dundee‹. Die würden gerade den Dreh des zweiten Teils vorbereiten.«

Magdas Gesicht leuchtete. »Oh, den Film kenne ich. Der ist mit Harrison Ford, richtig?«

»Nein, das war Paul Hogan«, widersprach Silja. »Toller Film. Echt cool. Und Eddi kannte den Produzenten? Wahnsinn.«

Die Rudloff schüttelte genervt den Kopf. »Ich glaube, ich wandere aus«, murmelte sie.

Kurt legte seine Hand auf Lores Arm. »Erzählen Sie weiter. Was passierte dann?«

Sie biss sich auf die Unterlippe. »Meine Eltern wollten nicht, dass ich nach Amerika gehe, weil ich doch erst achtzehn war.« Plötzlich richtete sie sich auf und warf Elyas und Bronski einen gepfefferten Blick zu. »Nehmen Sie gefälligst Ihre Finger von mir!«

Die Männer zuckten überrascht zusammen und zogen die Hände zurück.

»Lasst sie nur«, sagte Kurt ruhig. »Sie wird nicht mehr weglaufen. Richtig, Lore?«

Sie nickte. Dann nahm sie ihr Kopftuch ab und zog die grauhaarige Perücke vom Kopf. Darunter quollen kurze, wuschelige dunkelrote Haare mit weißen Strähnen hervor. Alle atmeten lautstark auf. Pingel entfuhr ein Pfiff, woraufhin ihm seine Frau den Ellenbogen in die Seite rammte.

»Ich habe eigentlich lange rote Haare. Das Publikum liebte mein Haar. Es war sozusagen mein Markenzeichen«, sagte sie leise und fuhr sich mit den Fingern durch die kurz geschnittene Mähne. »Er sagte, dass er Privatunterricht für mich gebucht habe. Bei Paul Hogan persönlich. Und ein Zimmer in einem der besten Hotels von Los Angeles habe er auch reserviert.« Ihr Mund verzog sich zu einem traurigen Lächeln. »Ich war so dumm.«

»Wem sagen Sie das?«, grunzte die Rudloff von der Seite.

»Weiter, Lore, bitte.« Kurt warf seiner Ex-Chefin einen warnenden Blick zu.

»Ich klaute meinem Vater die Münzsammlung und versetzte den Familienschmuck. Den Erlös benötigte ich für Eddis Vermittlerprovision und seine Auslagen. Dann kaufte ich mir ein Ticket und flog nach L.A.« Sie schloss die Augen. »Eddi meinte, da ich durch den Film fett absahnen würde, könnte ich die Sachen meiner Familie später wieder auslösen. Aber alles war gelogen. Das Hotel, das er mir genannt hatte, war eine Bruchbude in Skid Row.«

»Skid Row? Wie beim Film ›Der kleine Horrorladen‹?«, wollte die Rudloff wissen. »Echter Slum. Mein Gott, tiefer kann man nicht sinken.«

»Doch«, widersprach Lore. »Denn dort war kein Zimmer für mich reserviert, so wie Ed Hemm es versprochen hatte. Schauspielunterricht stand selbstverständlich auch nicht auf dem Programm. Außerdem lief ›Crocodile Dundee 2‹ in Amerika bereits in den Kinos. Ich hatte kein Geld. Zurück nach Hause konnte ich nicht. Meine Eltern wollten nichts mehr mit mir zu tun haben.«

Alle schwiegen.

»Ich tingelte durch Bars, verdiente Geld als Sängerin. Und so.«

Die Rudloff hob die Augenbrauen und grinste. »Und so? Wie verwegen.«

»Klappe!«, rief Frau Pingel. »Ich will wissen, wie es ausgeht. Los, erzählen Sie, Frau … Dingsda.«

»Ich legte mir einen neuen Namen zu und kehrte Jahre später nach Europa zurück. Ed Hemm und das Geld hatte ich abgeschrieben. Als ich vor ein paar Wochen im Härtling einkaufen ging, sah ich ihn wieder. Der große Produzent Mister Ed Hemm als Weihnachtsmann in einem albernen roten Mantel. Er hat mich nicht erkannt. Er hat mir sogar aus der maroden Drehtür geholfen und dann Kompressionsstrümpfe aus dem Angebot empfohlen.« Sie schnaubte. »Am liebsten wäre ich ihm an die Gurgel gesprungen. Aber Rache ist eine Speise, die kalt serviert werden muss.«

Die Rudloff wirkte jetzt sehr interessiert. »Und Sie beschlossen, ihn bezahlen zu lassen.« Als Lore Sievers still nickte, lehnte die Rudloff sich zufrieden nach hinten. »Ich mag die Frau.«

»Wie?«, fragte Kurt. »Wie haben Sie es gemacht?«

»Es war ganz einfach. Ich verkleidete mich und kam täglich vorbei, um den Mistkerl zu studieren und die Örtlichkeiten besser kennenzulernen.«

»Sie waren überhaupt nicht in Kurt verliebt?«, fragte Elyas dazwischen.

Sie lachte. »In den? Nein, nicht mein Typ. Ich mimte nur die Kaufhausdiebin, um in den für Kunden nicht zugänglichen Teil des Kaufhauses zu kommen. Außerdem hatte ich das Gefühl, er könnte cleverer sein, als mir lieb war.«

»Könnten wir bitte zum Thema zurückkommen?«, grummelte Kurt. »Was genau passierte am Tag von Eddis Tod?«

»Was soll schon passiert sein? Ich nahm den Besen, fuhr nach oben und wartete.« Sie wandte sich der Rudloff zu. »Dann kam sie und hätte mir fast alles vermasselt.«

»Sorry, Schwester.«

»Schon gut. Sie gab ihm Geld, er wollte mehr, sie ging.«

»Und dann?« Es kostete Kurt alle Mühe, nicht ungeduldig zu klingen.

»Dann sagte ich den einen Satz, den ich all die Jahre zu ihm hatte sagen wollen.«

Silja und Frau Pingel hielt es nicht mehr auf ihren Stühlen. Sie traten vor. »Was war es?«

»Miss Rose wünscht einen guten Flug.«

42

Kurt und Bodo standen mit ihren Getränken in der Hand an der Terrassentür von Kurts Reihenhäuschen und sahen hinaus in den Garten. Schneeflocken tänzelten herab und bildeten eine dichte weiße Decke auf dem Rasen. Ein Eichhörnchen hüpfte auf einer hohen Tanne von einem verschneiten Ast zum nächsten. Weihnachtliche Stille lag über allem.

Stumm starrten die beiden Männer nach draußen.

»Elisabeth hat Schnee geliebt.« Bronski führte die Bierflasche zum Mund.

Kurt verkniff sich ein »Ich weiß«.

»Letztes Jahr um diese Zeit ging es ihr schon sehr schlecht. Wir wussten, dass wir nicht mehr lange haben würden.« Er seufzte laut. »Um ehrlich zu sein, ich war immer ein wenig eifersüchtig auf dich. Sie hat oft von dir gesprochen.«

Kurt verschluckte sich fast an seinem Bier. »Echt?«

»Ich hatte Angst, sie würde mich doch noch verlassen.«

»Wow.« Wieder schwiegen sie eine Weile. »Das mit ihrem Tod hättest du mir sagen sollen, Bronski.«

»Nee, ging nicht.«

»Verstehe.«

Das Eichhörnchen huschte jetzt geschwind am Stamm der Tanne hinab und in kleinen Bögen über den verschneiten Rasen. Kurz stoppte es und saß da, als müsste es über etwas Wichtiges nachdenken, dann hoppelte es weiter zum Zaun des Nachbarn und verschwand auf dem angrenzenden Grundstück.

»Das mit Eddis Mörder haben wir gut gemacht, oder?«, sagte Kurt, um Bronski zu trösten.

»Stimmt.« Der Kommissar überlegte. »Es ist schon erstaunlich, dass Eddi sie nicht erkannt hat.«

Sie setzten sich in die tiefen Sessel im Wohnzimmer. Auf dem Tisch vor ihnen glomm das entzündete Teelicht im vertrockneten Grabschmuck. Schließlich war ja Weihnachten.

Kurt begutachtete die leere Flasche in seiner Hand. »Es war zu lange her. Und die Erinnerung an sie vielleicht zu flüchtig. Ich fürchte, Eddi hätte sie auch ohne ihre Verkleidung nicht wiedererkannt. Er hat einfach zu viele Menschen in seinem Leben übers Ohr gehauen.« Er erhob sich, um in die Küche zu gehen, und nahm Bodo die leere Flasche aus der Hand. »Weißt du, was ich nicht verstehe?«, rief er. »Warum hat Lore Sievers nicht gesagt, die Rudloff hätte Eddi gestoßen? Sie hätte lügen und ihr den Mord in die Schuhe schieben können, statt die Tat zu gestehen.«

»Das habe ich sie in der Vernehmung auch gefragt.«

»Und?« Kurt kam mit zwei frischen Buddeln zurück und ließ sich wieder in seinen Sessel fallen.

»Sie meinte, sie hätte mit allem Schluss machen wollen.«

»Einfach so?«

»Ja, einfach so.«

Kurt holte tief Luft. »Eddi war ein Betrüger und Halunke. Aber ich mochte ihn. Er hatte zwar immer nur sich selbst im Blick, aber irgendwie war er auch ein netter Typ.«

»Red keinen Stuss«, widersprach Bronski. »Er war kriminell und rücksichtslos. Ach, übrigens wollte ich dir noch etwas erzählen.«

»Und was?« Kurt nahm einen Schluck Bier.

»Wir haben einen Toten gefunden.«

»Noch einen?«

»Ja, ein gewisser Kevin Plokowski. Kleinkrimineller und Drogendealer. Er soll versucht haben, bei dem Mafia-Müller aufzusteigen. Stattdessen stieg er ab, mit fünfzig Kilo Betonklötzchen an den Beinen, mitten im Baggersee. Er wurde durch Zufall von einem Tauchclub gefunden. Im Dezember. Leute gibt es.« Bronski tippte sich an die Stirn. »Aber ich will nicht meckern. Das war unser Glück.«

»Ein Handlanger von Mafia-Müller? Sag bloß, er war der verschwundene dritte Geschäftspartner der Rudloff?«

Bronski grinste. »Ja, der Kevin war unser Juwelendieb. Die Rudloff war sehr kooperativ und hat ihn für uns identifiziert.«

Kurt lächelte. »Nicht schlecht, Herr Kommissar. Offenbar

können Sie den einen oder anderen Mord auch ohne meine Hilfe aufklären. Das ist lobenswert.«

»Wenn wir nur wüssten, wo der verdammte Schmuck ist.«

»Wahrscheinlich hat ihn jemand zufällig gefunden und dann verhökert.«

»Möglich.«

»Schade«, sagte Kurt schmunzelnd. »Ich hätte zu gerne diese Brosche von der Marie-Anna gesehen, die beim Juwelier arbeitet.«

»Wer?«

Da klingelte es an der Haustür.

»Erwartest du Besuch? Oder hast du uns eine Pizza bestellt?«

Kurt schüttelte den Kopf. »Nee, ist aber eine gute Idee. Soll ich?« Er hievte sich aus dem Sessel und ging in den Flur. »Arbeiten die eigentlich an Heiligabend? Wir müssen es nachher mal rausfinden. Ich habe nämlich nichts vorbereitet. Letztes Jahr hat Eddi meine halbe Gans aufgefuttert.« Es klingelte Sturm. »Ja, ja«, rief er der Tür entgegen und öffnete sie ohne Hast. »Oh«, entfuhr es ihm beim Anblick des Grüppchens, das im Schneegestöber vor seinem Haus wartete.

»Wer ist da?«, rief Bronski aus dem Wohnzimmer.

»Die heiligen fünf Könige!«, rief Kurt zurück.

»Fünf? Ich dachte immer, es wären nur drei gewesen.«

Vor Kurt stand Magda mit etwas, das wie eine Torte in einer Tüte aussah. Silja hielt eine riesige Schüssel in den Händen, ebenso Elyas, der außerdem einen Beutel bei sich trug, in dem es bei jeder Bewegung leise klirrte. Magdas Sohn plagte sich mit einem Tannenbaum ab, den er sich auf die Schulter gehievt hatte. Und Tami hielt eine große Tasche mit dem Aufdruck »Traditionskaufhaus Härtling« in der Hand. Sie und Elyas trugen Weihnachtsmannmützen und strahlten mit den anderen um die Wette.

»Willst du uns nicht reinlassen, Kurt? Es schneit wie verrückt!« Energisch drängte Magda ihn zur Seite.

»Was macht ihr denn hier?«, wollte er wissen, als sie sich alle in seinen Flur schoben.

»Rate mal, Sherlock Kurti«, rief Elyas und lachte.

Tami zog ihren Mantel aus und hängte ihn an die Garderobe. »Wir haben alles dabei, Onkel Kurt. Magda hat gebacken und ganz viel Lametta eingepackt. Mutti hat Kartoffelsalat und Würstchen besorgt und Elyas ekeligen Wein.«

Magdas Sohn schob sich mit einem verlegenen Lächeln an Kurt vorbei. »Wo soll ich den Tannenbaum abstellen?«

Bronski, den der Lärm herbeigelockt hatte, wies ihm einen Platz direkt vor dem Terrassenfenster zu. Draußen wurde es langsam dunkel.

Kurt beugte sich zu Tami hinunter. »Und was ist in der Tasche?«

Die Kleine legte verschwörerisch den Zeigefinger an den Mund. »Geschenke. Aber die gibt es erst, wenn der Baum geschmückt ist.« Sie klatschte in die Hände. »Er wird noch schöner als der im Kaufhaus!«

Silja lächelte unsicher. »Hoffentlich kommt Ihnen der Überfall nicht ungelegen, aber Magda und Elyas meinten ...«

»... dass du dich bestimmt über Besuch freust«, ergänzte Elyas. »Hallo, Herr Bronski«, grüßte er und brachte den Wein in die Küche.

Sprachlos sahen Kurt und Bronski zu, wie sich das Wohnzimmer in ein kleines Weihnachtswunderland verwandelte. Magdas Sohn Dawid und Elyas richteten den Baum, während Tami schon mal mit dem Dekorieren begann. Dabei sang sie Weihnachtslieder, in die alle einstimmten.

Magda schüttelte empört den Kopf, als sie das vertrocknete Grabgesteck mit der Kerze darin entdeckte, und entsorgte das billige Grünzeug. Sie schickte Kurt in den Garten, um ein paar Tannenzweige zu holen, was dieser ohne Protest tat.

Dann wurde der Tisch gedeckt.

Eine halbe Stunde später saßen sie bei Schokoladentorte und Kaffee beziehungsweise, in Tamis Fall, einem Kakao an der weihnachtlichen Tafel. Am Baum glänzten rote und goldene Kugeln zwischen Lichterketten, die Dawid zuvor umständlich aus seinen Jackentaschen gezogen hatte.

Von Tami liebevoll in buntes Papier gewickelt, das mit reichlich Tesafilm zusammengehalten wurde, warteten die Geschenke auf ihren Moment, während das Kind von Minute zu Minute sichtlich unruhiger wurde.

»Können wir jetzt die Bescherung machen?«, verlangte sie mehrmals zu wissen.

Endlich war es so weit.

Tami rutschte vom Stuhl. »Legt alle eure Hände vor die Augen!«, befahl sie. Die Erwachsenen gehorchten.

Kurt blinzelte zwischen zwei Fingern hindurch und sah, wie Tami prüfend die Geschenke betastete, um dann vor jeden das richtige auf den Tisch zu legen.

»Augen auf!«

Nun hatte jeder ein Päckchen von ihr erhalten, wobei Siljas Präsent mit einer großen Schleife besonders liebevoll dekoriert war.

»Danke, Tami.« Kurt hörte selbst, wie gerührt er klang. Seit Jahren hatte er kein Weihnachtsgeschenk mehr bekommen, nicht mal ein SOS-Geschenk aus dem Härtling. Er wickelte das Päckchen aus und runzelte die Stirn. Es enthielt eine goldene Herrenarmbanduhr.

Auch Bronski schaute irritiert, als er ein funkelndes Diadem auspackte.

Elyas lachte, während er versuchte, sich einen Rubinring auf den Finger zu schieben. »Zu klein.«

»Gefällt er dir nicht?«, fragte Tami besorgt.

»Doch«, antwortete Elyas und wischte sich eine Träne aus dem Auge. »Aber der ist wohl eher für eine Frau gedacht.«

Magda legte vorsichtig ein silbernes Armband mit blauen Saphiren um ihr Handgelenk. »Kurt, die sind echt.«

Dawid betrachtete mit offenem Mund ein Diamantcollier in seiner Hand.

»Tami! Um Gottes willen, wo hast du das alles her?«, wollte Silja bestürzt wissen.

Die Kleine sah ihre Mutter erschrocken an. »Du hast deines noch gar nicht ausgepackt.« Sie klang enttäuscht. »Es ist das schönste von allen.«

»Ach du meine Güte«, flüsterte Silja.

Alle sahen zu, wie sie mit bebenden Fingern das Papier auseinanderschlug. Die Brosche der unglücklichen letzten Königin von Frankreich, Marie Antoinette, lag vor ihnen auf dem Tisch. Der herzförmige Smaragd glänzte in einem satten Grün, umrahmt von zwei Dutzend funkensprühenden Brillanten.

Sanft strich Silja mit einem Finger über das Schmuckstück. »Zu wissen, an wessen Kleidern diese Brosche einmal hing, fühlt sich eigenartig an«, sagte sie leise.

Magda seufzte. »Und schön ist sie, die Brosche. Aber Geld macht nicht glücklich. Die Ärmste wurde schließlich enthauptet.«

»Kleine, wo hast du die Sachen her?«, fragte Bronski so einfühlsam wie möglich.

Tami legte den Kopf schief. »Gefallen sie euch nicht?«

»Doch«, riefen alle wie aus einem Mund.

»Aber der Schmuck gehört bereits jemandem, darum dürfen wir ihn leider nicht behalten.« Bronski legte sein Geschenk auf den Tisch. Die anderen taten es ihm gleich. »Also, wo hast du ihn gefunden?«

Tami erzählte, dass sie an dem Morgen, als drüben auf der anderen Straßenseite der Juwelier ausgeraubt wurde, unter der Tanne im Härtling die Päckchen nach Farben sortiert hatte. Auf einmal habe jemand ein weiteres Geschenk dazugelegt. »Es hatte eine goldene Schleife.«

»Und dann?«, wollte ihre Mutter wissen.

Tami wand sich ein wenig. »Ich habe es ausgepackt und die schönen Sachen mit dem Geschenkband in den Tannenbaum gehängt. Ganz weit drinnen, damit keiner sie sieht und mir wegnimmt.«

»Und dann?«

»Dann hat Mama mich gefunden, und wir sind mit Elyas Torte essen gegangen.«

»Und dann?«

»Ist der Weihnachtsmann gestorben.« Traurig sah sie auf ihre Schuhe. »Aber er war ja kein echter, sondern nur eine Aushilfe.«

»Richtig«, ermutigte Bronski sie. »Wann hast du den Schmuck aus dem Baum geholt?«

»Am Freitag nach der Schule. Es war alles noch da. Ich habe die Sachen in meinen Ranzen gepackt und mit nach Hause genommen.«

Kurt prustete los. »Wenn ich daran denke, wie die Rudloff nächtelang unter dem Baum herumgekrabbelt ist, um nach dem Paket zu suchen. Dabei hing alles über ihrem Kopf! Herrlich.« Er schlug sich auf die Schenkel.

»Tami, Kleines«, Elyas beugte sich zu ihr. »Wir müssen die Sachen der Polizei geben, denn sie gehören uns nicht.«

»Aber Onkel Kurt ist doch Polizist. Und der Kommissar auch«, widersprach sie.

»Kluges Kind«, erklärte Bronski und strich ihr über die Haare. »Darum werden wir auch alle noch eine Weile auf den Schmuck aufpassen, bevor wir ihn im Präsidium abgeben.« Er setzte das Diadem auf seinen Kopf. »Bekomme ich jetzt eine Wurst mit Kartoffelsalat?«

Der Abend wurde von Minute zu Minute schöner. Kurt konnte sich nicht daran erinnern, jemals ein so wunderbares Fest erlebt zu haben.

Als gegen Mitternacht all seine Gäste gingen, stand er noch lange in der Tür und sah ihnen durch den Schneefall nach. Die Schuhe seiner Gäste knirschten im Schnee. Aus dem Gesang von »O Tannenbaum« von Elyas und Tami, der zu ihm herüberwehte, meinte er, auch den Bass von Bodo herauszuhören. Mit einem Lächeln im Gesicht blickte er in den Himmel, aus dem Schneeflocken fielen, und murmelte: »Danke, Eddi.«

Dank

Was benötigt man, um einen humorvollen Weihnachtskrimi zu schreiben? In diesem Fall brauchte es zwei Autorinnen, ein gemeinsames Wochenende an der Nordsee, spontane Schreibtreffen und zahlreiche Zoom-Konferenzen. Es erforderte etliche Tassen Kaffee und einige Spaziergänge, um die Personen und die Handlung zu entwickeln. Und was wären wir ohne unsere textbegeisterte »Vor-Leserschaft«, die sich unseres Krimis angenommen hat.

Wir danken Astrid, Isabelle, Jürgen, Kerstin, Lukas, Martina, Sabine und Steffi für sachdienliche Hinweise.

Die Kriminalromane von Anja Marschall im Überblick

Alle Titel sind auch als eBook erhältlich.

Feuer in der Hafenstadt
ISBN 978-3-7408-1016-0

Tod am Nord-Ostsee-Kanal
ISBN 978-3-95451-978-1

Verrat am Kaiser-Wilhelm-Kanal
ISBN 978-3-7408-0296-7

Tod in der Speicherstadt
ISBN 978-3-7408-0661-3

Der Henker von Hamburg
ISBN 978-3-7408-1361-1

Die toten Engel von Kreta
ISBN 978-3-7408-1243-0

Als Herausgeberin:

Kaffee. Mokka. Tot.
ISBN 978-3-7408-1329-1

Silvia Götschi
STILLE NACHT, MÖRDERISCHE NACHT
Broschur, 256 Seiten
ISBN 978-3-7408-2110-4

Ausgerechnet an Heiligabend liegt Clothilde Anthamatten, die Grande Dame des herrschaftlichen Hauses Winterstern, leblos im Schnee – und alles deutet auf einen Mord hin. Die Verdächtigen: ihre gesamte Verwandtschaft, die im Laufe der Adventszeit angereist ist. Welcher der vierundzwanzig Gäste wollte die reiche Witwe aus dem Weg räumen? Während das abgelegene Anwesen nahe dem Matterhorn langsam im Schnee versinkt, begibt sich die Enkelin der Verstorbenen auf eine turbulente Mörderjagd in ihrer eigenen Familie.

Beate Maly
MORD IM STADTPALAIS
Broschur, 240 Seiten
ISBN 978-3-7408-2051-0

Wien, 1910. Wenige Tage vor dem Heiligen Abend wird Tabakfabrikant Steinhäusel in seinem luxuriösen Stadtpalais tot aufgefunden. Die Todesursache bleibt ein Rätsel, sowohl für den Leibarzt der Industriellenfamilie als auch für diese selbst, die noch am Vorabend mit Steinhäusel zusammengekommen war. Kommissar Felix Zack übernimmt die Ermittlungen und stellt schnell fest, dass in dieser Familie beinahe jeder ein Motiv hat – zu seinem Leidwesen auch die böhmische Köchin Mila, die ihn nicht nur mit ihren Köstlichkeiten verzaubert …

www.emons-verlag.de